창고근처 사람들

잊혀진 작가를 찾아서 ①

창고근처 사람들

홍구범 지음
권희돈 엮음

푸른사상

창고근처 사람들

■ 일러두기

1. 띄어쓰기, 맞춤법의 표기는 현대어를 기준으로 삼았다.
2. 한자로 표기된 단어는 첫 회에만 한자로 표기하고, 평범한 한자는 한글로 표기하였으며, 잘못된 한자표기는 바르게 고쳤다.
3. 제목은 한자를 그대로 살렸다.
4. 지문의 방언은 표준어로 고치고, 대화 내용은 원문 그대로 살려 두었다.
5. 쉼표나 마침표는 내용의 정확한 이해를 돕기 위해 삭제하거나 첨가하였다.
6. 너무 긴 문장은 문장의 수를 늘리거나, 쉼표를 질러 읽기 쉽도록 하였다.
7. 원문의 오자는 바르게 고쳤으며, 글자가 보이지 않는 곳은 ×로 처리하였다.
8. 이해하기 힘든 낱말은 낱말 다음에 (?)를 첨가하였다.
9. 지문의 경우도 어법은 원문 그대로 따랐다.

창고근처 사람들

倉庫近處 사람들

—

읍내에서 삼 마장 가량 떨어졌다 할까, 역까지 가노라면 그곳을
채 못 가서 열 집 미만의 마을이 한길 왼 편 쪽 전답田畓을 끼고 가
지런히 널려 있다. 역과 읍내를 왕래하는 사람들은 이편을 바라볼
때 첫째로 멀리서부터 눈에 띄는 것은 한길 반대 방향으로 전답 가
운데 우뚝 솟아 있는 큼지막한 창고였고, 다음으로는 이 마을 중앙
에 새로 건축한 지 얼마 되지 않은 듯한 화려한 주택이다. 처음 이
런 시골에서 보는 사람들은 흔히 대개가 다른 왕래인에게 저게 누
구의 집인가를 물어 보아야 마음이 후련해질 만큼, 저런 집이라면
여간한 사람이 아니면 주인 노릇을 못하리란 생각들을 하고 감탄들
을 할 정도의 시골로 더구나 이 고장에서는 처음으로 손을 꼽을 만

한 집이었다. 그곳에서 다시 눈을 돌려 전답 뒤편을 바라볼라치면 또한 얼마 떨어지지 않아 흰 모래밭이고 그 중간을 흐르고 있는 강물, 더욱이 그 강 뒤편에 꾸불꾸불 솟은 산, 반 이상의 흰 암석巖石과 그 사이로 낙엽송이 잠뿍 서 있는 흘낏 보아도 싱싱한 산이다. 이렇게 산수山水 좋은 곳에도 저만큼이나 눈이 번쩍할 집이 있으니 참 별장 지대가 그만하면 훌륭하다고 혀를 차며 다시 창고와 그 집으로 눈이 돌려진 후, 그쪽을 향해 가노라면 다음으로 또 깨달아지는 것은 비로소 그곳이 별장 지대가 아니라 일개 마을이라는 것이다. 그때는 그곳과 가까워진 후인지라 그제야 그 주택 이외에도 여러 집이 널려 있음을 알 만큼 다른 오막살이집들은 이 두 건물에 눌려 더욱 폭삭 가라앉은 것만 같았다. 그리하여 마을 안이 환히 보이도록 가깝게 되면 때가 맞으면 간간히 그 어마어마하다는 주택과 창고를 출입하는 사람들을 볼 수도 있었다. 그들 중에는 소위 일본의 국방복을 입은 두 사람과 인부 차림새의 몇 사람 또는 며칠만에 한 번씩 가끔가다 나타나는 여자였다. 물론 이 여자는 주인의 아내였고, 인부 차림새의 몇 사람은 노낙이 박 서방을 비롯한 그 집의 상용 인부임에 틀림없었으며, 또한 국방복으로 말하자면 청년과 중년 농촌 신사였다. 청년은 주인의 조카도 되고 비서 격도 되는 자였고, 다른 중년 농촌 신사라는 게 바로 이 창고와 주택의 진짜 주인이란 것이다. 듣는 바에 의하면 이 주인은 현재 일본이 전쟁하게 된 데서부터 생겨진 국민총력연맹의 이 고장 참사參事이며, 게다가 군 농회 부회장, 석유배급 조합장, 읍 평의원, 생활필수품 조합장, 또한 방앗간업자賃搗業者 통제조합장 또 무슨 조합장, 무슨 이사장하여 이름을 걸어 놓은 게 따지고 보면 실로 아홉 가지나 된다 한다. 그런데 이 주인은 또 몇 달 전 이래 도회의원이 되고자 맹렬히 운동을 하고 있는 중으로 더 말할 수 없는 이 고장의 대표적인 유지라 하였다. 그런데 사람들은 이 주인에 대한 칭호를 무어라고 해야 옳을런지 당황하였다. 그런 중 누구의 입에서 먼저 나왔는지는 알 수 없으나 조합장 벼슬이 제일 많다 하여 강姜이라는 성자를 붙여서 「강 조합장」이라 하자 이것이 곧 그의 칭호가 되고 말았다. 그리고 또한 이곳에 동명洞名이 따로 없었던 것만은 전쟁이 생기기 전까지 강 조합장을 비롯한 마을 사람 전체가 유감으로 생각해 왔던 것이다. 원래 읍내와 너무나 가까운데다가 호수戶數가 적어 동명을 붙이기까지는 이르지 못하고 오직 읍내의 어느 동명에 딸려 불려 적잖이 불편을 느끼고 있었는데, 전쟁이 일어나고 강 조합장의 칭호가 난 후부터는 읍내 사람들 사이에서부터 부지중 「강 조합장 마을」이란 별칭으로 고정되고 말았다. 그것은 나날이 강 조합장이 유명해지니 자연 동리 이름도 그를 따랐다. 그러므로 이렇게 부르는 사람마다 이 마을은 어딘지 신흥 기분이 나고 명랑한 것 같은 느낌을 가질 수 있었다. 이에 따라 마을 안에 있어서도 강 조합장 자신과 그 가족들을 중심으로 한 그 외의 사람들까지도 어딘지 모르는 삶에 대한 생생한 희망들을 가지고 있는가 하면, 그 반면 하루하루 지나기에 쪼들려 이러한 여염이라고는 조금도 없는 축들도 있었다.

이리하여 아침나절이 되면 이곳 사람들은 제각기 여러 가지 일로 집에서는 출동들을 하였다. 저의 일을 하는 사람, 남의 일을 해주는 품팔이 등 한동안 그들의 행동은 분망하였다. 그들 중 고정된 품팔이라면 두 여인뿐이었는데 이들은 몇 달 전 남편들이 한꺼번에 끌려간 징용으로 더불어 혼자 벌어먹고 살아야하는 처지였다.

그런데 이 중 차순네의 모양만은 어느 때와 마찬가지로 이즈음 날마다 역시 마을 사람들에 끼여서 동구 밖에 나타났으나 입장댁의 모양은 며칠째 두고 쉽사리 외부에 나타나지 않았다. 친형제 이상으로 행동을 같이 하는 차순네의 말을 들으면 입장댁은 병으로 누워 있다는 것이다. 더욱이 이틀 전에는 꼭 죽는 줄만 알았다 한다. 헛소리를 밤새도록 질렀으며 도통 잠 한숨 못 자고 고통에 못 이겨 날뛰었다 한다. 그런데 어젯밤부터는 의원이 왔다 가고 약을 먹는다 하여 그러한 극도의 상태는 어지간히 모면할 수가 있었으나 아직도 나다닐 만큼은 회복이 되지 않았다 한다.

二

(이렇게 누어 앓고 있는 것도 그이는 모를 테지, 같이 한군데 가 있다는 용동 박 서방이 죽었다는 그놈의 험악한 탄광에서 별고나 없이 지나는지, 어찌된 까닭으로 답장한 지가 한 달이 가차워가도록 일자 무소식이란 웬일일까, 아무리 무뚝뚝하기로니 그럴 수가 있단 말인가, 집에서 나 한 몸 죽어 없어진대도 이러다간 어느 귀신도 몰르는 고혼이 되어버릴 것이 아닌가, 어그 어그 맙소서, 이럴 때 어린 아히나 년이든 놈이든 하나 있다면야 제 돌아보지 않기로니 내 서러울 배 없을 것을…… 나한테 대인다면 차순 어머니는 얼마나 팔자가 좋은가, 그래도 마음에 붙일 곳 있는 차순이가 있겠다,

또한 다정하고 더욱이 남에게까지 후덕한 마음씨 가진 남편이 있지 않은가, 그런데다 한 달에 적어도 세 번씩 꼭꼭 하는 편지가 오늘 또 하나 왔으니 이 달 들어 벌써 두 번이나 온 셈이다, 아직 차순 어머니는 일하러 나간 동안에 온 것이라 보지 않았지만…… 어째든 차순 아버지는 보통 사람이 아니다, 안해에게 그만치 하는 사나이가 어디 있으랴, 아마 우리 집 그이는 무슨 꼬단이 있는가봐, 사내들이 전쟁터에 나가느라 그 일본엔 젊은 여자들의 날과부가 많이 있다는데 사나이들 마음 속을 누가 알랴, 어떤 년에게 빠져 정신 못 차리고 있는지도 모를 배 없지 않은가?…… 그렇다면 이 꼴 이 팔자를 어이 해야 된단 말인고, 열흘이 가까웁게 앓는 동안 조석 끼니도 없어서 벌써 사흘째 두고 차순네에게 신세를 지고 있는 이런 나를 배반하고 딴 계집을 둔다면 어이 하늘이 무심할소냐, 너덧 달 전, 보리가 한창 팰 무렵, 기차 정거장에서 이를 깨물며 참으려든 눈물이 제절로 펑펑 솟아 나오던 이 눈에 그이의 눈에도 자기와 같은 눈물이 감돌고 있음이 확실히 비치었다, 그때 말한 것이 있다, 내가 돌아올 때까지 부디 몸만 성히 잘 있어, 그러면 내 돈 벌어 가지고 올 터이니…… 하던 말이 있지 않은가, 아냐 아냐, 그러려니 생각하는 내년이 잘못이지, 십여 년이나 같이 살어온 그이의 마음을 내 몰르랴, 미친 년의 생각이지 왜 그이를 내가 원망하랴, 하늘이 두 쪼각이 난대도 변치 않을 그의 심지를 내가 몰르고 지나오다니 몸에 병이 나고 보면 아마 마음도 변하나봐…… 그렇다면 왜 편지가 안 온단 말인가, 일이 하도 데서 사이가 없는가, 그보다 어디 잘못하다 다치지나 않았나, 용동 박 서방같이 그리 죽지나 않았나, 아니 아니

내년이 어쨌든 망칙한 년이야, 생각할 게 없어 그런 진저리 날 사나운 생각을 하다니…… 잘 있을 테지, 그렇지! 일에 너머나 시달려 편지까지는 할 사이가 없는 것이겠지……)

병석이랄 것도 없었다. 모기가 찾아들기 시작하는 토방 낡은 자리 위에 입장댁은 혼자 드러누워 있는 채 캄캄한 천장 쪽을 바라보며 이러한 생각으로 혼자 마음을 졸이고 있다가 불길한 예측을 물리치기 위해서 반듯이 두었던 머리를 문 열린 바깥쪽으로 돌렸다. 머리를 움직인 탓인지 조금 아픔이 가라앉은 줄 알았던 골이 약간 좌우로 울림과 함께 어지러웠다. 그래도 요 며칠 전보다는 어지간히 나은 것 같다. 꼭 죽는 줄만 알았다. 전에 없던 무슨 뭉치인지 가슴 숨복통 있는 데를 사뭇 찌르고 머리가 돌고 패였다. 그리고 사지가 마디마디 끊어져 버리는 것같이 쑤셔서 며칠 밤을 햇뜩햇뜩 새우며 고통을 치렀다. 그러던 중 어제 저녁나절 차순네가 의원을 데려와서 맥을 짚고 약 두 첩을 오늘 아침까지 먹고 나니 점심 때가 지나고부터는 어지간히 정신을 찾을 수 있었다. 생후 삼십이 넘도록 약이라고는 먹어 본 일이 없었다. 가끔가다 앓기는 하였지만 정죽겠어야 드러눕기밖에 하지 않았다. 그러노라면 자연히 보통 때로 돌아올 수가 있었던 것인데, 이번엔 어찌된 셈인지 그렇지를 못했다. 지금 다시 생각해도 꼭 죽는 줄만 알았다. 그 약이 아니었으면 지금쯤 죽게 되어 턱을 까불며 게거품을 흘리고 있었는지도 모를 일이다. 온몸에 소름이 끼친다. 그 약이 참 신효한 것이긴 했다. 그러기 때문에 사람이 무르면 약을 먹는 것이라고, 자기도 이제부터는 적어도 남편이 돌아올 때까지는 약을 먹으리라 생각하였다. 남편 온 후에야 죽어도 그만이다. 서러워 해 줄 사람도 없는 외로운 자기가 죽어 없어진다면 어떡하나 하는 무서움이 들었기 때문이었다. 날마다 약이 떨어질 사이 없이 지어다들 먹는 이웃 강姜 조합장 집같이 그저 뜨끔만 하면 지어다 먹을 수밖에 없는 일이었다.

그러나 다음, 입장댁은 참말 병으로 쓴 입맛을 몇 번이고 상을 찡그리며 다시었다. 그들 처지와, 내 처지가 같으냐는 생각이 그즉 들어서였다.

그러자 입장댁은 차순네가 생각되었다. 친형제간보다 더 다정히 자기에게 대하는 차순네에 그 은혜를 언제 다 갚아야 한단 말인가, 그 내외는 참 하느님이 아마 중매한 것이지 어찌 그렇게 친남매 이상으로 똑같이 만났을까, 뭐니 뭐니 해도 차순네 아니었으면 이번에 내가 어찌 되었을 건가, 남의 삯일을 하면서도 틈틈이 들려주었고 의원이며 약을 먹게 한 것도 전부가 차순네의 힘이었으며, 오늘 저녁나절만 해도 차순이를 데리고 일하러 갔으니 안 들려도 무방하련만 또 들렸기에 쌀밥이 먹고 싶다 하였더니 어디 강 조합장 집에 가서 말해 보겠다고까지 안 했던가……

지금에 있어서는 얼른 한시 바삐 일어나서 일을 하게 되어야 차순네에게 조금이라도 미안함을 덜 텐데 하는 마음뿐이었다.

이 생각은 아까 차순네가 다녀간 직후에도 한 적이 있었다. 그래서 해가 서산으로 넘어갈 얼마 전에 몸을 간신히 꼬아가며 남편을 기다리고 있는 지게 작대기에 의지해서 시험 삼아 강 조합장네 창고 있는 곳까지 갔다 왔던 것이다. 그러나 도무지 내일이 지난대도 마음대로 행동하기는 어려울 것만 같았다. 지금도 역시 마찬가지이지만 속이 사뭇 쓰리고 달아오르는 데는 어찌할 도리가 없다.

그러자 불현듯 의원의 병세에 대한 말이 생각되었다. 첫째 먹는 것이 부족한 탓으로 생긴 허기와 너무나 힘에 부치는 일을 삼가지 않은 데서 몸살이 생겼던데다가 화까지 합했다는 것이다. 의원이 말이 옳기는 하였다. 들피증이 이번 병에 첫째의 원인이라 할 수 있었다. 날마다 감자만 먹다시피 하는 자기였다. 그러니 지금이라도 근래에 구경도 못하던 그 쌀밥만 먹는다면 오늘 밤 사이에는 확실히 힘이 날 것만 같았다.

이러한 생각을 하여 그런지 이와 동시에 입장댁은 갑자기 뱃속이 근질근질하여짐을 느끼는 것과 함께 역시 배 안에서 꼬르륵 꾸르륵 하는 소리가 귀에 들리자 며칠째 잊어버리다시피 한 식욕이 일시에 일어남을 물리칠 수 없었다. 어째 차순네가 그저 돌아오지 않을까, 그윽이 고대되었다. 일을 다 마치고 강조합장 집엘 들릴 터이니 지금쯤 그곳에서 한참 말하는 중일 것이다. 그렇지만 이렇게까지 늦도록 오지 않음은 이상한 일이었다. 차순네가 다른 데서 중간참하지는 않을 것이다. 그 성미로 보아 내가 이렇게 자기를 기다리고 있음을 아는 이상 될 수 있는 한 빨리 올 것에 틀림없었다.

(웬일일까?……)

입장댁은 불안한 마음으로 달빛을 통해 사립문 쪽을 바라보며 연방 솟아나는 땀을 맨손으로 씻으면서 차순네의 모양이 얼른 나타나기를 또한 고대하는 것이었다.

三

윤달閏月 든 칠월도 지나 열흘 후면 추석이 돌아올 선선해질 때이 언만 하늘 중턱에서 동쪽으로 동쪽으로 밀리는 구름을 벗어날 때마 다 나타나는 달빛은 아직도 그 희지 못한 사뭇 누런 빛깔을 쏟는다. 읍에서 불과 일 마장이 채 떨어지지 않은 이 마을이긴 하였으나 촌 과 조금도 다를 게 없는 한적한 곳이었다. 물논水畓에서 울어야 할 개구리들은 못池도 없는데 강가에서인지 게걸대었고 간간히 반딧불 도 날렸다. 근래에 처음 겪는 늦더위는 언제나 가시려는지 사람들 의 손에는 아직도 때 묻은 부채가 쥐어 있었다. 맞지 않은 이 더위 에 사람들은 이것도 무슨 전쟁에 대한 천지의 변괴가 아닌가 하는 의혹들을 품기까지 하였다.

차순네가 어린 아이를 업고 헐레벌떡 집 사립문을 들어섰을 때는 온몸에 땀이 함빡 흘렀다. 그에겐 오늘 따라 더욱 더위가 심해진 것 만 같았다.

「원 날도 참, 망칙해라……. 이렇게 더울 수 있나, 비가 올라고 덥 기나 하지 말았으면 좋으련만…….」

혼잣말로 오는 날의 일할 것을 걱정하는 중에서 이렇게 중얼대며 곧장 입장댁 방으로 행하였다.

「아, 이제 오나?」

기다린 지 불과 얼마 지나지 않았건만 하도 오랜 사이가 지난 것 만 같이 자신도 모르게 앉아 있던 입장댁은 차순네의 모양을 발견 하자 기쁨과 원망을 합친 태도로 이렇게 외쳤다.

「응, 일어나 앉았군! 그래 좀 정신이 도는 것 같어?」

차순네는 입장댁이 묻는 말은 들었는지, 우선 누워 있을 줄만 알았던 입장댁이 앉은 게 허턱 즐거워 대답대신 도리어 이렇게 묻는 것이었다.

이때, 입장댁은 바로 전 차순네에게 자기의 한 말은 잊은 듯

「아이그, 참 이번에 댁 아니었드면 어느 지경 갔을는지…… 그 약을 두 첩이나 먹고 나서부터는 행결 마음이 가벼워진 것 같구면…….」

하였다.

「그래야지, 어서 아조 나야 할 터인데…….」

하고 차순네는 말하자 봉당에 깔려 있는 가마니 위에다 잠이 한창 든 어린 아이를 내려 눕히고 자기도 그 옆에 털퍽 앉았다.

「그래 오늘은 뉘 일했어?」

「박 서방네…….」

「박 서방네 일 한 지가 몇 일째 됐지?」

「이제 사흘 한 셈이지.」

하는 차순네의 말을 듣고 있는 입장댁은 전부터 자기가 고대해 오던 그 쌀에 대하여 마음 속으로 어찌된 경과를 얼른 알고 싶었으나, 차마 입 밖으로는 내지 못하고 자기도 능히 짐작할 수 있는 이러한 의미 없는 말을 하였다. 그러나 눈만은 차순네가 앉은 주위를 살피며 혹시 어두운데 어느 편에 그게 들어 있는 듯한 것이 놓여 있지 않은가 하고 살피기를 그치지 않았다. 이럴 줄 알았더라면 아까 그 환히 비치는 달빛 속으로 사립문을 차순네가 들어설 때 왜 똑바로

살피지 않았던가 하는 뉘우침까지 생겼다. 그러나 지금 생각하여 보아도 자기의 눈이 그것을 살피지 않았던 것이라고는 생각할 수 없었다. 보기는 보았지만 차순이를 업었더니만큼 그의 두 손이 뒤로 돌려진 까닭에 있는지 없는지를 몰랐었고 그러자 봉당에 올라선 후에도 역시 자기편으로 앞을 두어 어린것을 내렸으니 알 리가 없었다. 그렇지만 지금 아무리 그 근처를 뚫어지게 살펴보아도 그런 것이라고는 좀체 눈에 띄지 않았다. 봉당에 달빛이 안 들어온다 하더라도 어느 정도 희미하긴 하였다. 제 아무리 검정 보자기나 그릇이라 할지라도 이만치나 눈을 쏘아 보면 있기만 하다면 안 보일리가 만무했다. 그러자 필경 틀렸구나 하는 생각이 들자 입장댁은 실망과 함께 그래도 하는 마음이 생겨

「이리 늦도록까지 일을 하였구먼?」

하고 속으로 차순네가 할 다음 말에 그윽이 귀를 기울이며 이렇게 말을 하는 것이었다.

「아이, 참 저녁이 넘어 늦어서 배가 곯을 텐데…… 그런데 입맛이 없어 멀 먹는담…….」

차순네는 혼잣말같이 이렇게 외치며

「헐 수 있나 감자나 또 씹어 보는 게지…….」

하더니 자리에서 일어선다. 그러더니 곧장 바로 옆에 붙은 자기네 집으로 달려갔다.

그동안 입장댁은 이러한 차순네의 태도에, 자기가 여태 바라고 있던 게 허사로 돌아갔음을 깨닫지 않을 수 없었다. 이에 따라 지금까지 지니고 있던 희망이 일시에 낙담으로 변함과 함께 더욱 참지

못할 식욕이 무섭게도 온 창자를 휩쓸었다. 자신도 모르는 사이 양옆 두 손이 저절로 배를 몇 번이고 누르곤 하였다. 그러자 다음 그는 아마도 아까 자기가 먹고 싶다는 말을 하였을 때 구해 보겠노라 하던 차순네가 그 약속을 잊어버리고 만 것이나 아닐까 여겨지기도 하였다.

자기 집으로 달려갔던 차순네는 바로 돌아왔다. 그동안 입장댁이 그렇게 먹으려던 쌀이 융통되지 않은데 대하여 뭐라 위안할 것인가를 생각해 보았던 것이다. 그러나 묘책이라고는 어느 한 가지 떠오르지 않았다.

다시 봉당에 올라서자 한 손에 들고 있는 아침에 먹다 남은 삶은 감자가 담겨 있는 바가지를 입장댁 앞에 놓으며 미안스러운 어조로

「세상 인심도 갈수록 험악해만 가니, 원 쌀 한 옹큼 꾸기도 안 되는군!」

하며 어둠에 쌓인 입장댁 쪽을 바라보았다.

「……」

「구미는 없을 테지만 억지로래도 조곰 하지.」

「어여 차순 어머니나 먹어!」

입장댁의 말이었다. 지금 그의 마음 속은 파도를 이루었다. 그렇게까지 초조롭게 바라던 것에 대한 결정적인 절망과 아울러 누구에게도 호소할 수 없는 분개가 전신을 요동시키고 말았다. 그런 중에도 자기 일로 하여 이렇게 어둡도록 노력해준 차순네에게 인사말이라도 하여 이 복받침을 한시바삐 진정시키려는 것을 생각하지 못한 것도 아니었으나, 그보다 강 조합장 집이 과연 그렇게도 몰인정한

가 하는 의혹이 먼저 앞을 가려 그러함을 억누르는데 자신이나마 어찌할 바를 분간키 어려울 만큼 분함을 주체하지 못하였다. …… 아무리 제 욕심만을 채우려는 귀신같은 집이기로니 그럴 수가 있단 말인가. 자기가 지금 이렇게 죽게 된 것도 이게 다 뉘로 인해 이 모양 이 꼴로 되었는지 저희 년 놈들도 사람의 탈을 썼다면 짐작이나 할 것이거늘 그렇게까지 갈가지 노릇을 하다니, 우리 집 그이가 뉘로 인해 징용에 뽑혀 갔단 말인가, 우리 집만도 아니었다. 이 차순 아버지도 그놈으로 인하여 간 것이 아닌가, 그 연놈의 조카라는 건달과 저희들 일꾼인 노낙이 박가인지 무엇인지가 한몫 모가지를 얽히었을 때 그놈의 강 조합장은 그들 대신 한시나마 없으면 안 될 자기네 두 사람을 읍사무소 직원 놈들과 짜고 생목을 얽어 보내지 않았던가, 이것을 내 모를 배 아니며 저희들도 혼이 빠지지 않았다면 잊을 리 없거늘 오늘에 와서 나에게 그렇게까지 한다? 더구나 나같이 된 차순네가 갔는데도…… 그래도 난 이제까지 그것들을 원수로는 생각해 오지 않았다. 그야, 일본으로 끌려간 전후에는 그렇지도 않았지만 시일이 지날수록 이것도 다 우리네 팔자로만 돌려 왔던 것이다. 그런데 이게 웬일인가, 참말 이 원한을 어떻게 풀어야 옳단 말이냐, 두 번 아니라 불 속에 뛰어 들어 내 몸이 손톱 하나 안 남게 타버려 죽는 한이 있기로서니 이 원수들을 잊는다면 내년이 아니로다. 배가 고픈 게 다 무엇이랴…….

입장댁은 사실 여태 지니고 있던 그 불길같은 식욕도 어디론지 사라지고 오직 기가 탁 막혀 심장이 터져버리는 것만 같았다. 지금 그 여자로서는 자기 생각 이외에는 다른 아무것도 없었다. 이때 차

순네는 입장댁의 얼굴 모양은 보이지 않았으나 갑자기 높아진 그의 험한 숨소리를 들을 수 있었을 무렵 별안간

「그래 대관절 년놈 들이 무어라 말을 하며 떼이든가?」

하고 물었다. 직접 강 조합장집 식구에게나 대하는 것 같은 흥분된 어조 바로 그대로다.

「읍의 손들을 청해 놓고도 지금 쌀이 없어서 어떻게 할지 근심이 되어 속이 타는 형편이라고 엉크럭을 쓰는데⋯⋯.」

「그래서?」

역시 퉁명스러운 말씨로 재차 이렇게 물었다. 입장댁의 이러한 언변에 차순네는 어안이 벙벙하였다. 자기가 잘못이나 한 것같이 대하는 그 여자의 마음 속을 몰랐다. 따라서 차순네도 일종의 불안을 느끼며

「그래서는 멀 그래서야, 그 쪽에서 그렇게 나서는데야 낸들 어떻게 할 수 없는 노릇이니 그냥 한참 앉았다 왔지.」

「왜 없다는 거야?」

「누가 알어, 왜 없다는지.」

차순네도 점점 말씨가 좋지 못하게 날카로워졌다.

그러나 입장댁은 차순네의 이러한 태도에 조금도 관심이 없는 듯 더욱 날카로운 음성으로

「아, 그 놈의 창고 안에 쌀이 막 허트러져 있는데도?」

한다. 저녁나절 자기가 창고 있는 데까지 갔었을 때 본 밑바닥으로 통하여진 수채 구멍같은 지난 장마 때 헐어진 구멍이 생각되었다. 그 구멍을 가시덤불로 막았는데도 조금 드러난 틈을 이용하여 까마

귀 두 마리가 들락날락하며 무엇을 한참 쪼아 먹는 것을 보았었다. 그리하여 그곳으로 가 보았더니 흐트러진 것은 눈이 부실 정도의 백옥같은 쌀이 반 옴큼 가량 널려 있었다. 까마귀가 잔치를 하도록 쌀이 밖에까지 나와 있을 때야 그 안에는 얼마나 있을 것이냔 말이다. 생각하니 더욱 울분이 끓어오름을 물리칠 수 없어

「창고 밑바닥이 구멍으로 쌀이 밖에까지 나오는데, 그래도 없다 소리를 하나?」

이러한 입장댁의 태도에 차순네는 차순네대로 그만 자기도 모르는 사이 성이 벌컥 치밀어 올라

「그러니 어쩌란 말야. 쌀 안 준다고 창고에 있는 쌀을 훔쳐오란 말인가 어떻거란 말야……」

하였다. 너무나 야속스러웠다. 무엇 때문에 힘쓸 것 다 쓰고 이렇게 꾸지람을 당해야 하나 하는 것이었다. 자기가 쌀이 없다고 거절한 것 같이 드러내다니 두 번 생각하여 보아도 맹랑한 일이었다. 그리하여 차순네는

「내가 있는 쌀을 거절한 것같이 야단이 무슨 야단이야. 이밖에 더 어떻거란 말이야?……」

하고 입장댁과 같은 억센 음성으로 드러내다시피 말하였다.

이 소리에 입장댁도 불시에 본 정신이 들었다. 그러자 여태 자기가 마주 언성을 높인데 대하여 후회를 하고

「글쎄 그런 게 아니라……」

하며 그제야 작은 소리로 말을 가다듬어 하려는데

「그런 게 아니라 어쨌단 말이야, 이제 가다가는 별꼴을 다 겪는구

먼⋯⋯.」

하고 차순네가 말을 가로막자 입장댁은 더욱 당황하지 않을 수 없었다. 그래서 또

「내가 말한 게 그런 게 아니라⋯⋯.」

하는 중

「그런 게 아니라 뭣이 어쨌단 말이야? 다 내 팔자를 기괴하게 타고난 탓이지, 쯧쯧」

차순네는 이렇게 또 말을 막으며 자리에서 벌떡 일어서고 말았다. 사람이란 이러한 것일까, 자기는 성의껏 하노라 애썼는데도 불구하고 지금 와서는 도리어 이렇게 억지를 받아야 함이 웬일일까, 생각만 해도 한심스러웠다.

입장댁도 이런 자리에서 어떻게 하여야 좋을런지 몰라 잠시 아무 말이 없을 때 일어났던 차순네는 자고 있는 어린 것을 안았다.

「왜 갈라구?」

「⋯⋯」

차순네는 아무 대답도 하지 않고 뜰을 내려설 때 등 뒤에서 입장댁의

「아이, 참 잊었었군⋯⋯. 내년 좀 보아, 여, 여기 서방님한테서 편지 온 것⋯⋯ 내참, 깜박 잊었군⋯⋯.」

함과 몇 번 부스럭거리는 소리가 나더니

「야, 여 있어.」

한다. 차순네는 귀가 번쩍 달아올라 기쁨에 사무쳤으나 한편 또 분이 번쩍 치밀었다. 그 편지가 어떤 것이라고 날마다 그렇게 기다리

고 있음을 뻔히 알면서도, 이렇게 밤늦게까지 그 말을 않고 있음은 무슨 심사로선가 하는 의심과 더불어 입장댁이 손을 내밀고 있는 쪽으로 눈을 쏘아 노려보았다. 그러나 달빛이 아무리 밝다 해도 입장댁은 그러함을 깨닫지 못하고

「여태것은 내 전부 잘못 했으니 용서하고 잘 계신가 여기서 읽어 좀 보지…….」

하였다. 하지만 차순네는 또 차순네대로 다시 봉당으로 올라서 그 것을 뺏다시피 받아 쥐고는 아무 말도 없이 그냥 다시 마당으로 내 려서더니 걸음을 빨리하여 자기네 집으로 발길을 옮겨 놓았다. 그 는 입장댁에 대한 분노와 편지에 대한 기쁨으로 마음이 날뛰었다.

四

차순네는 자기 집으로 들어가자 어린 아이를 누이기가 바쁘게 쓰 다 남은 초 잔등을 찾아 방에 불을 달아놓고 남편, 그립던 남편에게 서 온 편지를 보기 시작하였다. 한 번 보고 난 후 또 한 번 읽었다. 한 번은 속으로 가만히 읽고 또 한 번은 소리를 적게 내어가며 읽기 도 하였다. 그리고 불현듯 만나보고 싶은 충동에서 눈물도 흘려 보 았다. 남편이 첫째 아무 별고 없이 몸성히 지낸다는데 왜 내가 이렇 게 눈물을 흘리는 것일까 생각도 하여 보았다. 계집이 울면 집안의 복록을 줄인다는데 하는 생각도 들었다. 그러나 이렇게 혼자서 우 는 것도 공연히 좋았다. 그러자 눈물을 또다시 흘려 보고는 웃음까 지 띠우며 드러누운 채 초야 닳아 없어지건 말건 거물거물 춤추는

천장을 바라보는 것이다.

그런 중 불현듯 입장댁이 생각났다. 이와 동시에 차순네는 머리 옆에 놓여 있는 편지를 또 들여다보고 중간서부터 다시 읽어 보는 것이다.

「…… 그저 내가 돌아갈 동안만은 고생할 작정하시오, 이리된 것도 생각하면 우리네들이 타고 날 때부터 정해 놓여진 운이니까, 이렇게만 알고 그저 꾹 참고 몸이나 성하게 잘 있으오, 한평생 고생만 하라는 마련은 없을 터이니까…… 그리고 사는데 대하야 불편한 게 있으면 강 조합장에게 의론하면 잘 처리해 줄 것이니 잊지 말고 그리하시오, 내가 이곳에 떠나올 때 강 조합장 말한 것이 있오, 무어든 내가 다 보살펴 줄 터이니 안심하고 잘 가라는 말이 있었오, 그건 그렇고 옆집 입장댁은 어떻게 지내시오? 곳은 갈려 있다 하지만 조 서방(입장댁의 남편)은 전부터 나와 친형제간 못지 않게 지난 터이고 또한 한 날 한 시에 그곳을 떠나게 되어 나와 같은 경우에 놓여졌으니 입장댁 역시 당신과 사정이 같은 사람이오, 그러니 부디 둘이서 친형제같이 다정하게 서로 도와가며 잘 지내시오…….」

차순네는 예까지 읽고 나서 다시 한 번 또 연달아 읽었다. 그러자 아까 입장댁과 자기의 한 일이 다시금 또 떠올랐다. 가만히 생각하면 할수록 자기가 너무 경솔하였던 것만은 확실하였다. …… 왜 그렇게 내가 그런 태도를 취하였을까, 지금에 와서는 도리어 입장댁을 대면할 낯도 서지 않았다. 그 며칠째 두고 날마다 밤을 새워가며 앓고 난, 아직도 제정신으로 돌기 전인 입장댁의 말이 아무리 거슬린다 하더라도 성한 자기로서 병후의 쇠약해진 그 여자에게 그렇게 한 것은 지나친 행동이 아니고 무엇이냐 싶었다. 입장댁으로 말하자면 그런 말이 당연히 나와야 할 것이 아닌가, 초면부지의 사이에서도 병으로 쌀을 돌려 달래서 거절하였을 때 욕설을 퍼붓는다 해도 틀린 일이 아니거늘 하물며 편지에도 쓰여 있다시피 강 조합장 집과, 우리들 간에서 이렇게 된 바에야 입장댁이 아무런 말도 없이 그냥 덤덤히 있다면 그걸 사람이라 할 수 있을까, 그것은 참말 입장댁으로서 하지 않으면 안 될 마땅한 것에 틀림이 없지 않은가, 입장댁만이 아니다, 내년이란 인물은 비위 가진 사람 년도 못 되는 천치이지, 낸들 입장댁과 같은 처지에 있지 않은가, 다같이 강 조합장 때문에 남편들을 일본으로 빼앗기고 오늘 거절당한 것만도 내가 중간에서 청한 것이니 둘이 다 천대 받은 것이 아니었든가, 그런데 왜 나는 가만히 있었는가, 도리어 입장댁을 미워하기까지 하였으니 내년이 사람 년이랄 수 있으랴, 지금쯤 입장댁은 얼마나 외로움에 쌓여 있으며 또 얼마나 나를 원망하고 있을 것인가…….

이런 복잡한 생각에 잠겨 있던 차순네는 아까 일에 대한 후회와 자기를 미워하며 혀를 몇 번이나 끌끌 차고는 밖으로 나왔다.

지금 차순네는 다시 입장댁의 집으로 가는 것이었다. 그리하여 사립문을 들어섰을 때 방 안에서 누워 있으려니 하던 입장댁이 의외로 마당 한가운데서 깔린 거적 위에 앉아 달 있는 쪽을 하염없이 바라보고 있음을 알 수 있었다.

「왜 그저 아니 자!」

등 뒤로 가서 이렇게 차순네가 말할 때에서야 입장댁은 놀란 듯이

「응? 누구여?」

하며 뒤를 돌아보았다.

「나여……」

「난 누구라구, 왜 그저 아니 자고 또 왔어?」

반가운 중에도 어색스러운 듯 나직이 말한다.

「그저 오고 싶어서……」

차순네도 어쩐지 말이 잘 나오지 않았다.

「그래 서방님 안녕하시대여?」

「응. 잘 있다는구먼……. 댁 안부까지 물었든데……」

차순네는 자기가 나중에 두 번이나 거듭 더 보던 남편의 편지 내용이 또 생각났다. 이에 뭐라 입장댁에게 사과를 하는지 오직 어색스럽기만 하였다.

「안녕하시다니 다행이군! 내 안부까지 하여 주시니 이렇게 고마울 데가 어디 있나……」

하고는

「왜 앉지 않고 서 있어? 야, 이쪽으로 앉어!」

한다. 차순네도 그제야 가리키는 곳에 앉으며

「아까는 퍽 섭섭하였지? 앓고 일어난 것도 모르고 심술을 부려서……」

하였다.

「원, 별말을 다 하는군, 내 잘못이지, 난 되려 어떻게 사죄를 할까 하고 지금 생각하던 참인데, 공연히 조합장 집에 대한 분함을 참지 못하고 떠든다는 게 해 놓고 보니 댁에게 쏘은 것같이 고만 되어버렸구먼……. 참 너머나 미안해여, 잘 생각해 주기만 바래여…….」

「잘못은 다 나에게 있지, 댁이 나에게 욕한 것도 아니오, 강 조합 장네에게 하는 말에 그것을 모른 게 내가 천치이지…….」

「아마 병을 앓고 나면 마음도 보통 때와는 달러지는 모양이지?」

「그렇지도 않지, 나도 혼자 집에서 가만히 생각해 보니까 그게 옳은 일이여, 무어 안 할 말 했나?」

「그런데 차순어머니, 저녁 안 먹어 어떻게 할라고…….」

「난 먹고 싶지 않지만 참 병 후에 아무것도 먹지 않어 어떻거나?」

「난 아시부터 먹고 싶지 않었지만 나로 해서 감자나마 먹지를 안해서 내일 어떻게 일 나갈라고 그려?」

「뭐-, 난 원래 생생하니까 괜찮지만 댁 때문에 큰일 났는데…….」

「그러나 저러나 난 상관 말고 저기 감자 그릇 갖다가 어여 먹어!」

「아니, 난 괜찮은데, 배 고프지?」

「글쎄…… 참, 고프잖어?」

「글쎄…….」

차순네는 이리하여 방 문턱에 그저 한 모양으로 놓여있는 감자 그릇을 가져 왔다. 그리하여 한 알을 집어 입장댁을 주었다. 입장댁도 그것을 받자 자기도 한 알 집어 차순네의 손에 놓는다. 그들은 아무 말 없이 먹는다. 오직 「쩝쩝!」 씹는 소리만이 주위의 고요함을 깨뜨렸다.

조금 뒤, 무엇을 생각하였는지

「내 나이 댁보다 한 살만 적었드래도 아니 하로만 늦게 났더라면 의형제나 맺자고나 할 껄……」

하고 입장댁이 입을 열었다.

「친형제라고 여기어도 허물될 게 없을 터에, 나도 그런 생각이 전부터 있었는데 말이 났으니, 지금부터 내 댁더러 형님이라 할께.」

차순네는 기뻐하며 이렇게 말하였다.

입장댁도 차순네의 이런 다정한 태도에 감격하였다.

이와 동시에 그들은 여태 겪지 못한 숨어 있던 힘이 둘 사이에 용솟음쳐 울어 나옴을 금치 못했다. 이리하여 얼마 지나지 않은 후에는 그들은 함께 이제까지의 모든 울적함을 벗어나 오직 새로운 기분에 젖었다.

「참 그 놈의 강 조합장네를 생각하면 자다가도 기가 막힐 일이여……」

입장댁의 말이다.

「든까지, 짐승 같은 것들 생각하면 뭘 하나, 우리도 언제 잘 살 때가 있을 테지……」

차순네가 또 남편의 편지를 생각하며 이렇게 말하였다.

「그리고도 나중에 죄 안 받을까?」

「죄 안 받는다면 하느님이 무심하지.」

「글쎄 그 흔청만청 처들 백이는 쌀 한 옹큼이 무엇이길래, 약도 외상 주는 터에 아조 떠먹는다는 것도 아니고, 나중에 일이라도 해 주고 갚을 터인데 가마귀 잔치까지 열게 하면서 그럴 수가 있단 말인가……」

「가마귀 잔치라니?」

「왜, 창고에서 말이야…….」

「응, 난 뭣이라구, 그것들 보기에 우리가 가마귀만이나 한가? 호
호호호…….」

차순네는 자기도 놀라울 만치 날카로운 소리로 웃기까지 하였다.

「누가 아니래여, 참 기가 치일 노릇이지, 호호호…….」

입장댁도 웃었다.

그들은 잠시 잠잠하였다.

이윽고 차순네는

「퍽 시장하지?」

한다.

「응!」

입장댁은 자신도 모르게 부지중 이렇게 말이 튀어 나오자 자기의
너무나 솔직한 답변을 묵살하려는지

「자네는?」

하고 되처 물었다.

「응! 나도…….」

하자 차순네는 이어

「왜 감자 안 잡수셨어! 뭐? 이것 봐! 내가 다 먹어 치웠나베! 이
를…….」

하며 놀란다.

「난 먹고 싶지 않았어, 먹고 싶으면 내대로 집어 먹었게…….」

「그래도 시장하다면서?」

「감자라…….」

입장댁 역시 무의식중에 나온 이 말을 듣자 차순네는 잠잠히 있

었다. 이때, 그 여자 머리엔 아까 입장댁이 말하여 자기가 웃었던 창고가 떠올랐다. 가마귀 이야기가 생각났다. 밑바닥으로 뚫려 있는 허물어진 구멍! 지난 장마에 헐어졌을 때 무심히 보았던 그것이 눈 앞에 떠올랐다. 그 다음은 쌀, 그리고 비열한 강 조합장, 그의 식구들……, 또한 입장댁 등등, 한순간에 이러한 여러 그림자가 머리를 사뭇 어지럽게 하였다.

이윽고 차순네에겐 자기도 예상치 못하던 어떠한 힘이 솟아올랐다. 그와 동시에 입장댁을 쳐다보았다. 달빛에 더욱 해쓱한 얼굴이 언제부터인지 자기를 이상히도 바늘 같은 눈초리로 쏘아 보고 있다. 차순네는 자신도 모르게 몸을 부르르 떨었다. 용솟음쳐 나오는, 그러나 주체할 수 없을 만큼 자기를 무서워지게 하는 어떤 힘을 억제할 수 없었다.

五

얼마 후 그들이 사립문을 나란히 나섰을 때, 어느 틈엔가 입장댁 손에는 자루와 바가지가 쥐어 있었다. 그리고 자루가 쥐어진 손에는 성냥도 한묵 끼어 있었다.

「닭이 울었든가?」

문을 나서자 차순네의 나직막하고도 침착한 말이다.

「아직 안 울었을걸!」

「어쨌든 잠은 전부 들었을 테지?」

「밤이 자정가량 된 것은 틀림 없을 거여…….」

초저녁 하늘 중턱에 있던 달은 그 동안 어느 틈엔가 서쪽으로 반은 기울어져 역시 동쪽으로 동쪽으로 밀리는 구름을 헤치며 벗어나고 있었다. 몇 집 안 되는 동리 안은 더욱 밤이 깊어진 듯 멀리서나마 개 짖는 소리 한 마디 들려오지 않는다. 오직 있다면 은은히 들려오는 강물 소리와 철에 맞지 않는 힘 없는 개구리와 어서 제철이 닥쳐오기를 고대하는 풀벌레 소리, 그리고는 조심스럽게 마을 뒷길을 걷고 있는 두 여인의 발자취 소리라 할까⋯⋯.

처음 집을 나설 때 중턱 이상만이 보이던 창고가 어느덧 동리를 여인들이 벗어났을 때는 그 높다랗고 커다란 우중충한 모양이 바로 눈앞에 나타났다. 그러나 그들은 정면으로 통한 길로는 접어들지 않았다. 앞쪽으로라도 밭을 지나야 하였지만, 그 대신 그들은 논두렁을 끼고 될 수 있는 한 길을 멀리 잡아 창고를 옆으로 지나 놓고도 더욱 강 있는 쪽으로 걸어갔다.

이리하여 얼마 동안 지난 후 나루터까지 왔을 때 차순네는

「여기가 바로 뒤편이니까 이제부터 곧장 가기로 하지⋯⋯.」
한다.

「옳지 그것이 뒤에 있으니까 그래야지⋯⋯.」

입장댁의 대답이다.

그들은 등 뒤편에서 아까보다 더욱 확실하게 들려오는 강물 소리에 발을 떼어 놓기가 전보다는 수월하였다. 다시 논길로 접어들었다. 창고까지는 이제 바로 중턱이었다. 이때 그들 중에서는

「왜 이렇게 별안간 추어졌을까?⋯⋯.」
하는 말이 새어 나왔다,

「지금 가을로 변하는 게지.」

이런 말도 하였다.

그런 후로는 다시는 더 아무 말도 없었다.

조금 뒤, 그들은 바로 앞에 쌓여 있는 가시덤불을 옆으로 치우기 시작하였다. 바로 이것만 치우면 그만이다. 두 여인의 손은 자기들도 알지 못하게 저절로 생각과는 달리 허황되게 움직였다. 연방 가시에 찔려 화끈거리는 그 손이언만 얼마 지나지 않은 후에는 구멍이 나타남과 함께 가시덤불의 자취는 옆쪽으로 전부 옮겨졌다.

그들은 잠시 선 채 창고 안으로 통한 구멍을 묵묵히 내려다보았다. 그러자 차순네는 허리를 굽히고 엉거주춤 앉더니 손을 넣어 가장자리를 휘휘 저어 본다. 그리고는 자기의 아랫몸을 굽어보자 역시 아무 말 없이 다시 두 손을 그곳에 대더니 잡혀진 시멘트에 파묻혀 있는 돌을 힘껏 훔치려 든다. 땀도 나지 않는 손이언만 이렇게 얼마 동안 씨름을 하자니 거무데데한 뜨뜻하고도 끈적거리는 것이 손에 묻어난다. 그러자 손은 입가로 옮겨졌다. 그때 차순네는 확실히 손에서 비린내가 코를 쏨을 느꼈다. 피가 흘렀다. 그러나 마음까지는 쏠리지 않았다. 다시 일어서자 사방을 휘휘 살피고 옆에 서있는 입장댁을 똑바로 쳐다본 후 재처 몸을 숙이더니 아주 엎드려 누워버린다. 그와 동시라 할까 조금 뒤라 할까 뒤에서 내려 보고 있는 입장댁 눈엔 어느덧 차순네의 머리가 보이지 않았다. 그와 함께 어깨를 비비는 소리가 났다. 그러자 어깨도 보이지 않았다. 그리고 조금씩 허리도 보이지 않았다. 또 궁둥이를 비비는 소리가 났다. 이어 헝겊이 찢어지는 야무진 음성이 난다. 입장댁도 등을 굽히고 들고 뒤흔드는 차순네의 허리 밑을 밀었다. 힘을 주어 입을 옹송그려 가지고 자꾸 주먹으로 밀었다. 또 「찌직!」 하는 옷자락 찢어지는 소리가 길게 났다. 그러자 밀던 입장댁의 손이 별안간 구멍 안으로 홱 딸려 들어감을 느꼈을 때에는 차순네의 그 힘들던 허리 밑도 없어지고 오직 딸려 들어가는 두 다리가 손에 걸쳤다. 입장댁은 손을 빼고 옆에 놓았던 자루, 그리고 바가지를 집어 들고 그 자리에 그냥 앉은 채 그 구멍만 노려보고 있다. 성냥은 어느 때부터였는지 이미 바가지 안에 놓여 있었다.

실은 얼마 지나지 않았건만 입장댁은 퍽이나 오랜 사이가 지났다고 생각할 때 그때, 구멍 안에서 손이 밖으로 나타나더니 흔들어졌다. 입장댁은 그 흔들리는 손바닥에 성냥이 든 바가지를 놓았다. 그와 함께 바가지도 없어졌다. 또 손이 나온다. 이번엔 자루까지 들어갔다.

숨을 몰아쉰 입장댁은 일어섰다. 그리하여 사방을 살폈다. 그리고 그 즉, 또 거듭 눈을 휘휘 움직이고는 선 채 구멍을 열심히 내려다본다.

하나, 둘, 셋, 넷,…… 때가 지날수록 가슴 속 방망이질은 더욱이 심해 갔다. 입장댁이 팔짱을 끼고 팔뚝에까지 울리는 뜀의 수효를 세 번째 다시 세어 마흔여덟 번째인가 그렇게 되었을 때 창고 안에서 갑자기 울려 나오는 비명이 귀를 찢었다. 그와 함께 그 구멍에서 검은 머리가 쑥 내밀었다.

「왜?…… 자루는?……」

무의식중 놀라움 속에서 이렇게 입장댁이 외쳤을 때 그 여자의 눈을 번개가 홱 스치는 것이 있었다. 그와 같은 순간에 자신의 눈이 감겨졌으리라고 생각하였는데 또 그 번갯불이 눈알을 빼어버리는 것 같이 홱 지나쳤다. 그러자 다시 머리를 위로 눈을 떴을 때 의외에도 가마아득한 쇠창살 사이로 불길의 혓바닥이 홱 밖으로 치밀어 나옴을 보았다. 순간, 어이된 셈인지

　「도적이야! 불이야!」

입장댁의 부르짖음이다. 이 소리가 아직도 근방을 울려 채 사라지기도 전, 그 구멍에서 비비대기를 치던 차순내의 반쯤 나온 어깨는 갑자기 뒤로 물러가는가 하였더니 머리까지 감추고 말았다.

　그러나 입장댁은 연방

　「불이야! 불이야!」

하고 외치며 그곳에서 정면 길로 달음질을 치는 것이다.

　「불이야--- 불이야---」

　이리하여 창고 안에서 함석 통이 마구 폭발하는 것 같은 난잡한 폭음이 쏟아지기 조금 전, 강 조합장집의 크나큰 대문은

　「댁 창고에 불야!」

하는 입장댁의 외마디 소리와 함께 요란스럽게도 덜그럭거리었다.

　읍내 소방대의 사이렌이 울기 시작한 것도 이와 같은 시각이었다.

六

　이튿날 이른 아침, 지난 밤 화재로 회진이 되어버린 창고 터에서는 일인日人 경찰서장을 비롯하여 경무 주임 이하 사오인의 경관들

과 소방대원 몇 사람, 그리고 공의公醫를 세워 놓고 강 조합장 밑 그의 조카들 중심으로 실정조사를 진행하고 있었다.

그들 옆에 외떨어진 곳에는 형용도 찾을 길 없는 차순네의 시체가 가마니에 덮여 있었다.

하룻밤 동안에 얼굴이 반쪽이 되어버린 강 조합장은, 그의 조카와 경무 주임이 서로 이에 관하여 문답하고 있는 것을 보자 서장에게 유창한 일본말로

「이 사건의 진상은 이에 더 확대될 염려는 없습니다. 물론 서장도 아시다시피 내 개인의 물품만도 아닌 군내의 배급될 물품이니만큼 나의 책임도 중대한 것은 사실이고, 이에 따라 나도 현재 그 손해액을 배상할 각오까지 하고 있는 터입니다. 오직 이번 원인은 극히 단순한 것이고 서장도 대개는 짐작하실 줄 아나 만약 이러한 것을 가지고 조사에 시일을 오래 허비하거나 한다면, …… 내 서로 친밀한 사이니 이야기 하는 겁니다마는……, 나의 공적公的 체면이란 아조 매장될 것을 아시겠지오? 그러하니 아조 이 자리에서 보고할 재료를 결정하여 주심을 바라는 바입니다.」
하며 극히 갈망하는 태도로 사정하였다.

이십여 년간을 같이 사귀어오던 일인 공의도 옆에 서서 이 말을 듣고 나자 서장을 쳐다보며

「사실 이 강씨는 특별히 생각해야 할 것입니다. 그냥 평범한 사람도 아닌, 말하자면 이번 전쟁에 공훈이 많은 열성가의 체면이 조곰이라도 손상된다면 군내는 물론 적지 않은 앞날엔 그 영향이 도내에까지 미칠 것입니다. 또한 그것도 그렇고 징용 간 자의 가족이 절

도를 한다는 소문이 일반에 퍼진다면 역시 이것도 영향이 클 것이며 더구나 이 주인으로 말하면 또 평시와는 달러 언제 도회의원이 될지 몰르는 터에 이 문제로 하여 그것이 실현 안 된다면, 우리 둘에게도 또 나중에 영향이 없다고는 할 수 없단 말여…….」

하였다.

이때 서장은

「그렇습니다. 나도 지금 생각하고 있는 중인데…… 어쨌든 어느모로 생각해 보든지 이것으로서 간단히 완결지을 것을 결정하고 이 사건 전부를 저 사람 말대로만 처리하겠습니다.」

하며 묻고 기록하는 경무 주임의 상대를 하고 있는 주인의 조카를 가리켰다.

「자─ 그러면 어떻게 또 방도를 취할까요?」

조금 뒤 일이 어지간히 끝난 듯 경무 주임이 서장을 바라보며 이렇게 말하자

「조항만 맞춰 기록할 재료를 조사하였으면 이것으로 조사는 일단락 짓지.」

하였다.

이때, 읍내에서는 군수, 읍장, 세무 서장, 우편 국장 등등의 일류 신사를 비롯한 뭇 사람들이 인사차로 꾸역꾸역 닥쳤다.

강 조합장도 서장의 선처에 대하여 사례의 말을 하였다. 그러고는 어느 정도 마음이 후련해져서 모여드는 손들에게로 발을 옮겨 나아가서 대충 인사를 교환하고 다시 그들 앞에 나서더니 커다란 음성으로

「여러분, 이 미미한 자로 인하야 이렇게 원로를(이 마장도 안 되지만) 와 주신데 대하야 무어라 감사의 뜻을 표하여야 할지 당황합니다. 오직 감루感淚가 솟아 나옴을 억제할 수 없습니다. 특히 이 성전하聖戰下에 이런 일이 있었다는 건 백 번 죽어도 저의 죄는 없어지지 않을 것입니다. …… 이번 손해로 말하자면 주로 석유를 비롯한 공공물과 사소한 제 개인 것을 합한다면 실로 막대한 숫자를 내이고 있습니다. …… 화재의 원인은 절도가 창고 안에 들어 성냥을 킨 것이 많이 쌓여 있는 석유 초롱에 인화되어 드디어는 이렇게 화진이 되고 만 것입니다. …… 이로 말미암아 저는 국민의 일원으로 반성을 해 보았습니다. …… 모든 것이, 첫째 절도가 창고 안에 들도록 부주의하였던 것이 저의 국가에 대한 죄악이 아니고 무엇이겠습니까?…… 그러나 저는 이 죄를 벗어나도록 국가를 위해 죽은 후에까지라도 분골쇄신粉骨碎身 노력할 각오입니다. …… 우선 이번 회진이 된 공공물의 배상금을 내일 작정이며 이어 여러분이 용서만 하신다면 이 고장 체면에 걸리는 신사神社 문제에 대하야 전적으로 제가 그 건축 일절의 비용을 삼가 내놓을까 합니다…….」

이때 여태 이 말을 듣고 있던 일류 신사들은 일제히 박수로 강 조합장에게 감격을 표시하였다.

이날 저녁 때 거적에 쌓인 차순네의 시체는 공동묘지로 옮겨졌다. 그의 남편을 대신 징용에 보내고 살던 노낙이 박 서방 지게 위에 놓여져 막 동구 앞 한길을 지날 무렵 강 조합장 집엔 이곳 군청으로부터 영화의 소식이 전하여 왔다.

강 조합장은 금일부로 도회의원의 사명이 발표되었다는 도청으로부터 통지가 있었다는 것이다.

七

이듬해 봄, 작년 화재로 벌판이 되어버린 이 터전엔 전의 것과는 도저히 비교할 수 없는 더욱 장대한 창고가 신축되었다. 계획할 때에는 다시 그곳에 건축하기를 꺼렸던 면이 있었는데 용한 집터잡이를 보였더니 그곳이 대지大地라고 하였다 한다. 지금 와서는 절대 그런 재난이 없을 뿐 아니라 그 재난이란 게 앞으로는 도리어 부귀를 가져올 한때의 때임이라 하여 안심하고 그 터를 또 이용하였다는 것이다. 성대한 낙성식까지 치르고 난 이튿날부터 강 조합장 집과 창고 사이에는 역시 조합장, 그의 조카, 노낙이 박 서방을 비롯한 인부들 그리고 여인의 모양을 볼 수 있었다. 그런데 전에는 주인집 주부 한 사람뿐이었는데 이번에 그 주부를 따르는 아이를 업은 한 여인이 있었으니 그는 곧 차순이를 업은 입장댁에 틀림없었다.

화재 즉후부터 우연히 주부의 눈에 들어 지금은 조합장 집에서 일을 하여 주게 되었다. 주부는, 가끔가다 입장댁이 언제나 업고 있는 차순이를 보며

「저까진 것은 왜 업고 단겨?」

하고 물을라치면, 틈만 있으면 마당 한 구석에 널려 있는 약 찌끼를 손으로 헤쳐 말리며 그는

「나 아니면 누가 키울 사람이 있어야지요…….」

하였다.

그러자 주인 아내는 차순네를 생각해 내고

「어이그, 망한 년야, 죽어 싸지, 하늘이 무서운 줄 몰르고……」

하면,

「그게 다 하늘이 죄를 준 것이겠지요, 그렇게까지 하고 살라면 되나…….」

입장댁은 곧잘 이런 말을 하고 히죽한 웃음까지 띠어가며 주인댁을 쳐다보곤 하였다.

「그런데 이 바보야, 글쎄 그건 버리지 않고 마당만 더럽게 자꾸 말리나?」

하고 주인댁이 상을 찡그리면

「왜요? 두었다 아프면 제가 다려 먹을 걸요…….」

하고는

「참, 이게 무슨 약이지요?」

이렇게 물었다.

「아이그, 전엔 너머 괄괄하여 미워 죽겠드니 요새는 아조 바보가 되었군…… 끌끌.」

「아아 참, 이게 체한데 먹는 약이지…….」

하고는 주인댁을 흘끔 돌아보며

「영 남편쟁이가 없어지드니 바보가 되어 가는구면요. 그러니 아프면 이런 약이래도 먹어가며 죽지 말고 기달려야지요.」

하였다. 그리고는 일부러

「아그그그…… 요 망한 것아, 너 때문에 허리가 끊어지는 것만 같구나…….」

하고 주인댁이 웃기를 기다리며 약에서 손을 떼고 일어선다. 그리
하여

　「글쎄 그건 왜 그렇게 위해?」
하고 주인댁이 또 이렇게 말하면

　「이건 영영 내 딸 삼을 걸요.」
한다.

　「어떻게?」

　「뭘, 어떻게요? 즈 아범 오면 내가 아조 키운다고 할 걸요.」

　「그게 그렇게 되나?」

　「왜 안 돼요? 나 아니면 이까지 생색도 안 나는 계집애를 누가 키
워요? 어쨌든 즈 아범 오면 자식으로 생각하지 말라고 딱 잘러 말할
걸요, 뭐-.」
하고는, 입장댁은 으레 또 한 번 주인댁을 바라다보며 자기 말에 동
의하기를 바라곤 하는 것이다. ✕

九日葬

　송진두는 S동 자위대自衛隊 총무 부장이란 직함을 가지고 있었다.

　자위대의 맡아진 일이란 군대식 훈련과 따라 유사시有事時에 동洞 관내를 경비하는 활동 단체였다. 이는 바로 당국의 지시에 의해서 조직된 것이나 명칭부터가 국민된 의무로서 행하여지는 모임인 만큼 운영상의 실제 비용도 모두 각각 자위대 자체에서 해결을 지어야 되었다. 그러나 예산도 동洞에 따라 많고 적었다. 주민의 생활 정도가 높고 인심이 후한 곳에서는 물론 운영도 잘 되는 모양이었으나 그렇지 않은 동의 자위대에서는 꼭 필요한 비용도 잘 돌지 못하는 형편이었다.

　S동은 한 번에 말하자면 빈동貧洞에 가까웠다. 산꼭대기 막바지여서 주민들의 대부분은 노동자들이 아니면 이렇다 할 만한 직업이 없는 엇배기 청년들이었다. 엇배기 청년들이 많아서 자위대의 인원

수는 충분하였으나 운영하는데 비용을 뜯어내기란 상당히 곤란했다. 그리고 또한 인적人的 구성에 있어서도 단원들은 나이가 많고 적거나 또는 식자識字가 있고 없건 간에 상관이 없었지만 간부들은 그렇지를 않았다. 될 수 있으면 나이도 좀 먹어 통이 크고 지휘력도 있는 사람이라야 했다. 그러나 이만한 사람이면 대개가 무슨 회사나 단체에 취직을 하고 있는 축들이어서 생활비도 나오지 않는 자위대 일을 전적으로 맡아 볼 수는 없었다.

그리하여 결국 간부들은 대개가 회사나 단체에 다니는 사람들로 하여금 겸무를 시켰다.

위선 단장은 동회장이 겸임하기로 했다. 부단장은 운수회사의 무슨 계장이 조석으로 잠깐씩 일을 보기로 하고 각기의 부장들도 대개가 다른 직업을 가진 사람들이 선정되었다.

헌데, 이들 중 총무 부장인 송진두 만큼은 별다른 직업이 없는 사람이었다. 말하자면 자위대 간부로는 적격자였다. 그의 나이는 마흔일곱 살이라는 것이다. 키는 중간보다 약 두세 푼가량이나 더 컸다. 몸집은 퉁퉁한 편으로 얼굴은 넓적하고 큰 폭이었다. 얼굴이 큰 정도이니 거기에 붙은 이마며 눈이며 코, 그리고 입까지도 모두가 크고 넓고 넓적한 것으로 비추어 평범한 중년 신사에 가까운 인상을 사람들에게 주었다. 세상에서 흔히 말하기를 이런 모양이면 말도 적은 사람일 것이라고 짐작한다. 이러한 짐작이 그에게도 알맞은 표현이라면 표현이었다. 그 역시 보통 사람이 열 번 이야기할 것이라면 불과 두세 번, 그것도 아주 한참이나 생각하는 것 같다가 간단히 몇 마디로 끝맺는 것이다. 그렇지만 그 간단한 몇 마디가 절대

필요한 요령 잡힌 것이냐 하면 불행이라 할까 다행이라 할까 그렇지도 않은 편이다. 그는 가끔 대원들에게 어떤 행사에 참석하거나 경비를 시킬 때, 그것도 간부로서 자기 혼자만이 있을 적에 한해서만 한두 마디 주의를 시키기 위하여 연방 비슷한 것을 하는 수가 있다. 그는 점잖게 말 한마디 할 때마다 팔로 으레 한 번씩 동그라미를 허공에 그리며

「에ー, 여러분 대원들은 이제부터 각각 맡어진 구역으로 경비를 가야 하겠습니다. 에ー, 모든 것을 민주주의적을 잊어서는 안 됩니다. 에ー, 모든 행동을 민주주의에 어그러지지 않도록 십분십분 각오해야 합니다. 에ー, 그럼 가십시요…….」

하는 대개가 두 마디 아니면 세 마디로 그친다.

이 말인즉, 경비를 할 때, 대원들은 일반에게 폭력이나 불법 행동을 말고 점잖게 정당하게 감시를 하라는 의사에서 나온 말임에 틀림없었다. 그는 점잖고 정당하고 원만하다는 등의 좋은 의미의 것이면 어떤 용어이건 모조리 민주주의란 말을 대용代用하기에 제한을 두지 않았다. 이런 말을 하면 대원들은 그럴 듯이 들었다. 그들은 송진두를 총무 부장으로서 상당한 적격자라고 인정했다. 생긴 품으로나 말하는 태도가 점잖아서 뻐기는 패보다 좋게들 여겼다.

이렇게 신임을 받는 송진두이었건만 생활 정도는 아주 궁한 편이었다. 말한 바와 같이 아무 재산도 직업도 없는 그로서 또한 동전한 푼 생기지 않는 자위대에 이름을 걸었으니 빤히 바닥이 들여다보였다. 하기야 해방 전으로도 십여 년 전엔 시골서 벼 베기나 하여 의식衣食도 자기 딴에는 고급으로 했고 행세도 제법하고 지낸 그이

긴 했다. 그 중간에 헛바람이 불어서 미두 일 년에 고만 이렇게 되었지만…… 현재 그 집안의 수입이라면 오직 그의 아내의 바느질 품삯 정도였다. 가다가다 몇 장식 생기는 것으로 입에 겨우 풀칠이나 하고 지냈다. 사는 곳이래야 골목 한 구석도 아니었다. 전에는 산 위이었던 높은 지대에서도 일등 가는 꼭대기이다. 그것도 남의 집 코딱지만한 문간방 하나에서 다섯 식구가 살고 있었다. 벌써 몇 달째 골골 앓고 누운 팔십 객인 어머니도 있었다. 늦게 얻은 일곱 살짜리 딸과 다섯 살 난 아들, 그리고 아내, 다음으로 그였다.

송진두는 옛날 중학교 일학년을 겨우 수업했을 뿐이라 마땅한 직업도 얻을 수 없었고 또한 경험이 없는 관계로 노동도 못했으니 언제든 아무짝에 소용없는 시간이 많았다. 그래 노는 것보다는 날을 보내기 위해서도 그보다 가만히 있으면 있을수록 가당치 않은 식욕만이 동할 뿐이어서 자연히 자위대를 들렀다. 그리하여 낮이건 밤이건 그곳 일을 봄으로써 모든 것을 때웠다.

그는 생활이 이렇게 궁했건만 삶에 대하여 근심하는 빛은 없었다. 그저 무던히 사는 사람 같게 보였다. 그러나 외모에 나타나는 표정이나 태도가 마음 속과 같다는 법은 없다. 송진두의 겉 보임이 그러한 대신 그의 마음 속은 불안과 우울함이 떠날 사이가 없었다. 그는 앞날에 대한 이렇다 할 만한 계획도 그리고 희망도 없었다. 그렇다고 잘 살았다는 과거를 생각해 보는 법도 없었다. 다만 하루하루의 생활 그 자체가 그로 하여금 생각케 하는 전부였다. 그 실태가 또한 가련하였으니 손톱만한 기쁨도 있을 리 없었다. 닥쳐 들고 휘여 감기는 것은 그가 혼자 늘 생각하는 허무맹랑한 서글픔이었다.

두 아이들은 이미 폐지된 지 오래인 점심을 먹겠다고 날마다 제 때만 되면 야단을 쳤다. 아내는 언제든 얼굴을 한번 제대로 활짝 펴 보는 일 없이 잘 살 때의 그 전날과는 딴판 달라 바느질을 하다가 바늘에 손끝이 좀 찔려도 팔자타령이 일쑤였다. 그는 이러한 것 모 두 심상치 않은 사건으로만 생각하였다. 물론 이 심상치 않은 사건 들의 해결책도 그에겐 사건이란 데만 푹 파묻혀 감히 생각할 능력 도 여유도 가지지 못했다.

그런데 이즈음은 그런 심상치 않던 사건을 뛰어 넘은 아주 치명 적인 사건 하나가 그에게 또 발생하였다. 늙은 어머니가 골골거리 고 앓는 것 바로 그것이었다. 가래를 주체 못한 지가 이미 한 달이 가까워 간다. 그러나 병세는 그때나 이때나 마찬가지여서 더 하지 도 덜하지도 않았다. 초복, 중복이 넘은 여름이었지만 땀이라곤 한 방울도 흘리지 않고 가끔 물만 홀짝홀짝 몇 모금씩 마실 뿐, 자꾸 「어구 으흥 흐흥!……」 하고 반은 울며 외줄기로 앓어대는 것이었 다. 나이가 이제 그만 하면 죽을 때도 어지간히 가깝다느니보다 지 난 셈이었다. 집안 형편으로 보아 당장이라도 병인이 죽는다면 의 식儀式대로 하기는 이미 트자에 ㄹ이다. 그날로 어떻게 해서든 아무 도 모르게 화장火葬을 할 수밖에 별 도리가 없었다. 이것은 바로 아 들인 송진두가 어머니의 병이 돋을 때마다 혼자 제대로 생각하는 일이었다. 이제껏 약도 쓰지 못했다. 돈 문제로도 그러했지만 또 그 럴 만한 용기도 실은 없었다. 하기야 사는 데서 십 리쯤 떨어진 하 왕십리에 의원 노릇을 하고 지내는 그의 성격과 정반대인 까불이 재당수 영감두 있기 하였다.

그러나 아들은 일부러 그곳을 찾지는 않았다. 염치 없기로 유명한 늙은이라고 그는 늘 혼자 미워하는 재당숙이었다. 하지만 재당숙이 밉다는 것보다도 언제든 한번 당할 바에야 가보나 안 찾으나 어머니의 병은 그대로 어머니의 병일 따름이라는 마음이 앞섰기 때문이었다. 요는 죽으면 무엇으로 어떻게 급히 치룰까가 심중에 꽉 찬 문제였다. 모든 것이 자기에게 귀찮기만 하였다.

그렇게 중대에 빠져 있는 어머니였지만 하루에 두세 번은 잠시 동안이나마 정신이 도는 모양이었다. 그럴 적마다 며칠 전에 들어서는 식구 중에도 특히 아들에게 그는 자기가 죽으면 어쩔 것이냐는 질문을 하였다.

「너희 나 죽으면 화장 할 테냐? 화장이면 두 번 죽는 거지……」
하는 말이다.

이것은 언제나 같은 음성의 같은 투의 말이었다.

송진두는 이런 때 대개 책상다리를 한 발바닥을 손으로 비비며 앉아 있다가
「그렇게 할 수야 없습지요.」
하고는
「글쎄 그건 안심하시라니까.」
하는 위로의 대답을 하곤 했다.

이런 것은 하루에도 몇 번씩 되풀이 되고 날이면 날마다 계속되었다. 그는 그럴 때마다 어머니의 다짐과 같이 똑같은 대답을 한 모양으로 했다. 그러나 그러함도 하루 이틀이면 모르지만 근 십여 일이 넘도록

「너희 나 죽으면 화장 할 테냐? 화장이면 두 번 죽는 거지…….」
하는 데는 그런 송진두이언만 슬그머니 진력이 나지 않을 수 없었
다. 그래서 될 수 있으면 아무짝에 소용없는 대답이며 말한대도 그
것 또한 어머니에게 있어서는 한갓 소귀에 경을 읽는 것과 다를 배
없다는 생각에서 부지중 참아 낼 수 있는 한 대꾸를 안 하는 것이
좋을 듯했다. 원래 말을 잘 하지 못하고 말하기 싫어하는 선수選手
인 그로서는 이것이 별반 걱정될 일은 아니었다. 그는 하루 이틀을
지나면서 입을 다물고 말았다. 그러나 이것 또한 불편할 때가 한두
번이 아니었다. 그것은 아내에게나 아이들과 이야기 할 때 불쑥 어
머니가
「너희 나 죽으면 화장 할 테냐? 화장이면 두 번 죽는 거지…….」
하는 물음이 닥치는 데는 제일 곤란하였다. 이쯤 되고 보니 그는 어
물어물하다가 할 수 없이 이번엔 한 마디로
「그렇게 할 수야 없습지요.」
하고 안 나오는 대답을 억지로 했다.
　이리하여 그는 다음부터는 더 나아가서 아내와 아이들에게까지
도 말을 하지 않기로 결심했다. 꼭 아내에게 말을 하여야 될 경우엔
일부러 방 안에서 눈짓을 해서 밖으로 데려다 놓고 한두 마디 하곤
했다. 그러나 이것도 몇 번 되풀이하고 나니 이번엔 또한 자기에 대
한 점잖지 못한 느낌이 생기고 아울러 아내 보기가 무안함을 금할
수 없었다. 그래서 며칠 안 가 이것 역시 집어 치우고 이번엔 아주
식구면 누구에게든 입을 벌리지 않았다. 아내가 무엇을 물어도 입
을 딱 닫고 있었다. 그의 심정을 모르는 아내는 대답도 않는 남편에

게 잔소리를 했다. 이리 되고서부터는 그가 자위대로 가는 도수가 한결 더 많아졌다. 하지만 어머니는 아직 생명이 붙어 있기 때문인지 본 정신이 들을 때면 기억력도 소생되는 모양이었다. 너희 나 죽으면 화장 할 테냐는 질문을 아무리 하여도 한결같이 벙어리가 되어버린 아들에 대한 불만이 며칠 안 가 그만 터지고 말았다. 그것은 바로 푸념 섞인 울음이었다. 긴 고통에서 벗어날 때

「애고야 애고야 아범 벌은 돈 다 떨치고 이제 와서 날 두 번 죽일려는 화장쟁이눔아…….」

하고 길게 울음을 섞어가며 늘어놓았다.

송진두는 이런 말이 처음으로 쏟아져 나올 때 그는 어이없이 이러한 어머니를 그저 멀거니 바라보았을 뿐이었다. 그런 중이면서도 어머니에 대한 애처로움이 마음 한구석을 차지하고 있음도 물리칠 수 없는 사실이긴 했다. 이와 함께 자기의 여러 가지의 잘못을 뉘우치고 눈물이라도 흘려서 병인의 심정을 진정시키자는 의사가 없는 바도 아니었다. 그러나 이런 생각은 오직 그 순간에 일어났다 없어진 말하자면 한갓 그의 머리를 스치고 지나친 잡스러운 심적 장난에 불과했던 것이다. 왜냐하면 병인의 소리는 이웃에까지 들릴 만큼 의외로 높았기 때문이다. 그는 아무도 듣지 말기를 바라며

「아무래도 화장을 받을 팔자의 몸인데 왜 저리 야단이람…….」

하는 생각으로 자기의 치받쳐 오르는 심정을 억지로 눌렀다.

이와 동시에 송진두는 그러한 병인을 뚫어지게 바라보았다. 순간 그는 못 볼 것을 본 듯한 느낌을 물리치지 못했다.

…… 진물과 눈곱이 어울려 떴는지 감았는지도 알 수 없는 새빨

간 눈이며 말라빠진 썩은 호박과 같은 검은 반점이 박힌 누렁퉁이 얼굴, 앞으로 불쑥 십 리쯤 튀어 나온 듯한 입…….

그는 아무 소리도 없이 벌떡 일어났다. 그리하여 횡 하니 자위대로 갔다. 그렇건만 병인의 이 증세는 웬일인지 심해 갔다. 꼬박 이틀을 두고 아들이 있건 없건 사지를 버리적거리며 나대는 것이었다.

송진두는 그만 푸른 하늘까지도 노랗게 보였다. 어머니가 죽지 않는다면 자기라도 죽어 세상일을 잊어버림이 상책이란 생각까지 하였다. 병인의 푸념은 곧 자기의 체면을 송두리째 갉아먹으려는 것이라고 여겨졌다. 이럴 때면 그는 당장 솜뭉치나 주먹이나 닥치는 대로 가져다가 병인의 입을 틀어막고 싶은 충동을 감당치 못할 지경에 이르렀다.

그러나 이러함은 마음뿐이었다. 남이야 알건 말건 자기를 불효라고 하든 말든 자기만이 보지 않고 듣지 않으면 고만이란 심사에서 그는 다음부터는 도통 집엘 가지 않기로 결정하였다. 그래 이번엔 자위대에서 자고 일어났다. 어떤 당번 대원이 밤이 이슥해서

「왜 집에 가서 주무시지 않구 그러셔요?」

하면 송진두는 한참이나 두 팔로 뒷짐을 지고 마루방을 왔다 갔다 하다가 요즈음의 8·15 경비를 깨닫고

「나 혼자만 잘 자면 됩니까? 여러분들은 수고를 하시는데 해방 기념일까지는 나도 이곳에서 눌러 있지요.」

했다.

식사는 일곱 살 난 딸이 날랐다. 그 까만 보자기에 싸인 것은 대개가 감자임을 모르는 바도 아니다. 그는 남이 있을 때에는 그것을

풀지 않고 고스란히 그대로 한구석에 숨겨 두었다. 그러다 좀 조용한 틈을 타서 사람이 없을 때면 그는 누가 보지나 않을까 염려하면서 비로소 보자기를 풀러 감자알을 하나 둘 씹는 것이었다.

하지만 아내는 그의 외박外泊을 찬성하지 않았다. 더욱이 자위대에서 개불알도 생기지 않는데 무엇하러 늘 어슬렁거리고 찾느냐는 잔소리를 가끔 하는 그였다. 그런 중에 어느 날 밤 늦게 아내는 자위대로 달려왔던 것이다. 남편을 밖으로 불러 세워 놓고 그는

「어떻게 할 작정이길래 두 사람씩이나 남의 속을 태우는거요, 어서 하왕십리에나 갔다 와요…….」

하고 쏘았다.

송진두는 어리벙벙해서

「웬 하왕십리에는?」

하였더니, 아내는

「어이그, 어서 어머님이나 가 봐요.」

하며 곧장 다시 돌아서 걷는 것이 아닌가.

송진두는 순간 가슴이 뭉클하였다.

(죽었나?)

(그보다 죽으려는가?)

그는 이런 생각이 치밀자 돌아가지 않는 혀를 간신히 돌려

「여보, 대관절 어머니가 어찌 됐단 말이요?」

하고 나무랐으나 아내는 화가 치미는 어조로 오직

「흥, 끌끌…….」

하였을 뿐 더 아무 말도 없이 그냥 연방 걸었다.

송진두 역시 더 말을 걸지는 않았다. 그는 어머니가 아내의 말에 비추어 아직 목숨은 붙어 있으나 아마 곧 죽으려는 모양이라고 생각했다. 그리하여 덤덤히 아내의 뒤를 따랐다. 발을 옮기면서

(언제나 한번 치루고 말 것이니까…….)

하며 미구에 닥칠 상사喪事에 대한 불안감을 억제하며 요즈음의 형편으로 보아 어찌 됐든 시원한 일이라고 여겼다. 그렇지만 이 시원한 빛을 외면해 나타낼 수는 없는 것임을 그는 깨닫고 발을 빨리 옮김으로써 아내의 앞을 막아서서 묵묵히 걸었다.

그러나 송진두는 시원하다느니보다 절망에 빠지고 말았다. 그것은 아내보다 앞서 자기의 방문을 열고 들어서기도 전에 닥친 것이었다. 왜냐하면 여태 은근히 생각하고 있었던 어머니는 아니었기 때문이다. 그저 축 늘어진 채로 아무 발작도 없이 혼돈 상태에 빠져 입에 거품쯤 풍기고 있을 줄 알았던 병인은 역시 마찬가지로 나대는 것이 아닌가. 몸을 버리적거리는 것은 전과 조금도 다름이 없었고 그때보다 변동이 많았다면 그것을 훨씬 낮아진 음성과 토해 놓는 말투였다. 병인은 희미한 목소리로 자꾸 정신없이

「으흥…… 약이래도 먹었으면……」 함과 간간히

「아구…… 나 죽겠네! 제천 양반 어디 갔나…….」

하는 말을 웅얼거리고 있었다. 제천 양반이란 두 말 할 것 없이 하왕십리에서 한의漢醫 노릇을 하고 있는 바로 송진두의 재당숙이었다.

병인은 방을 반쯤 차지하고 누워 이리 구르고 저리 치우치고 했다. 웬일인지 그의 원기는 앓기 전인 평상시보다 더욱 강렬해진 것 같이도 생각되었다. 반백半白이 넘는 옥수수 수염 모양으로 드문드

문 박힌 머리털은 온통 흩어져 있었고 입에서는 말이 끊어질 때마다 알맞지 않은 한숨이 음성보다는 더 억세게 터져 나왔다. 그리고 가끔 딸꾹질도 연달아 한몫하곤 했다.

어린것들은 한구석에 누워 자고 있었다.

송진두는 방에 들어서자 자는 아이들을 발로 차다시피 밀치고 그 커다란 몸을 웅숭그리고 방바닥에 놓았다. 아내는 한구석에 서서 통행금지 시간도 생각지 않고

「어서 재당 숙댁에 갔다 와요……」

하며 짜증을 부렸다.

「……」

송진두는 대답도 없이 병인을 내려다보았다.

병인은 거들떠보는 법도 없이 무턱대고 한결같이

「아구구…… 나 죽겠네! 제천 양반 어디 갔나……」

하기를 버릇처럼 되풀이 하였다.

송진두는 자기도 모르게 한숨을 높게 터뜨렸다. 헐은 반자 위에선 쥐가 바스락거리고 있었다. 그는 넋이 없는 사람처럼 병인을 한동안 같은 모양으로 멀거니 바라보고 있다가 별안간 벌떡 일어나 천장을 힘껏 주먹으로 쳤다. 그 음향은 밤이라 한결 높았다. 아내는 깜짝 놀라서

「저이가 미쳤나?」

한다. 송진두는 여전히 가만히 있으려다 작은 음성으로

「그놈의 쥐들이……」

하고 말을 얼버무렸으나 순간 병인을 다시 한 번 내려 본 그는 또한

자기도 모르는 사이에 문을 부수듯 열고 일터로 갔던 것이다.

송진두의 어머니가 죽은 것은 그런 일이 있은 지 이주일쯤 지나서였다. 아들은 그동안 아내의 미움을 받으면서도 일이 바빠서 할수 없다는 핑계를 내세워 가면서 무던히 자위대에서 지냈던 것이다. 그러니까 물론 임종도 하지 못했다. 이 임종은 그만이 안 한 것도 아니었다. 그의 아내도 몰랐다. 한 대중으로 이 소리 저 소리를지르면서 앓기에 아내도 그냥 쓰러져 잤다. 그런데 이튿날 아침에눈을 뜨고 보니 병인은 잠잠히 있었다 한다. 그 잠잠히 있는 품이공연히 이상해서 일어나 보니 어느 때부터인지 이미 시체였다는 것이다.

송진두는 아내의 기별로 비로소 어머니의 주검을 알고 집으로 돌아왔다. 그는 잠잠히 한참이나 시체 옆에 앉아 있다가 밖으로 나갔다. 길로 나선 그는 한참 또 선 채로 무엇을 생각하다가 스무 집쯤건너서 살고 있는 같은 대원을 찾아갔다. 그 대원은 그와 가장 가깝게 구는 부하였다. 청년을 만나자

「에─ 다름이 아니라 우리 어머님이 돌아가셨는데 군이 일을 좀보아 주었으면 싶어서…….」

하였다. 청년은 놀라는 기색으로

「언제 돌아가셨는데요?」

하자,

「바로 지난 밤에!」

하고 대답했다.

「아 언제부텀 편찮으셨길래요?」

「편찮긴 월여나 실히 넘었지, …… 어쩌다가 임종도 못 했다네!」

하고 말한 송진두는 살림살이가 말 아니니 사람들에게 알릴 것도 없음으로 자기와 단 둘에서 수레라도 빌려 화장터까지 같이 가 주었으면 싶다고 했다. 그러면서 화장비로서 오천 원쯤 주선하여 빌릴 수 없느냐고 청년에게 청하면서 절대로 남에게는 알리지 말라는 부탁을 했다.

청년은 혼잣말 비슷이

「글쎄 그건 어찌되든…….」

하며 송진두를 따라 상가로 갔다.

이때, 아내는 어느덧 머리를 풀고 곡哭을 시작했다. 송진두는 아내에게

「뭐가 호상好喪이라고 곡을 해? 마음으로부텀 울면 되지…….」

하고 말했다.

청년은 방 안을 한 번 들여다 보더니 제대로 나가 버렸다.

송진두는 우선 아내에게 수의 대신 문풍지를 한 매 외상으로라도 구해 올 것을 말하고 시체를 한 옆으로 밀며 아이들에게 밖으로 나가 놀라고 했다.

그런데 조금 뒤, 바로 전에 왔던 청년은 4, 5명의 청년을 몰고 왔다. 그런 후 다음엔 그들 중에서 또 한 사람이 사라지더니 얼마 지나지 않아서 다른 청년 7, 8명이 얼굴들을 내밀었다. 그들은 모두가 자위 대원이었다.

이와 함께, 송진두는 어찌 할 바를 모르고 당황했다.

그러자 얼마 후엔 생각지도 않던 대장과 선전 부장이 왔다. 대장은 오자마자 상주에게 제법 인사를 공손히 치르고 나서 감격한 어조로

「부장님의 태도엔 실로 놀라울 뿐입니다. 나라를 위하시느라고 임종도 못 하시고 선친의 우환이 있는데도 사뭇 밤을 새워 주시다니…….」

하며 악수를 하려고 손을 내밀다 멈추고는 문 앞에 선 채 연방 허리를 구부렸다.

이리하여 그들은 장례에 대해서 의논을 하기 시작하였다. 선전 부장은 우선 자리가 비좁으니 시체를 자위대 사무실로 모시자고 했다.

이때 송진두는 그만 놀라서, 보다시피 이렇게 구차한 살림이니 당일로 치르는 것이 자기네 처지에 맞는 일이라고 굳이 말렸던 것이다. 그랬으나 단장과 선전 부장은 상주의 말대로는 하지 않았다. 그들은 청년 두 사람에게 자위대로 얼른 달려가서 대원 총집합의 사이렌을 불도록 명령하고는 그들도 갔다.

이래서 장례는 참말 의외로 확대되었다는 것을 독자들은 알아야 한다. 자위대에서는 송진두에게 힘 있는 한 일을 전적으로 서둘러 정의를 베풀기를 삼가지 않았던 것이다.

우선 대장 이하 간부들은 대원들에게 송진두의 가정 형편과 그의 노고努苦를 알리고 동네 각호에 알리어 장례비용으로서 오십 원씩을 추렴케 했다. 간곡한 격문을 등사해서 대원들이 짝을 지어 집집을 돌았다.

그리고 활동력이 강한 동회장이며 대장인 장씨는 시청으로 가서 표창할 것까지 운동을 하였다.

시체는 당일로 자위대에 옮겨졌다. 아침에 대장이 다녀간 뒤, 채 한 시간도 지나지 않아서 상옷감과 수의감이 왔다. 이어 단원들 집의 여인으로 몇 사람이 와서 대문 밖 길 옆에다가 멍석을 깔고는 수의를 짓고, 매기꾼이 와서 시체를 다루고 해서 대낮도 되기 전에 자위대에 안치되었다.

자위대 사무실은 장례 사무실로 변했다. 문 입구에서는 부의賻儀를 받는 회계석이 생겨지고 중앙에는 장의 위원들이 앉는 자리가 마련해졌다. 또한 포장에 가려진 시체 앞엔 상주 내외, 그리고 어린 것이 앉아 있다. 이어, 앞마당엔 천막이 세 개나 치어졌다. 한 개 안엔 일부러 초청한 목수가 관棺을 짜고 있었다.

또 한 개엔 조객弔客석으로 정해지고 나머지의 것은 대원들의 휴게소로 되었다. 그들은 사무실에서 시키는 대로 마구 내려 쬐는 뙤약볕을 받으며 심부름을 하기에 바빴다. 그런 중에 얼마 지나지 않아서는 의원 노릇을 한다는 상주의 재당숙 내외도 알리러 간 대원을 따라 왔다. 이 의원 내외는 닥치자마자 높은 소리로 곡을 하였다. 의원 영감의 곡소리엔 연방 상주를 나무라는 소리까지 포함되었다. 그것은 어찌된 셈이기에 이렇게 되도록 자기에게 일체 알리지 않았느냐는 의미에서

「내가 알었드면 약이래도 써 볼 껄⋯⋯.」

하는 푸념이었다.

상주는 푸념에 간이 서늘할 정도로 아찔하였다. 쥐구멍이라도 있

으면 들어가고 싶은 심정이었다. 그는 그 푸념이 남의 귀에 담기지 않도록 자기도 체면 없이 눈물 없는 답곡答哭을 마구 터트리며 한편 영감쟁이를 마음 속으로 못마땅하게 생각했다.

그런데 일련의 곡이 끝나자 영감은 장의의 광경을 곁눈질로 정신 없이 살피고는 송진두에게 남이 알아듣지 않을 정도로 그윽이

「얘, 참 장하다! 참 훌륭한 차림이다. 네가 출세를 했구나…….」
하며 감탄하였다.

상주는 이에 어물어물하던 끝에 부지중 고개를 한 번 의젓이 끄덕하다가 그즉 자기의 가벼움을 깨닫고 머리를 그만 옆으로 돌렸던 것이다. 이렇게까지 된 그였지만 생각하면 도무지 꿈같은 일임이 틀림없었다. 차마 상상도 못하던 일임은 너무나 분명한 것이었다. 처음 한동안은, 아니 그보다 시체를 이곳으로 옮긴 즉후까지도 자기의 귀와 눈을 의심했던 터였다. 그런데 시간이 지나고 따라 본정신이 돌고 또한 지금 영감의 치사까지 있고 보니 그제야 차츰 흐뭇한 마음이 들기 시작했다. 세상에 나온 이후, 가장 무능한 자기가 이렇게 대접을 받아 보기란 참으로 처음 당하는 일이다. 거기에다 얼굴도 잘 모를 손님들 대원들의 부형이 연방 조문을 하는 데는 오직 하늘을 나는 새와도 같은 심정이었다. 이 마음 역시 난생 처음 가져 보는, 상쾌하다느니보다 통쾌에 가까운 것이었다. 그는 세상에서 떠드는 「사람의 행세!」란 게 바로 이런 것을 가져다가 하는 말이라고 혼자 심중에 삭였다.

밤에 들어서는 장례식을 며칠만에 치를 것이냐는 결론이 있었다. 대장은 삼일장으로 하자고 했다. 그런데 본 근무처 출근 관계로 저

녁 때에서야 들린 조직 부장은 5일장으로 할 수밖에 없다고 했다. 그것은 장례비용을 일반에게서 걷을 바에야 이왕이면 철저하게 걷어야 할 것을 강조하고, 이러자면 오늘의 성과가 이천 이백여 세대 중에서 불과 삼백여 세대밖에 거출되지 않았으니 이것이 대충 걷히자면 자연히 며칠 더 걸릴 것이니까 이틀을 연기함이 좋다고 했다. 이에 부대장은 일반에게 거두되 그들의 호의에 의해서 내도록 함이 좋으니 삼일장으로 정해 놓고 그 동안에 걷히는 것으로만 비용을 충당하자는 의견을 내었다. 그러나 이번엔 선전 부장이 조직 부장의 의견을 찬성하였다. 왜냐하면 이제껏 우리 자위대는 다른 동의 자위대와 달라 대의 비용도 잘 못 쓰고 지나왔다는 것과 이어 한 푼의 수입도 없는데도 불구하고 빈곤한 가정을 돌볼 새 없이 국가 치안을 위해 주야 노력하였으며 그리하여 임종도 못한 애국자를 위해서 우리는 동지로서 마땅히 최후까지 노력할 의무가 있으니 걷히든 안 걷히든 간에 어쨌든 5일장으로 정해 놓고 보자는 것이었다.

이 선전부장의 열변은 곧 직통으로 의견 일치를 가져 왔다. 대장도 애국자 동지라는 것을 잠시 잊어버린데 자신을 뉘우치고 동의하였다.

멀찍하니 머리를 숙이고 듣고 있는 상주는 자기가 그냥 있을 수는 없음을 깨닫자

「에— 실은 삼일장도 저에겐 과만하다고 생각합니다. 대장 말씀대로 하여 주심이 좋겠다고 생각합니다.」

하였다.

이때, 옆에 앉아 있던 의원 영감은 그의 옆구리를 꾹 찌르며

「얘, 무슨 소리? 넌 행세란 걸 모르는구나……. 넌 천치다 천치天痴!」

하며 눈을 흘겼다.

상주 역시 이 말엔 부지중 웬일인지 구미가 당겨 남이 알아듣지 못하도록 즉시 영감의 말을 받아

「하기야 어머님은 화장을 반대하였고 늘 구일장을 바라셨지만…….」

하였다.

이런 상주의 말이 끝나자 의원 영감은 남이 알아듣도록 큰 목소리를 내어 별안간 송진두를 닦아 세웠다.

「이눔아, 네가 사람 놈이냐? 그래 아주머님을 화장을 해? 이 망칙한 놈 같으니…… 전의 형님 내외분이 벌어 놓은 돈만 가져 봐라, 이놈 화장을 할까? 재산은 누가 다 털어 먹었느냐? 난봉 부려 다 털고 나서 죄 없는 아주머니를 화장을 시켜? 안 되지 안 돼……. 이눔아 생전에 그렇게 원하시든 구일장으로 치루어라…… 이놈, 어디서 그따위 수작이냐? 삼일장이고 칠일장도 난 용서할 수 없다……. 이눔의 불효 자식아!」

라며 노발대발하였다.

좌중은 대번에 고요해졌다. 상주는 아무 소리 없이 엎어지듯 허리를 굽히고 있었다. 사람들은 영감을 밖으로 잠시 진정하라고 끌고 나왔다.

일을 좌우하던 간부들은 상주에게로 몰려 왔다. 그들은 웬일이냐고 물었다. 그러나 상주는 한동안 대답을 하지 않고 그냥 엎드려 있다가 몇 번이나 되처 묻는 데는 할 수 없는 듯

「모든 게 제가 죄를 지은 탓입니다. 저 어른의 말씀도 일리는 있
지만…… 지금 와서 전들……」
하고는 말을 끊어 버렸다.

　드디어 구일장으로 정해졌다. 구일장이란 아무도 생각지 않던 것
이었다. 대장도 누구도 이것은 너무나 뜻밖의 일이긴 했다. 그러나
그들은 송진두의 지극한 효심을 사지 않을 수 없는 것이라고 생각
했다. 이왕 보아 주는 판이니 며칠쯤 관대하게 하여 주자는 결론이
내렸다. 그리고 역원 중에선 이번 일이 이렇게 된다면 앞으로 자기
네들의 이런 일에도 이와 같이 취급될 것이라고 어렴풋이 생각하며
좋아하는 축들도 있었다.
　이래서 며칠이 지났다. 그동안 장의비용은 속속 걷혔다. 조객들
도 많았다. 그들은 동洞에서 치르는 이 장례에 상당한 관심들이 있
었다. 모르는 늙은이들은
　「거ー 누군지 아무 것도 가진 건 없다는 사람이라는데 여럿이 이
렇게 마련해 주니 부자보다 뭘로 보든 낫지 않는가, 세상은 모두가
권세노름이지……」
하였다. 또 어떤 늙은 여인들은
　「그 죽은 마누라, 누군지 팔자 참 좋군.」
하기도 하였다.
　어쨌든 성왕한 편이었다. 사흘 뒤엔 시장市長 비서관도 왔다. 그
다음 날엔 경무국 사람도 왔다. 이것은 대장의 운동이 실현된 것
이다. 그들은 상주에 대한 감사장과 부의로 금金일봉씩을 가지고

왔다.

송진두의 영화는 극도에까지 달했다. 그 자신도 오직 휘황찬란한 중에서 지냈다.

그런데 이 중간이라고 불행사가 아주 없었던 것은 아니었다. 그 것은 연일의 폭염에 사흘을 넘기가 바쁘게 시체에서 썩는 냄새가 나기 시작하였다. 닷새가 넘어서는 근방에까지 깃을 펴고 요동되어 사람들의 코를 사정없이 푹푹 찔렀다.

이에 또한 사흘이 지난 후부터는 조객들이 점점 적어졌다. 대원 들은 한 사람 한 사람 같은 일을 되풀이 하노라니 진력이 났다. 거 기다가 마구 풍기는 썩는 냄새엔 코들을 쥐여 안고 피하곤 했다. 누 군가는

「에이, 여름 송장을 아흐레나 두다니…… 다시 옛날로 돌아가는 모양이군…… 아주 이왕이면 백일장을 치루지…… 에잇, 튀튀!」
하였다. 이런 말은 날이 갈수록 늘어갔다. 하지만 한 번 정해진 것 을 변경할 수는 없었다. 대장도 표현 못할 쓴 냄새가 마구 자기의 큰 코를 찌를 때마다 상을 찡그렸으나 책임상 죽지 못해 아무렇지 도 않은 듯한 낯빛을 갖추기에 애를 썼다.

비록 공동묘지였지만 자리는 잡았다.

그런 중에 장례 날이 닥쳐왔다. 이 날은 또 뜻 깊게 일대 성황을 이루었다. 하나 둘 피해 달아나던 대원들은 전부 모여 상여를 멨다. 백여 명이 가까운 그들은 두 줄로 길게 뻗쳐서 천천히 장지로 향하 여 걸었다. 길 위엔 송장이 썩는 구진물이 간간히 관에서 떨어졌다.

동리 사람들은 이런 광경을 보기 위하여 모여 들었다. 통행인들

도 가던 걸음을 멈추고 구경을 열심히 하고 있었다.

이날, 상주는 처음으로 길게 울려고 하였다. 그러나 원래가 눈물이 적은 그로서는 여간해서 뜻대로 되지 않았다. 죽은 어머니를 생각하고 눈물을 자아내려 하였으나 죽을 무렵 자기에게 악다구니하던 것이 먼저 연상되어 울려던 기분이 도리어 없어지기만 했다. 그리하여 다음엔 어머니보다도 대장이며 대원들의 후의를 낱낱이 떠올림으로써 감격된 울음을 자아내려 하였다. 이와 동시에 이상히도 눈알이 뜨끔하였다. 그는 신나게 울음을 쏟아 놓았다. 그러면서 마음 속으로 세상이란 여태 상상해오던 것보다는 참으로 정에 넘친 확 트인 무대임엔 틀림없다고 되풀이 하여 생각하곤 하였다.

장례를 치룬 며칠 뒤, 송진두의 아내는 여태 지나오던 사글세를 청산하고 삼만 원짜리 전세를 구하러 다녔다. 삼만 원이란 바로 동리사람들에게서 걷은 금액에서 장례비용을 제한 나머지였다. 삼만 원이면 쌀로 따져서 두 가마 값에 불과했다. 하지만 그는 요즘 그렇게까지 깊게 잡혔던 주름살이 희미해지는 것 같았다. 상을 찡그리는 대신 때때로 웃음을 십여 년 만에 처음으로 띠었다.

그는 남편에게 그런 어느 날, 그날은 바로 십여 년 만에 처음으로 집안 식구끼리 모여 앉아 소고기를 두 근이나 사서 먹던 날의 일이었다. 의외로 횡재를 하였다는데서 송진두가 그에게 고기나 사서 점심 한때를 먹어보자는 제안이 실행되는 날이었다. 처음 아내는 남편의 이런 제안을 묵살하려 했던 것만은 사실이다. 그러나 결국엔 남편에게 꿀린 셈이다. 왜냐하면 전세고 뭐고 간에 그러려면 다

집어치우자는, 말하자면 남편을 손아귀에 넣으려는 그런 버릇을 이제는 못 버리겠느냐는 엄명에 돈이 아깝기는 하지만 할 수 없다는 생각에서 고기를 사서 먹게 되었던 그날이었다. 바로 이 고기 반찬으로 점심을 배불리 치룬 후 말끝에 불쑥

「어머님은 참 팔자는 좋은 분이야!」

했다. 이에 옆에서 책상다리를 하고 발바닥을 손으로 문지르고 앉아 잠잠히 있던 송진두는 여전히 벌떡 일어서며

「그것이 자식으로써 할 말아?」

하고 일부러 목청을 돋우며 휭 하니 밖으로 나갔다.

그는 이럴 때면 더욱이 자위대를 찾았다.

아내도 이제 와서는 남편에게 무엇하러 자위대를 찾느냐는 잔소리를 쏟아 놓지 않았다.

그는 우둥퉁하고 넓적한 체구를 움직이며 가끔 간부로서 자기 혼자만이 있을 때 일이 생기면 그는

「에-, 여러분 대원들은 이제부터 각각 맡어진 구역으로 경비를 가야 하겠습니다. 에- 모든 것을 민주주의적을 잊어서는 안 됩니다. 에- 모든 행동을 민주주의에 어그러지지 않도록 십분십분 각오해야 합니다. 에- 그러면 가십시요…….」

하는 판에 박힌, 전과 똑같은 투로 말하였다. 이런 때, 그의 태도에 있어 만약 전보다 틀리는 것이 있다면 그것은 말 한마디 할 적마다 동그라미를 그리는 손길이 하나 더 늘었다는 것과 음성이 약간 높아졌다는 것이다. ✖

歸去來

살던 곳을 이리저리 옮기기란 좀처럼 쉬운 일이 아니다.

평생을 환갑까지만 친다 하고 그 동안 제아무리 많은 이사를 한다 해도 평균 일 년에 채 한 번도 드물 것이다. 혼자몸 나그네라면 또 모르겠다. 그러나 딸린 식구와 함께 이곳에서 저곳으로 저편에서 이편으로 옮겨 살 때는 얼른 내키는 마음대로만은 처단되지 않는 공기와 원인이 없고서는 되지 않을 일이다. 이제껏 살아오던 때보다는 살 길이 나을까 하는 희망을 품을 때도 있는 것이고 또는 의외의 재난으로 불이 나서 온통 살던 집을 태워버렸다든가 돈이 없어 셋방살이에 치여 할 수 없이 방황한다던가 하는 떼어칠 수 없는 경우에 얽매이기 전에는 옮겨 앉기란 어려운 일이다.

그런데 순구는 처자를 가진 후 이 짓을 하기에만 불과 이태 동안에 거듭 열한 번 그리고 종당엔 또 시골행을 하고야 말았다. 처음에

서울로 올라올 때에는 그야말로 하늘 끝까지 치오를 수 있는 청운의 뜻을 품은 것이 커다란 원인이었다. 그러나 서울에 있는 동안에 있어서는 그렇든 청운의 번갯불은 잠시였고 위험하고 닥치는 것은 모조리 불안과 초조로움뿐이었다.

「어떻게 살아나가야 한단 말이냐.」

그는 곧잘 이렇게 혼자 마음 속으로 탄식하곤 하였다.

이런 중에 이사를 열한 번이나 한 것이다. 모두가 돈이 없는 탓이었을는지도 모른다. 돈이 없으니 박 쪼가리만한 단칸집도 장만할 수 없었고 그저 어떻게 하면 진득하니 살 수 있는 셋방 하나를 골라 잡아야 할까 하는 것이 언제나 지니고 다니던 문제였을런지 모른다. 그것도 전세는 물론 아니다. 될 수 있으면 「싼놈… 월세!」 이것뿐이었다. 배급쌀 받을 돈도 없어 쩔쩔매는 형편이었으니 월세인들 그리 쉬운 일은 아니었다. 그러니 구하기도 크나큰 난사인데다 의외로 하나 잡아들면 이번엔 손가락 꼽듯 꼬박꼬박 방세를 내지 못하니까 자연 신용 없는 몸이 되어 집주인에게마다 경멸을 받아야 하였고, 이러자니 두어 달도 채 못 가서 뭐니 뭐니 하는 따위의 핑계에 억눌려 그 집을 내놓아야 하였다. 정 급할 때에는 잠시 중간 참으로 방 둘밖에 없는 친구에게 얹히기도 하였다. 아내와 아들놈은 안방에서 자기는 친구와 같이 건넌방에서 딴 데 구처할 때까지 지낸 적도 실히 서너 번은 되었을 것이다.

이러한 거듭 덮쳐드는 고생에 못 이겨 그는 마침내 다시 시골로 내려가고 말았다. 아무런 목표도 없이 그저 서울보다는 좀 나으리란 암담한 생각으로 갔다. 갈 때 그는 남에게서 빚을 지고 떠났던 것이다. 첫째로 근무처 명함 바람에 술 외상값이 이천여 원과 아주 시골로 내려간다는 말을 하지 않고 사흘간만 고향엘 다니러 갈 터인데 돌아오면 즉시로 갚겠다는 거짓말로 애걸하며 어떤 친구의 배급쌀 탄 돈 천오백 원을 돌려가지고 노비를 삼았던 것이다. 그러나 시골 가서도 몇 달이 지나도록 이 두 가지를 정리하지는 못했다. 소식까지 통치 않고 지냈던 것이다.

그러면 시골로 간 후의 생활 상태란 어떠하였던가. 운이 상상 외로 뒤바뀌었던 것이다. 죽으란 마련은 없다는 말이 그에게도 적합하였다. 참말 뜻밖으로 내려가자마자 어떤 친척의 혜택을 입어 하루아침에 시골서는 제일 돈을 잘 벌 수 있다는 촌으로 비교적 큰 술 양조장을 맡아보게 되었다. 이런 곳에 있으면서도 몇 달 동안은 고스란히 서울의 빚을 잊고 날을 보냈다. 잊고 지냈다는 것보담 가끔 마음 속으론 희미하게 생각도 들었으나 얼른 갚아야 되겠다는 뉘우침은 느끼지 못했던 것이다. 외상값에 대해서는 장사하는 놈이 이천 원쯤 문제될 게 뭐냐는 첫 생각에 이어 더욱이 번지수도 모르니 시골에 앉아 있어서는 갚을 도리가 없다는 것과 언제든 서울에 가면 청산하리란 심사였으며, 또한 친구의 돈으로 말하자면 그 즉시 못 보낸 이상 그동안 어떻게든 주선하여 죽임은 면하였겠지 싶었고, 언제든 돈이 모인 후에 만나면 떳떳한 사과로 씩씩하게 내놓으리란 평탄한 태도를 취하였다. 이렇게 무심하던 그가 좀체 움직이지도 않을 그가 시골에 처박혀 있은 지 석 달 만인 어느 날 갑작스레 변심하여 이 두 곳의 부채를 깨끗이 씻어 버렸으니, 그 때의 그의 심정은 분명히 일종의 발작에 가까웠던 것이다. 불시에 부랴부라 서울 가는 인편을 이용함으로써 우선 친구에게 만단사연의 사죄의 편지와 역시 외상조로 한몫 넣어 부탁하기를 미안하다 우리 둘이 잘 다니던 아무개 음식점을 찾아 가서 주어 달라고 하는 뜻과 함께 송금을 하였던 것이었다. 그리고는 다행한 한숨을 늘어지게 몇 번이고 들여쉬고 내뿜었다. 그러면 이렇게까지 만들어 놓은 충격을 그가 느끼게까지 된 실마리는 어떻게 된 것일까. 그것은 다름이 아니다. 모든 원인이란 게 오직 박성달이란 촌사람으로 해서였다.

*

순구가 양조장을 경영하게 될 때 이것을 주선하여 준 친척은 운용 자금은 자기가 도맡아 댈 터이니 순구는 혼자서 현장의 실무를 보되 이익금은 둘이서 반분하여 갈라 가지자는 조건을 내걸었던 것이다. 이러하였기 때문에 순구는 사실 흐뭇하였다. 또한 일을 시작한 그날부터 매상고가 보통 하루에 육십칠만 원을 돌파하였으니 원료값이나 다달이 바치는 세금, 육칠 명 종업원의 인건비 또는 그 외로 영업장의 잡비까지 합쳐서 따져 보아도 순이익이 만여 원은 오를 수 있었다. 이러함에 따라 순구의 모양도 날이 갈수록 달라만 갔다. 이제까지 날이면 날마다 점점 더 자리를 깊숙이 잡던 이맛살이 한가닥 한가닥 희미해졌다.

그리고 지도地圖나 대하듯 앙상히 솟아 오른 손등 위의 힘줄이 역시 점점 숨어버렸다. 그의 아내는 가끔 순구의 모양을 한참이나 물끄러미 바라보곤 곧잘

「당신은 점점 더 의젓해만 가─.」
하며 생글거리기도 하였다.

　한 달도 채 못 가서 닭도 십여 마리 한몫 집 안에 풍길 수도 있었고 술에서 나오는 지거미로 금방 새끼들 낳을 도야지도 서너 마리 꿀꿀거리게 하였다. 그러면서 이젠 그리 자주 굴러다니어야 하던 이사는 십 년이 지나도 이십 년이 지나도 여간해 없을 것만 같이 여겨지곤 하였다.

　그러나 순구가 있었던 이곳은 그의 바로 고향은 아니었다. 본집과는 오십 리가량 떨어져 있는 장사꾼지대여서 인심이 흉악하다는 곳으로 처음 갔을 때에는 종업원들 할 것 없이 모든 사람과의 대함이 서먹서먹하였다. 그런 중 간 지 이틀도 채 못 되어 가장 먼저 저편으로부터 통사정을 하며 사귀러 온 사람이 있었으며 또한 앉아서 맞은 순구 자신도 그에게 대하여 수월하게 동정심까지 갖도록 되었으니 그가 바로 서울의 빚을 갚게 한 사람이다.

　처음 만난 그때는 봄 이른 아침이었다. 잠자리에서 일어나는 대로 공장엘 나가 남향진 사무실에 혼자 앉아 유리창 너머로 보이는 복숭아꽃이며 구름 한 점 없이 무료하게 개인 맑디맑은 하늘, 보면 볼수록 점점 더 가까워져만 가는 싱싱한 앞산으로 눈을 굴리며 서울서 지내던 생각, 시골서 가져진 꿈속만 같은 현재를 마음 속 깊이 水繡놓으며 정신을 한참 달리고 있는데 불의에 찾아온 방문자의 알아달라는 신호인 듯한 몇 번이고 터트리는 기침 소리에 본정신이 들었다.

　돌이켜보니 그 방문자는 언제인가 벌써 사무실 유리 미닫이를 여닫고 안으로 들어서서 있었던 것이다. 그는 순구를 대하기에 이렇게 스스로 먼저 들어오긴 하였지만 퍽 서먹서먹한 모양이었다. 공손히 잡았던 두 손이 거북스러울 정도로 연해 어수선한 머리카락을 쓰다듬었다. 그러함도 잠시로 다음엔 검정 물즙(?)집에서 들인 듯한 희뿌연 낡은 무명 작업복 깃을 매만지며 어색한 시선을 순구에게 던지다 다시 손을 머리께로 가져가면서

「저─ 새 주……주인 양반께 이 인사나 드 드리려고……」 하는 끝도 없는 말을 얼버무릴 때엔 그의 눈은 언제인가 방향을 돌려 천정 쪽을 바라보았다. 키가 보통 이상인데다 긴 편인 얼굴이나 몸집이 바른 편으로 보아 흡사 건북어乾北魚를 연상할 수 있었다.

「앉으시지요」

하고 순구가 말하며 의자를 손으로 가리키니까

「괜찮습니다」

하고는 버릇처럼 더 앉으라는 말이 나오기도 전에 그 의자 끝머리에 꽁무니만 대이며 이번엔 손을 서로 부비기 시작하였다. 그리고는 다시 생각난 듯 엉거주춤 일어서더니 허리를 땅에 닿도록 구부리며

「참 지 이름은 박승달이라 합……」

하고는 또한 머리를 긁으며 이 현장에선 처음으로 오동빛 나는 얼굴에 히죽이 웃음까지 띠웠다.

그리고는 자기의 몸가짐이 어색스럽고 부자연함을 느꼈던지 역시 처음과 같이 손을 이리저리 떨기나 하듯 움직이더니

「그럼 또 나중에 뵙……」

하는 말을 마찬가지로 끝도 채 못 맺은 채 또한 허리를 생겨진 대로

구부리고는 밖으로 나갔다.

　순구는 다만 무서운 중에도 어리벙벙하였다.

　「날 대하여 새 주인이라 하였으니 혹 어제 만나지 못했던 종업원이나 아닌가…….」

하는 생각도 들었으나 박성달의 물러가는 방향이 안쪽이 아니라 신작로였더니 만큼 외부 사람 같았다.

　또한 어제 저녁 때 자기가 당도하자 그 즉 종업원 대표인 좌상이란 자 말대로 일곱 명을 다 대면해 인사하였던 것으로 보아서도 공장 사람이 아님은 알 수 있었다.

　그저 시골이니까 이런 것도 볼 수 있다는 마음에서 순구는 즉시로 이 일을 잊었다.

　그런데 바로 그날 해질 무렵 일이다. 박성달이가 두 번째로 또 찾아 왔다. 처음 순구는 역시 의아스러웠다. 문을 열고 들어오는 폼이 아침보다는 너무나 차이가 있도록 씩씩하였기 때문이다. 아주 자기와의 관계가 밀접하고 다정한 양 싱긋 웃으면서

　「이렇게 자꾸 찾아옵니다.」

　말소리가 꽤 능란하였다. 거듭 말하거니와 얼굴이 오동빛이라 잘 알 수는 없었으나 그런 중에도 좀 누렇다 할까 희다 할까 즉 검은 중에도 제일 히끄무레할 수 있는 눈 언저리가 제법 붉었고 아니 게 슴츠레한 눈께로 보아 술이 어지간히 취하였거니 싶었다. 이러한 순구의 직감이 맞아 떨어졌다.

　박성달은 아침에 앉던 의자에 이번에 깊숙이 구덩이를 놓더니

　「저 술 좀 먹었습니다.」

하고는 이어

　「사실 말이야 바로 드리는 게 상책이니까…… 제가 오늘 술을 먹은 것은 다름이 아니라 새 주인 나리에게 말씀도 올리고 또 저의……」

하고 뒷말을 찾기 위해서 잠시 멈추고 있을 때 순구는 「나리!」란 말에 기분이 좋지 못함을 느끼고

　「나리란 말이 요즘도 있소? 아예 그런 말은 함부로 내지 마시오.」

이렇게 준절히 타일렀다.

그랬더니 박성달은

　「네 네. 그러면 뭐라 여쭤야 좋겠습니까? 아아. 주인 양반이라고 합지요…….」

하자 순구의 말이 있기도 전에 심히 감격한 어조로

　「네 옳습지요. 꼭 같습니다. 새 주인 양반은 과연 주인 양반이올시다. 네 참 꼭 같습니다. 전의 주인 윤씨와 꼭 같습니다.」

하고는 「휘—」 한숨을 술 냄새와 함께 토하였다.

　이때 순구는 또한 의아하지 않을 수 없었다. 왜냐하면 뜻밖에도 껌뻑껌뻑거리는 그 붉은 박성달의 눈에 눈물이 어렸음을 발견하였기 때문이다.

　순구는 무슨 영문을 몰라 어리둥절하여 잠잠히 있을 수밖에 없었다.

　박성달은 눈물을 훔치지도 않았다.

　그는 말을 이어 늘어놓았다.

　「참 미안해서—. 제가 이렇게 술을 먹은 것은…… 술이 먹고 싶어

서가 아니올시다. 그저 주인 양반에게 제가 부탁드리고 싶은……
어쨌든 앞으로 주인 양반에 의지해서 살까 하는 마음이 있으나 처
음 뵈어 그런지 영 말이 잘 나오지 않아…… 취하면 좀 말씨가 좀
늘까 하고 먹은 것입지요……. 그러나 저는 원래 술이 과한 편인데
이것이 요는 문제올시다. 앞으로 절대루 먹지 않겠으니…….」

「……」

「문제는 이 술이옵지요. 전의 주인 윤씨는 저를 참말 눈물이 핑핑
나도록 막 나무라셨지요. 그분하고 저하고는 특별한 관계가…… 이
건 부끄러운 말이올시다만은 …… 주인 양반이니까 말씀 드리지
만…… 저 바로 저이 과부 장모를 전의 주인 윤씨 아붓님이 …… 저
…… 저 바로 보고 다니셨습지요. 참 윤씨는 효자지요. 그래선지는
몰르지만 저를 남보다 달리 생각하셔서 돈을 모르고 술만 처박이면
종담엔 거지밖에 될 게 없다고…… 보릿때는 보리짝 볏때에는 벼짝
씩이나 실히 주시면서 막 걱정을 하셨지요…….」

「……」

「그러나 제가 그분 말씀을 듣지 못한 게 지금 와서는 한이올시다.
그저 제놈을 생각하면 당장에 목이라도 찔러 죽고 싶은 마음밖에
없지요만 그럴 수도 없고…… 그런데 아시다시피 윤씨댁이 이곳 사
람들의 밀주를 세무서에 밀고하여 벌금들을 물렸다는 죄를 입어 그
들에게 몽둥이 찜질을 당하여 죽게 되어 서울로 쫓겨가신께. 전 고
만 저, 저……고만 죽고만 싶었습지요. 그래 주인을 찾아 뵙고 참말
울었던 것이올시다…….」

이 말이 떨어지자 박성달은 또 눈을 껌벅껌벅 되잖이 움직였다.

그리고서는 마찬가지로 긴 한숨을 몰아쉬고 난 후,

「이렇게 돼서 저 혼자 남아 떨어지고 보니 한분이 죽지 않을 수가 있어얍지요. 모두가 허무맹랑하게만 되어 지금 와서는 저를 위하여 야단치던 것이며 품팔이 한 삯돈을 가져 오라는 분은 없어지고…… 사실 윤씨는 저에게 돈이 단 한 푼이 생기더라도 꼭 자기에게 갖다 달라 하였지요. 그러면 그 돈을 착착 바로 저 금고올시다.」

하고는 사무실 구석에 놓은 금고를 손가락으로 가리키면서

「저 금고에다 저금을 하라고. 만약 않으면 넌 볼 것 다 본 놈. 언제 거지가 될지 모르는 놈이니 아예 눈앞에 보여주지 말라구 걱정이올시다……. 자, 그런데 이것 봅시오. 상말로 철나자 이별이라더니 이 말이 꼭 들어맞았읍지요. 이제부터는 저도 그분 말을 어기지 않고 술도 절대 먹지 않고서 지나 볼려 할 때 고만 그 윤씨는 떠나고 말았지요. 이제는 돈이 있어도 저 금고는 소용없고 술을 마셔도 걱정해줄 분도 없어지고…… 이것 어떻게 살아야 되겠읍죠?……」

하자 박성달은 입을 실룩거리며 비상한 눈초리를 지어 순구를 쳐다보는 것이었다.

그러나 순구는 여전히 잠자코 있었다. 아직도 의아스런 마음이 풀리지 않았던 것이다.

이윽고 박성달은 다시 입을 열어

「주인 양반은 뭐라시던 전 꼭 주인 양반을 전의 윤씨라구만 여기고 지낼 것이올시다. 어쨌든 이런 놈이라도 잘 살아야 좋은 것 아니겠나요?……」

하였다. 그러자 다시 한 번

「좋은 것 아니겠나요.」

하며 애걸하듯 연해 바라볼 때 순구는 자신도 모르는 사이 입이 열렸던 것이다.

「그야 좋다 뿐이요.」

이 말이 떨어지자 박성달은 모든 것이 성취나 된 듯 용기 가득 찬 어조로

「사실 어떠면 이렇게 똑 같으실까요…… 참 주인 양반은 꼭 윤씨와 꼭…… 같으십니다…….」

하더니

「그럼 가겠습니다」 하고

일어서는 것이었다. 그리면서 연해 허리를 몇 번이고 꺼불대며

「저 이제 내일부터는 성을 간다 해도 술은 절대로…… 절대로 먹지 않을 것이오며 참 그러면 먼저 한 가지 부탁이올시다만은 제가 윤씨 간 뒤, 생후 처음으로 진심해서 모은 돈이 꼭 저— 얼마드라…… 저— 천이백 원 가량 되는데 내일 갖다 드리겠으니 저 금고 속에 저금을 하여 주십시오. 지가 시연찮으면 얼마든지 걱정하시야 됩니다. 전 갑니다. 주인 양반만 믿고 전 물러갑니다.」

하는 말을 남기고 박성달은 기쁜 안색으로 돌아갔다.

순구는 가슴이 후련하였다. 그러나 박성달이가 술이 취해서 지껄이고 갔다는 데서 후련하여진 것은 아니었다. 그는 박성달을 이런 곳에서나 볼 수 있는 너무나 순박한 농민으로 생각이 들었기 때문이다. 전 주인에게 보답 못한 것을 자기에게 의지함으로써 살아나가자는 박의 심리가 그는 희미하게나마 짐작되었다. 그래서 박이

자기를 이렇게까지 상대하여 지낸다면 능력이 있는 한 자기도 박이 실망하지 않을 정도로는 힘을 돋우어 주는 것이 좋을까 하였다. 이러한 마음과 함께 그는 미리부터 보아온 모든 장부를 다시 넘기며 생후 처음 겪는 영리 사업인 이 공장의 운영 실태를 참고삼아 들추어 보았다.

이리하여 박성달이가 또 찾아 온 것은 바로 그 이튿날 정오경이었다. 그때는 본인의 말대로 술은 취하지 않았다. 그러나 어제 이미 사귀인 탓인지 처음 들어 설 때에만 잠시 어색한 모양이었으나 조금 지난 후에는 아주 태연스러웠다. 잠시 동안의 어색한 것이란 게 다름이 아니었다. 머리를 북북 긁으며 인사를 겸해서 하는 말이

「아— 참 어제 지가 가져 온다던 돈 말인데요. 모아 놓은 천이백 원 말인데요. 보이러 올 때 꼭 가져 올라구 하였는데 다른 일로 이 앞을 지나느라 그냥 두었읍지요. 그런데 막상 이곳을 지나버린다니 편안하신지 궁금해서 그저 들렸을 따름이올시다…….」

하고는 그 정해진 의자에 앉았다.

순구는 박상달이를 만나니 반가움도 맛볼 수 있었다. 그래서 힘 안 들이고 이것저것 말을 수월하게 내 놓았다. 그는 웃으면서 무심히

「가지고 올 일이지…….」

하였다. 그랬더니 박성달은 얼른 손을 저으면서

「아니올시다. 지금 가면 당장 가지고 올 것이올시다아.」

아주 정색하면서 이렇게 말을 하고는 어인 일인지 외면을 하였다.

조금 뒤 박성달은 삼백 원도 넘는 일등답—等畓이 한 몫 스무 마지기가 나는데 평당坪當 구십 원이면 살 수 있다는 이야기를 하는 중

에 몇 번이고 침을 꿀떡꿀떡 삼키다 사지 않겠느냐고 물었다. 그래서 순구는 내가 무슨 돈이 있어 그것을 사느냐고 하였더니 원 별말을 한다고, 적어도 양조장 주인이 되려면 부자돼야 되는데 왜 돈이 없다고 하느냐 하였다. 그러면서 윤씨의 이야기를 또 늘어놓아 말하기를 그분이 있을 때엔 논을 사든 또는 팔든 돼지새끼를 사고 팔 때 하다못해 똥거름을 농사짓는 사람에게 내어 줄 때에도 꼭 자기를 중간에 놓고 하였다 하며 앞으로 이런 것을 할 적엔 자기를 시키면 물불 헤아리지 않고 발 벗으며 나서겠다 하였다. 그리고는 조금 뒤에 일어서면 가겠다고 인사를 하였다.

그러자 문을 열고 나서더니 다시 들어 와서 싱긋거리며 하는 말이

「저─ 술 한잔만 먹고 갔으면⋯⋯」

이러하였다.

「술은 절대루 먹지 않겠다면서?」

「아니올시다. 제가 돈만 쓰지 않고 먹으면 상관 없습지요. 윤씨 어른도 양조장에서 먹는 것만은 용서하셨지요.」

하고는 눈치를 흘금흘금 보며 계면쩍은 표정을 지었다.

순구는 쾌활히 웃었다. 그러면서

「음, 그려! 옳치. 그래야지⋯⋯.」

하자 뒤이어 안쪽 공장을 향하여

「좌상!」

하고 힘 있게 종업원을 불렀다.

「술 한 대접 얼른 가져 오시오.」

조금 뒤 좌상이 술을 가져 왔다.

그러자 옆에 서서 빙글대는 박성달이가 눈에 머물자

「헤이 이 주인님에게도 또 야단이군…….」 하였다.

「이 자식아, 걱정 말어!」

박성달은 신이 난다는 듯이 기짜(?)를 떼며(?) 이렇게 대꾸를 하고는 술대접을 받자마자 꿀떡꿀떡 한숨에 들이켰다.

이튿날도 또 그 이튿날도 날이면 날마다 박성달은 순구를 찾아왔다. 올 때마다 대개 막걸리 한 대접씩은 으레 들이키고 갔다. 종당엔 들를 때마다 그는 마실 줄 알고서 왔다. 순구 자신도 박성달이가 오면 으레 한 대접 술이 도망가는 것을 번연히 알면서도 그저 그쯤 못해줄 게 뭐 있느냐 싶었다.

그러나 박성달이가 말하던 천이백 원은 여간해 순구의 눈에 띄지 않았다. 둘이서 앉아 있을 때 순구의 입에서 돈 이야기나 혹은 눈이 무심결에 금고 편으로 향해질 적이면 잊어버린 듯 가만히 앉아 있던 박성달은 그제서야 저금한다던 것이 생각난 듯 고만 또 잊었으니 혹은 자꾸만 돈 드는 사람이 있어 이 할 변으로 며칠간 돌려주었으니 저금한 것보다 더 낫지 않았느냐, 그것을 받거든 한 푼 낙자 없이 꼭 가져오겠노라 하였다.

이러한 태도에 순구는 그저 그의 하는 짓이 재미만 나서 머리만 끄덕거리며 그 대답을 하고 지났다.

두어 달가량 지난 어느 날이었다. 순구는 그 동안 공장 운영에 대하여 어지간히 계획과 실천에 있어서 역량을 양성할 수 있었다. 돈이 어떻게 나가서 술이 어째 되어 판로販路는 이리 열면 잔안이(?) 한 폭에 이마큼 쳐서 하루의 매상고 총수입이 얼마란 것도 대체로 맞아 떨어뜨릴 수도 있었다.

이에 따라 얼마 지난 후이면 순이익이 이만큼 쥐어질 수 있다는 계획 장부도 따로 내용적으로 편들고 있는 중인데 특히 이 날은 원료품인 쌀과 나무가 며칠 못 가서 없어질 것 같아 이것을 구입할 도리를 강구하고 있었다. 여간해 돈 가지고도 마음대로 싸게 살 수 없는 것이 바로 이 두 가지인 제일 중요한 쌀과 그리고는 나무였다. 다른 원료인 누룩이라면 지정된 제조회사가 있고 또한 일정한 금액이라 마음대로 사들일 수 있었는데 쌀과 나무는 그렇지 않았다.

쌀로 말하면 원래 전부터 내려다지 한 장市日마다 말에 5십원에서 7십원 심지어는 백 원까지 폭등하여 현재엔 이천이백 원이란 엄청난 시세였다. 이러하였으니 쌀장수들은 그들 견해대로 앞으로는 더 오르리란 심사여서 잔뜩 감춰두고 내지를 않는 바람에 한두 말 상대가 아닌 하루에 몇 섬씩 소비하는 이 공장에서는 모든 게 치명상이 아닐 수 없었다. 또한 나무도 역시 같은 형편이었다. 해방되면서부터 마구 잘려버려 산이란 산은 보이는 곳마다 전부가 벌거숭이가 되고 말았다. 혹간 있어야 그것은 전부터 원래 엄중히 감시해오던 보안림保安林이었고 그 외의 사유림私有林 이 있어 벌채를 하고 싶어도 당국은 허가를 일체 사절하고 있으니 나도는 것이 없는 것도 물론 한두 짐 뜨내기로 나오는 게 있다 쳐도 값이 몇 갑절 비싸진데다 이것들도 수량에 있어 문제가 되지 않았다.

그리하여 얼마 남지 않은 원료 장부를 놓고 속을 혼자서 썩이고 있는데 문이 드르르 열리며 박성달의 모양이 나타났다.

「또 왔습니다. 그런데 이렇게 자꾸만 와서……」 하며

히죽히 웃고는 앉는다.

「요사인 뭘 했오?」

순구가 물으니

「그저 손에 닥치는 대로 날품 팔지요.」 하였다.

「어디 그런 것도 같지 않은데…… 일하는 사람 같지는 도통 않어…….」

「왜요, 일은 하는 편인데…….」

「그럼 일하는 사람이 어떻게 그리 잘 쏘다니며 무슨 품을 판단 말이요?」

이렇게 순구가 빙긋 웃으며 말하니까 박성달은 버릇으로 머리를 북북 긁고 나더니

「남의 일 없을 땐 집에서 품을 팔지요.」 한다.

「집에서 품을 팔다니?」

「집에서 술 파는 장모 뒤 치다꾸리를 하여 준단 말입죠. 즈 내외는 장모와 같이 살고 있읍지요.」

순구는 더 말을 건네지 않았다.

대개 이것으로 비추어 보아 일정한 직업도 없는 말하자면 그저 이렇게 돌아다니는 것을 일삼고 살아나가는 박성달이라고 짐작이 되었다.

이윽고 순구는 역시 그저 하는 말로

「자네는 몇 남매나?」

물으니 힘없이

「열한 살배기 하나 있던 것 십 년 전에 없앤 후 여적 없답니다.」

하였다.

순구는 아까부터 염려 중인 쌀과 나무를 역시 생각하고 있노라 또 말이 없었다. 이럴 때에 밖에서 사람이 찾아 왔다. 그는 이 고장에선 제일 유명한 쌀장수 이춘이란 자였다.

이춘은 들어서면서부터 특이한 웃음을 얼굴 전체에 살살 늘리며 만나면 언제나 하는 식으로 판에 박은 듯한 인사를 순구에게 하고 난 후에 의자에 앉더니

「그런데 황상! (황상이란 순구의 성으로서 부르는 말) 호옥 날 쓰시지 않겠습니까?」하였다.

순구는 사게 되든 안 되던 생각하든 중에 듣는 소리다.

「오늘 대소 장 시세는 어떻게 되었나요?」

「자세한 건 모르지만 장꾼 말에 의하면 이렇답니다.」

하고는 손가락 끝을 들어 보이고는 여전히 싱글싱글 웃었다.

「그럼 요전 이곳 시세하고 같았구먼요.」

「그렇지요. 여간해 얼마 동안은 떨어질 것 같지 않습네다.」

「원 너머나 비싸서……」

「그래서 제가 온 것입니다. 사실 황상 하고는 새교가 있는 터이라 내일과 진배없어 온건데, 참 빙장인 김 영감 하고는 알다 뿐입니까……」

하고서 기침을 한 번 하더니 여적 웃던 빛은 어디론지 감추어 버리고

「그런데 내가 지금 이야기하는 쌀은 한 시세가 싸단 말이지요.」

은근한 어조로 말하였다.

「그럼 어떻게?」

「한 말에 천백구십 원!」

「현품은 얼마나 있나요?」

「음— 이야기 하여 놓은 게 삼십 석은 되나 봅니다.」

순구는 생각에 잠겨 있었다. 한참이나 눈치만 살피고 있던 이춘은

「웬만한 터이면 이런 말씀 안 여쭙겠는데, 딴 남과는 다른 관계고 또 마침 현품이 있다기에 간신히 한 시세를 깎았지요. 생각대로 하시지요. 모르는 터이 아닌 이상 한 시세 깎은 것을 숨길 수도 없는 형편이니 어쨌든 이렇게 해서 같이 살아 봅시다.」

하며 이번엔 껄껄껄 웃었다.

쌀 조건은 이춘의 말대로 드디어 성립되었다.

조금 뒤 이춘이가 싱글싱글 웃으며 만 원 뭉치를 여러 개 책보에 싸가지고 돌아간 후 순구가 무심히 옆에 앉아 있던 박성달을 보니 죽은 듯 머리를 숙인 채 있었다. 이때 순구의 마음 속은 약간 설레었던 것이다. 언제인가 쌀이든 뭐든 모든 것을 보아 주겠다던 박성달이의 말이 깨달아졌던 것이다. 속으로 미안하다는 마음과 이어 이제껏 한 대접씩 술을 마시려고 왔지만 박의 용무는 그것만이 아니란 것도 싶어 치근한 생각도 들었다. 그러나 박은 무능한 편이 있다는 것을 또 반면에 깨닫지 않을 수도 없었다. 그러자 나무 생각이 떠올랐고 어쨌든 이것이나 박에게 말하여 보자…… 번번이 안 될 줄 알면서도 대접 삼아 한 마디쯤 건네는 것이 자기로서의 할 일이란 싶어

「참, 저 어디 장작 좀 살 수 없나?」

하였다. 이 말이 채 떨어지기도 전이다.

　박성달이의 번개같은 시선이 온통 순구에게로 쏠리더니

　「네? 장작이오? 글쎄요. 살 수 있구 말구요…… 아아니 돌아다니
면 살 수 있을 터이지요…….」

하며 참으로 반가운 말을 들었다는 듯이 허둥대며 책망하듯

　「진작 얘기 하셨으면 어떻게던 벌써 얼마든 사셨을 껄……… 어
디…… 저— 방주관쯤 가서 살피면 될 께 올시다. 그럼 지금 당장
돌아다니어 보옵지요.」

하고는 뒤도 안 돌아보고 문 쪽으로 향하였다.

　순구는 속으로 웃음이 나서 못 견디었다.

　「아, 술도 잊어 버렸나?」

하였더니 박성달은 그런 중에도 술이란 데는 정신이 번쩍 들었던지
결국엔 또 한 대접 쭉 들이키고는 나갔다.

　이튿날 이른 아침이었다. 순구가 아직 자고 있을 때 박성달이가
찾아 왔다. 그래서 집엣 사람을 통하여 아침 뒤에 만나자 하였더니
급한 일이 있으니 지금 당장 보아야겠다고 조른다 하여 장작에 대
한 것이라는 생각을 희미하게 하면서 일어나지 않을 수 없었다. 만
나고 보니 그 때문이다. 말을 들으면 그날 해질 무렵까지 이웃 면面
의 다섯 동리나 돌아다니고 왔다는 것이다. 그중 한 군데 참나무 장
작이 이천 관가량 있다는 것이다. 이것이 처음엔 담배 건조실 장작
으로 쌓아 두었으나 산에서 아직 내려오지도 않고 또한 동리에 있
는 것만으로도 넉넉하다 하여 팔아버릴 의사가 있다 하였다. 값은

관당貫當에 운반해다 주고 십이 원이라는데 어찌됐던 십 원 위이면 절대로 사지 않겠노라 말을 하고 나서, 부인으로 마음대로 술을 얻어먹어 미안한 터이며 이번엔 처음으로 시키시는 것인 만큼 뭐 수수료를 달랄 리도 없고 일만 착실히 볼 터이다, 하였다. 그리고 가서 다시 작정해 보아 십 원에 되면 아주 계약을 하고 오겠으니 현금 오천 원이 필요하다 하였다.

순구는 어디 어떻게 하나 싶은 호기심에서 또한 지금 한 말이 그럴 듯하여 청구하는 대로 돈을 선뜻 내주었다.

그랬던 것이 보름쯤 더 지난 후에 어찌 계약했던 쌀 조건과 이 장작 조건이 같은 날 같은 시각에 고만 싸움판을 이루고 말았던 것이다.

싸움의 시초는 장작보다 쌀 때문이었다. 장작은 쌀에 대한 순구의 여분으로 말미암아 터진 것으로 쌀 관계만 아니었던들 어느 기간 동안은 이뤄 나갔을는지도 모른다. 이춘이가 갖다 준다던 쌀 문제가 옥신각신 말썽이 되었던 것이었다.

이춘이와 서로 말을 건네어 선돈을 주었을 때 현물은 이튿날 중으로 양조장까지 도착시키겠다고 한 것이 열흘이 지나도 오지 않았다. 그 동안 쌀 시세는 무던히 변경되었다. 그 때 이춘은 순구에게 거짓 시세를 말하여 계약이 된 것이다. 사실은 이천백 원금이 아니라 이천백오십 원금이었던 것이다. 이만 정도로나 이튿날 낙착이 되었던들 그저 한때 속았거니 하는 마음만 가질 수 있었던 것이며, 또 쌀을 가져온다는 날의 이곳 시세가 아주 뒤바뀌어져 전날보다는 전혀 딴판으로 이천이백이십 원으로 뛰어올랐다. 이에 순구는 다행히 안심하고 현물만 오기를 기다렸던 것이나 아무리 독촉을 해도 이춘은 까딱도 않았고 보내주지도 않았다. 그러던 것이 열흘이 지난 후 시세가 또다시 떨어져 버리니까 그제야 이춘이가 생글생글 웃음을 띠우고 미안하단 소리를 줄줄이 늘어놓으며 물건이랍시고 가져왔다. 그래도 순구는 분함을 참았던 것인데 종업원을 시켜서 그것을 계근計斤 하여 보니 어떻게 된 셈인지 한 가마에 두 서너 근씩은 으레 부족되었다.

이에 순구는 그만 분함이 폭발되고 말았다. 이렇게 격분하기는 생후 처음이라고도 할 수 있을 것이다.

그의 입에서는 당장

「에잇 도적놈!」

소리가 공장 안을 마구 흔들어 놓았다.

날벼락을 맞은 이춘은 잠시 어쩔 줄을 모르고 쩔쩔매다

「도적놈이라니? 응? 나이도 분간 못하고…… 응, 도적놈이라니?」

하며 성을 부리려 하는 것을

「이 자식, 잔말 말고 어서 물러가…….」 하고 순구가 또 한 번 윽박을 주니까 이춘을 말리는 사람들에 끼어 못 이기는 채 하고 물러 갔다.

순구의 가슴은 마구 날뛰었다.

이춘은 쥐새끼만도 못한 놈이라 여겨지기만 하였다. 이렇게 한참 흥분된 마음을 진정치 못하여 씨근거리고 있는데 박성달이가 어슬 렁거리며 찾아왔던 것이다. 문을 열고 들어서다 순구의 험악한 낯 빛을 눈치채었든지 주저거림과 함께 다시 돌아가려 하였을 때다. 순구의 여분은 박성달에게까지 치밀고 말았다.

「가만 있어!」

야무진 말소리다. 그리고는 경관이 취조나 하듯

「그래 그놈의 장작은 어떻게 된 셈이야?」 하고 눈을 부라리었다.

「글쎄 아침에 저―말한 것과…….」

그러나 순구는 말을 가로채었다.

「뭣이 어째? 똑바로 말해 봐.」

박성달은 어인 일인지 그만 풀이 죽고 말았다. 얼굴빛도 변해 버렸다. 두 손을 쥐고 서 있는 꼴이 꼭 죄인을 연상케 하였다.

「그저 용서하시오…….」

「뭘 용서해?」

박성달은 떨었다. 그러면서

「제가 여적 거짓말 해왔습니다.」

「……」

「아유! 전 죄인이올시다. 그 때 장작은 값이 서로 틀려 계약을 못하고 딴 곳에 알아 볼려고 돈을 지니고 있었는데…… 그것이 잘 눈에 뜨이지 않고 그나 그 뿐이면 며칠 후래도…… 돈만 갖다 드렸으면 될 것인데…… 가지고 다니다 보니 일천오백 원이나 축을 내어…….」

「어쨌든 지금 당장 내놓아!」

순구는 박성달을 죽일 것만 같이 쏘아 보며 소리를 질렀다. 박성달도 괘씸한 놈이었다. 그동안 계약금을 치루고 왔느니, 그쪽에서 너무 싸다 하여 일부러 틈을 내서까지는 심지(?)를 않으려는 눈치이니 가진 거짓말을 한 것이 들어난 지금에 있어 무엇으로 이를 양해

할 수 있느냐만 싶었다.

「우선 이것 전부…… 천오백 원만……」

박성달이가 이렇게 입 안에서 우물거리며 내어놓는 지전을 순구는 빼앗다시피 쥐어 가지고

「너도 멀쩡한 도적놈이구나…….」

하며 마구 쥐어진 돈 뭉치를 박성달의 얼굴을 향하여 던졌던 것이다.

이러한 순구의 날카로운 심정은 이튿날도 또 그 이튿날까지도 도무지 풀리지 않았다. 현재 자기 주위의 있는 모든 사람은 전부가 아귀餓鬼인 양 싶었다. 이런 때마다 어찌됐든 박성달을 괴롭히자는 생각뿐이 앞을 가리곤 하였다. 그럼으로써 이틀 동안에 남은 돈 천오백 원을 독촉하기 위하여 종업원을 세 번이나 보냈다. 그러나 받지는 못했다. 두 번은 만나지 못했다, 하고 한 번은 보았으나 돌려지는 대로 곧 보내주마, 는 것이라 한다.

그런 중 세 번째 독촉을 하였던 날 밤 순구에 있어서는 고민의 밤이 되었던 것이다. 이리로 온 지 석 달 만에 처음으로 자기란 것을 느끼게 되었던 것이다. 그것은 돈을 받기 위해 종업원을 보낸 후 왜 내가 이렇게까지 심하게 받으러 보내야 할까 하는 의문이 부지중 들었던 것이었다. 순간 그는 가슴이 뭉클하였다. 나에게도 요즘 늘 생각하는 그 아귀가…… 그는 여기까지 생각을 진전시키자 머리를 마구 흔들었으나 연해 무럭무럭 자라나는 머릿속 세계는 물리칠 수 없었다.

빚을 주고 받으려는 마음,

빚을 쓰고 갚으려는 마음,

받고 싶어도 못 받는 처지,

주고 싶어도 못 주는 처지,

주고도 받지 않으려는 마음,

쓰고도 주지 않으려는 마음,

그날 밤, 그는 이러한 잡동산 말을 자꾸만 자꾸만 외치고 있었다.
수면 부족으로 머리가 띵 울리고 아픈 편이 있었으나 순구는 이튿
날 아침 일찍이 일어났던 것이다. 그는 거리로 나섰다. 그러나 마음
만은 나를 것 같았다. 동쪽에서 해가 솟아오른다. 그는 기지개를 펴
듯 하여 새로운 공기를 힘껏 몇 번이고 들이마신 후 주머니에서 두
터운 봉투를 내들고 이곳에선 서울 출입이 제일 많다는 화물 자동
차 주인을 찾아 갔다.

그런 후 그는 웬 까닭인지 박성달에게 돈을 받으려고는 더 하지
않았다. 만나자는 마음도 없긴 하였으나 그렇게 자주 보이던 박성
달이 우연히도 도통 대할 수 없었다.

그런 후 이춘이란 자는 길목에서 두어 번 만난 적이 있었다. 그럴
때 이춘은 어떠한 생각에서인지 순구가 느끼기엔 고개를 까딱하는
것 같았다.

순구는 이러함을 오직 묵살하고 지나친 후엔 부지중 침이 길 위
로 떨어지고 만다. 하지만 자기도 만약 현재의 생활을 앞으로 지속
하다간 종당엔 반드시 이춘으로 변할 것만 같다는 불안이 마음 속
속들이 느껴짐을 억제하지 못하였다. 동시에 자기 자신은 이렇게
되잖이 모여지는 돈보다 차라리 고생은 할 망정 늘 친구와 대할 수
있는 지난 날의 서울이 그리웠다.

＊

얼마 후 순구는 드디어 이곳에서 또 서울로 이사하게 되었다. 그렇게까지 엄두가 나지 않고 이쪽에서, 저쪽으로 옮길 때마다 언제나 우울하여야만 되던 그때의 조바심이 지금은 어디론지 사라져버렸음을 느낄 수도 있었다. 그는 영원이 이 현재의 상태대로만 마음이 변하지 않기를 혼자 스스로 축원해마지 않았다. 이렇게 지난 며칠 후 어느 날 저녁 때,

가족은 당분 그냥 두기로 하고 조그만 가방 하나를 종업원에게 들려내 정거장으로 나갔다. 차가 오기까지 그는 역무를 방황하며

「이곳을 아주 잊어 버려야 된다.」

「그렇다, 잊어버리자. 그동안의 지나던 모든 것을 깨끗이 씻어버리고 떠나자!……」

이렇게 되는 대로 혼자 중얼거렸다.

느림뱅이 기차는 생각보다 한 시간가량이나 지난 후에 당도하였다. 그는 차창 옆에 우선 자리를 잡고, 말려도 못들은 채 따라나온 종업원들에게 대충 인사를 하고 난 후 어서 가 일이나 보라도 짜증까지 내가면서 쫓아버린 때였다.

출찰구 쪽에서 어떤 검정 옷을 입은 사나이가 달음질을 쳐서 이쪽으로 오더니 종업원들에게 허둥지둥

「주인 양반 어느 편에?」

하면서 눈을 굴리는 것이다. 그는 분명히 순구가 한 달 동안이나 보

지 못한 박성달에 틀림없었다.

순간 순구는 놀랐다. 박성달은 순구를 발견하자

「떠나시는 것두 못 보일 뻔 했어유…….」

하자마자 눈물을 징징 쏟았다.

「계시는 동안 괜히 심려만 끼쳐 드려서…….」하고는 두어 번 흑 흑 흐느끼기까지 하는 것이었다.

순구도 공연히 마음이 심란하였다.

「부디 잘 있어. 전 일은 다 잊어버리고, 내가 너무 과하게 한 모양이니…….」

이렇게 순구는 말하자 창 밖으로 팔을 내밀어 그의 손을 잡고 흔들었다.

그랬더니 바로 박성달은 손을 공손히 빼고 뒤에 서 있는 종업원들에게 돈 백 원만 꿔 달라고 손을 내밀었다. 그러나 종업원들은 빙긋싱긋 웃으면서 전부 거절하니까 이번엔 도리어 박이

「이 자식들 나를 믿지 않아도 좋다.」하고 성이 난 소리를 벌컥 지르더니 순구에게 눈이 돌려지자 처음 만날 때와 꼭 같이 미안쩍은 빛을 띠었다.

순구는 주머니에서 이백 원을 내어 박성달에게 받으라 하였다. 그랬더니

「아니올시다」하며 거절을 금세 하는 것이다. 그래도 순구는

「급한 데 있거든 갖다 쓰오. 안 받긴 왜 안 받을 게 뭐 있소. 야, 얼른 받우…….」하고는 짜증을 내듯이 주니까 그제서야 박성달은 어렵게 받더니 곧장 다시 출찰구 있는 쪽으로 달렸다. 그리더니 바

로 차가 떠나려는 취후의 기적이 날 때 박성달은 다시 달려왔다.

손에 쥐어진 신문지 뭉치를 순구에게 들이밀며

「가다가 심심하시거던 씹어 보시지요. 뭐 마땅한 게 있어야
지…….」

그것은 엿이었다. 순구는 모든 것을 알아차린 느낌이었다. 눈대
중으로도 지금 자기가 준 이백 원이 바로 이것이라는 것을……

순구가 그것을 받자

「부디 잘 가서…… 저- 일천백 원은 나중에.」

박성달이 말을 채 맺지 못하였을 때 기차 바퀴 밑에서 칙- 칙-
소리가 나더니 순구의 모양은 앞으로 움직였다.

순구는 잘 나오지 않는 말을 억지로 내어 박성달에게

「잘 있으오…….」 하니

「네- 다음 주인 양반 오시면 인사 여쭙고 틀림없이 술 안 먹고 저
금할 꺼 올시다.」

차가 움직이는 대로 순구를 따라가며 이렇게 소리를 크게 질렀다.
오직 알아들었다는 의미에서 고개만 끄덕끄덕하던 순구의 눈엔 박
성달의 모양이 보이지 않을 정도로 안개가 자욱이 담겨 있었다.

노리개

손위가 둘, 아래로는 한 사람이 있었다. 그들은 다 계집아이였다. 사내는 남규南奎뿐이다.

어른들의 귀여움은 남규 혼자만이 도맡아 받았다. 할아버지와 할머니는 자기들이 죽은 후에 제사祭祀를 받들 것은 남규라 하여 그를 지극히 사랑하였다. 아버지와 어머니는 자기네들이 늙으면 직접 의지를 해서 살아나갈 수 있는 외아들이란 점에서 은은히 그를 소중하게 생각하였다.

남규는 모든 것을 제멋대로 놀았다. 한번 울음을 칭얼대기 시작하면 그칠 줄을 몰랐다. 그 울음이란 게 따지고 보면 아무것도 아니다. 집안 사람들의 하는 짓이 제 마음에 조금이라도 거슬리면 버릇처럼 나댔다. 먼저는 코가 킹킹거리고 입이 벌름벌름하면서 눈이 끔뻑끔뻑 움직여졌다. 그는 이렇게 울었다.

집안 사람들은 될 수 있는 한 그의 비위를 거스르지 않도록 노력하였다. 이러하였기 때문에 그는 집안의 호랑이가 되었다. 누이들을 툭 하면 때리고,

「이년!」

「이 망한 년!」

하며 날뛰었다. 어린 누이동생이 울면

「이년! 왜 울어? 야 호떡이나 한 개 받구…….」

하고는 철석 뺨을 갈겼다. 손위의 누이들과는 싸우기에 먼저 찍자를 부렸다. 빨려고 두었던 헌 버선을 대개 끄집어내었다. 그 목다리는 바닥이 때가 끼어 반들반들하였다. 가만히 들여다볼라치면 새까만데 고춧가루도 묻고 마른 밥풀딱지도 있었다. 혹간 김칫잎 같은 것도 그리고 별별 잡동사니가 다 붙어 있었다. 남규는 이 버선목을 두 손가락에 멀찍하니 들어서는 큰누이나 작은누이에게로 던졌다.

그러면 누이들은 또 시작이로구나 생각하고 상을 찡그렸다. 이내 남규는 히히 웃으며 그 버선을 다시 들고는

「이것 참 맛 좋은 거다!」

하며 그것을 이번엔 누이들의 입에다 틀어막으려 한다. 당장 그들은 얼굴이 새파랗게 질려서

「아구…… 이 녀석이 또…….」

이것은 큰누이의 말.

「퉤퉤…… 또 지랄이야!」

작은누이는 이렇게 터주고는 두 손으로 남규를 뿌리치며 소리를 질렀다.

남규는 이제 되었구나 하는 생각과 함께

「뭐? 이년들이!」

하고 씩씩거리며 버선짝으로 마구 후려갈겼다. 그럴라치면 누이들은 그만 피해 달아났다. 남규는 신이 나서

「이것들아 내가 누구라구 까불어!」

하는 말을 쏟으며 버선은 던져 버리고 닥치는 대로 빗자루나 방망이를 마구 휘두르며 쫓아다녔다.

「느것들 이젠 내 손에 고방이다!」

하며 쥐 잡듯 방과 마루 그리고 앞마당 뒤란을 뛰어 돌았다. 집 안은 온통 싸움판으로 변하였다. 이러한 꼴을 본 할아버지는 남규에게

「나중에 대감이 될 사람이 왜 이러느냐?」

하며 일부러 성이 난 체하였다.

할머니는 할머니대로

「시집을 갈 것만도 서운한데 왜 누이들을 그리 못살게 구느냐?」

하였고 어머니는

「에그, 왜들 이리 법석이냐?」

하였다. 아버지는 아무 말 없이 불쾌한 빛만을 얼굴에 띠우고 바라보고만 있었다.

이렇게 될라치면 남규는 실망한 나머지 그만 목이 찢어지도록 엉엉 울어젖혔다. 그러면 누이들은

「아주 애도 망나니야.」

하며 눈을 흘기며 그를 쏘아 보았다. 남규의 울음이 마구 터지면 이

번엔

「또 날벼락이 내린다.」

하고 할아버지가 그를 달래는 눈치로 웃으며 이야기하였다. 할머니는 한번 시작하면 여간해 그칠 줄 모르는 손자의 울음을 막으려고 일부러 누이들에게

「이년들, 입이나 좀 닥치구 있어라.」

하며 눈을 흘겼다.

이와 동시에 남규에겐 다시금 용기가 솟아올랐다. 그는 아무 데서든 발버둥을 치다 불야살야 일어나며

「이년들아, 내가 누군 줄 알구?」

하는 말을 또한 외치고

「이년, 이년……」

이렇게 중얼대며 다시 누이들에게 달려들었다. 온 식구들은 남규의 「내가 누군 줄 알구……」 하는 말에 웃음을 터뜨리고 만다. 완전히 그의 기세는 높았다.

누이들은

「밖에 나가선 꼼짝 못하고 얻어맞기만 하는 출신이 집에선 아주 야단이야……」

하며 쫓겨 다니기에 정신을 잃었다.

누이들의 이러한 불만은 거짓말이 아니었다. 이러함은 누이 중에도 작은누나가 더 잘 알고 있었다. 작은누나는 같은 학교 두 반 위였다. 말 그대로 남규는 동구 앞만 지나 학교에 가면 자기 집에서와 같이는 머리를 마음대로 들지 못했다. 누가 저를 때리면 비죽어려

울며 집도 아닌데 찾는 것은 할아버지였다. 이러하였기 때문에 그는 언제나 외롭게 지냈다. 학교에 다니는 재미도 없어 어떻게 하면 집에서 그냥 노라리를 할까 하는 생각뿐이었다.

어느 때인가, 그때는 아마도 남규가 삼학년이었을 것이다. 히달이라는 아이와 연필 까닭으로 다투다 그의 이마에 상처를 내서 집으로 돌아왔다.

이것을 본 식구들은 야단들이었다. 중에도 할머니는 펄펄 뛰며 덮어 놓고

「뉘 놈의 자식이길래 우리 어린 것을 이렇게 해 놓았나, 내일 나하고 학교엘 같이 가자. 그놈을 잡아내어 선생 놈이구, 그놈의 애비어미 년놈을 그냥 두지 않구야 말걸…….」

하며 분함을 이기지 못했다.

남규는 이때 처음으로 집안에서 떨었던 것이었다. 할머니의 이 말이 너무나 무서웠다. 그렇잖아도 다리 하나를 절름거리는 조그만 할머니가 학교까지 간다는 것도 남에게 보이기 싫은 데다가 또 소리소리 지른다면 더욱 제가 아이들에게 맞을 것만 같은 조바심을 억제할 수 없었다.

그는 울지도 않고 목구멍만 태웠다.

할머니는 두고두고 손자의 상처에 대하여 비슷한 군소리를 하였으나 학교까지는 가지 않았다. 그럴 적마다 다만

「상처도 어디 낼 데가 없어 해필 이마에다 그래 놓았담……. 이마 상처는 운수를 불길하게 한다는데…….」

하였다, 남규는 할머니가 말로만 걱정하는 것을 다행으로 여기고

전과 같이 나가서는 꼼짝 못하고 집안에서는 누이들을 못살게 굴었다. 어느 때, 할아버지는

「글쎄, 남규야, 너 커서 장가를 들고도 색시를 누이들과 같이 때리고 싸우려느냐? 글쎄 이놈아!」

하며 싸움을 말렸다. 그러면 남규는 공연히 낯이 간지럽고 무안해서

「잉!」

하며 얼굴을 붉혔다.

할아버지는 손자의 이러한 모양이 우스워서

「너의 아내감은 이제 어디서 크든지 퍽 훌륭할 텐데 그때도 저러면 어쩌려느냐? 그저 절이나 하고 지나지…….」

하였다. 그런 중에도 남규는 절이나 하라는데 분이 나서

「색시 따위 없어!」

하고는 뺑소니를 쳤다. 색시란 말이 나오면 처음엔 저도 모르게 웃음이 났으나 좋아서 그러는 것은 아니다. 마음 속으로는 색시라면 머리가 흔들려지도록 싫은 것이었다. 그 색시란 게 얼른 생각만 해도 누나들과 같으려니 여겨졌고, 따라 입에서 저절로 침이 「퉤, 퉤!」 뱉어졌다. 생각만 해도 공연히 입 안이 시거웠다. 그보다는 차라리 저와 같은 사내아이들이 좋았다. 그러나 사내아이들이라고 따져 보면 어느 놈 하나, 또한 제가 좋아할 만한 것은 없었다. 모두가 공연히 저에게 계집애라고 욕하고 덤벼드는 놈뿐이었다.

이러하였기 때문에 그는 집 밖으로 나가서는 늘 침이 마르리 만큼 두려웠다.

아이들에게는 그의 모든 짓이 흠으로 변하였다.

나이나 키가 제일 작은데다 남이 입지 못하는 양복을 그가 입고 다니는 것도 아이들은 놀려댔다.

「야이, 양복!」

하고 그의 별명같이 떠들어대었고 또한 얼굴이 계집아이 같다 하여

「이 계집애 년아!」

하며 못살게 굴었다. 그러면 그는 상을 몇 번이고 찡그리다가 그래도 할 수 없을 때에는

「이놈들이 그러면 선생님한테 이른다…….」

라고 하였다.

남규의 이런 말에 아이들은

「이 계집애야 그러면 어쩔래냐?」

하는 말로 더욱 달려들며 발길질도 하고 쥐어박기도 하였다.

남규는 기어코 집에서 하던 버릇으로

「할아버지!」

하며 울었다. 아이들은 남규의 이 할아버지라는 부르짖음에 웃으면서 정해 놓고 덤볐다.

남규는 이렇게 외로움 속에서 학교를 다녔다.

어느 해, 봄이었다. 그때는 사월이 되면 학년이 바뀌었다. 처음 학기가 이 달부터 다시 시작되는 것이다. 이에 따라 남규는 사학년생이 되었다.

그는 어느 날 새로 사들인 책을 등에 짊어지고 오 리쯤 떨어진 집에서 타박타박 학교로 갔다. 교문 앞에까지 혼자 걸으면서도 오늘은 어떤 놈들이 덤빌 것인가 하는 생각으로 마음을 졸이지 않을 수

없었다.

　운동장 편에서 금방

「야이 양복아!」

「계집아이 저 온다.」

하는 소리가 들리는 것만 같이 생각되었다. 이럴 때 남규는 언제나 마찬가지 버릇으로

「그러거들랑 선생님께 또…….」

하고 말을 속으로 되뇌며 교문을 들어섰다. 그런데 이쪽에서 노는 아이들은 다른 클래스 아이들뿐이었다. 말썽 많은 같은 교실 아이들의 모양은 이 날 따라 웬일인지 나타나지 않았다. 그는 마음이 후련한 중에도 궁금히 여기고 바로 교실로 들어갔다. 운동장에 보이지 않던 아이들은 오늘 따라 이상히도 교실 안에 모여 있었다. 그들은 처음 보는 어떤 양복 입은 아이를 구경하는 모양으로 교단 있는 데서 삥 돌려 서 있지 않은가.

　남규는 그 알지도 못하는 동무를 아이들 틈으로 한번 보니 저도 그쪽으로 가서 한몫 끼어 구경하고 싶었다. 옷도 저와 같은 양복을 입었다. 얼른 보기에 얼굴도 예쁘다고 생각되었다. 세상에 태어난 후로 남을 어여쁘다고 생각하기는 이번이 그로서는 처음이었다.

　하지만 그곳으로 가지는 못했다. 그냥 정해진 자리에 가만히 앉은 채 바라보고만 있었다.

　아이들은 처음은 그에게 서울에서 왔으면 단스(댄스)도 잘할 텐데 어디 한번 하여 보라고 했다. 그는 눈만 말똥말똥 굴리며 고개만 가로 저었다.

또 아이들은 이름이 무어냐고 물었다. 서영수라고 대답했다. 뒤미처 남대문이 엄청 크다는데 얼마나 하냐고 물었다. 그는 그만 귀찮다는 듯이 모른다고 했다.

아이들은 벙벙히 그를 쳐다보고만 있었다. 그중 남규에게 제일 말썽꾸러기인 언제인가 상처까지 내어준 히달이가

「서울 있었다면서 바보다 에이 바보야!」

하며 그 자리에서 물러선다. 그러다 남규에게 눈이 머무르자 히죽거려 웃으며

「이 계집애야— 또 하나 양복이 왔다!」

한다. 그러더니 아이들을 둘레둘레 살피며

「남규는 흔 기집애 저 서울 바보는 새 기집애다…….」

하며 일부러 껄그덕 껄그덕 웃었다.

이로부터 남규와 서울서 전학해 온 영수는 언제든 학교 아이들에게 같이 취급되었다. 그들은 한 타령으로 놀림감이 되고 또한 같이 얻어맞았다.

남규는 서울 동무가 오던 날부터 늘 보아지고 생각해지는 것은 오직 영수뿐이었다. 공연히 영수가 귀여운 것만 같아 학교에서 집으로 돌아온 후이면 혼자 외로움을 느꼈다. 왜 그런지 영수는 저보다 훨씬 높은 사람만 같이 생각되었다. 그는 돌아오는 내일을 혼자 기다리며 무엇으로 어떻게 하면 단 둘이서 재미나게 놀 수 있을까 하는 마음만이 가득했다. 어떤 때는 할아버지가 제사에 쓸 것이라고 골방에 깊숙이 간직해 둔 대추를 몰래 큰놈으로만 골라서 봉투에 넣어 가지고는 학교로 갔다. 그리고는 밤도, 하다못해 누룽밥까

지도 뭉쳐 양복 주머니에 넣어 갔다. 그리하여 학교에 가서는

「얘, 영수야……」

하며 남모르게 불러 운동장 한구석으로 데리고 가서는 간직해 넣어
두었던 밤이든 대추를 주며 먹으라고 했다. 영수는 잠잠히 받아먹
기만 했다.

그는 별반 말이 없는 아이였다. 그저 가끔가다 한다는 소리가 서
울은 여기보다 참 좋은 데다 하는 말뿐이었다.

이러한 때면 으레 같은 반 아이들이 왔다.

꾸러기 히달이가 으쓱거리며 그들을 몰고 와서는

「이 흔 계집애, 새 계집애……. 느덜 여기서 뭣하냐?」

하며 공연히 남규를 먼저 툭 치는 것이다. 이에 아이들도 제멋대로
낄낄거리면서

「야이, 양복! 계집애야!」

하며 놀려 댄다.

그러면 남규는 금방 울상으로 변하여

「느덜, 선생님한테……」

한다.

「이 계집애야……. 일러라 일러!」

하고 더욱 나대면서 이번엔 영수에게

「야 서울 바보야!」

하며 달려든다.

영수는 그저 눈알만 말똥말똥 굴리며 아무 대꾸도 없이 잠잠한
채 서 있기만 하였다.

어느 날인가 남규는 영수에게

「너 우리 집에 가서 자고 놀다 낼 학교에 같이 오자.」

하였다.

남규는 학교에서 서로 떨어져 헤어지는 것이 웬일인지 섭섭하고 슬프기만 했다. 그러나 영수는 고개를 가로저으며 어머니한테 혼날까 봐 못 간다는 것이다. 영수가 사는 데는 학교에서 남규의 집 반대 방향으로 시오리가 뚝 떨어진 방주관이라는 동리라 했다.

남규는 그날 밤 집에 돌아와서 할아버지에게

「우리 이사가!」

하였다. 할아버지는 손자의 이 말에

「이산 웬 이사냐?」

했다. 그리하여

「방주관으로 이사 가!」

하고 흥흥거리며 졸랐으나 그대로 될 리는 없었다. 남규는 할아버지한테 떼를 써서 잔돈푼을 얻어 가지고는 날이면 날마다 늦도록 학교 근처에서 영수와 같이 과자며 빵 같은 것을 사서 먹으며 놀았다.

남규는 무엇이든 영수가 하자는 대로 했다. 분명히 저는 나쁜 것으로 생각한 장난이라도 영수가 하자고 하면 좋아서 하였다. 그리고 제가 좋아하는 것이라도 또한 영수가 그만두자고 하면 안 했다.

그리하여 서로 헤어질 때가 되면 어느 때나 마찬가지로 서운함을 참지 못하여 영수가 사라져 보이지 않을 때까지 걷다가는 되돌아보고 되돌아보곤 하였다. 이랬기 때문에 남규는 공일이 옴을 속으로 은근히 싫어해야 하였다. 그날만 되면 하루 종일 영수가 보고 싶어

견디지를 못했다.

　또한 어느 월요일 날이었다. 남규는 영수와 잡담을 하다가 저도 모르게 몇 번이나 얼굴을 붉히며

「난 어제 사뭇 네가 보고 싶어 혼났다.」

하며 가만히 웃었다.

　「왜?」

하고 영수는 눈을 똥글똥글 굴리며 물었다.

　남규는

「뭐? 왜는 뭐야?」

하는 것으로 영수를 뚫어지게 바라보았으나 이번엔 낯이 더욱 화끈해지며 공연히 코가 가려운 것만 같아 몇 번이고 헛재채기만을 하였다. 나오는 것을 억제하여 한참

　「큭 캭…… 큭 캭……」

하니까 영수도 따라 웃었다. 남규는 이 때를 놓치지 않고

　「우리 저쪽에 가서 돌치기 하자!」

하며 먼저 뺑소니를 쳤다.

　한 달이 지나고 두 달이 지났다. 어느덧 여름 방학이 되었다.

　그렇듯 남규와 영수는 한 달 동안이나 헤어져야 했다.

　남규는 사뭇 집안에서 누이들과 싸웠다. 그런 중에도 문득 영수의 생각이 하루에도 몇 번씩 떠올랐다. 누이들과 싸우다가도 이 생각만 나면 하늘 끝까지 으르려는 그의 기세도 저절로 스르르 풀리고 마는 것이었다. 이럴 때면 그는 혼자 집안 한구석에 앉아 영수의 모양을 마음 속으로 그리며 어서어서 다음 학기가 되기만을 기다렸다.

그런 중에 다시 개학일이 왔다. 혼자 이날을 손꼽아 기다리던 남규는 아침밥도 먹는 둥 마는 둥 학교로 달려갔다. 학교에 가는 것은 오직 영수를 만나자는 것뿐이었다. 만나면 처음엔 못 본 척하리라 하는 생각까지 하였다. 그래서 영수가 먼저 저한테로 와서 아는 체를 하면 그제야 반갑게 놀리라는 이런 생각을 하며 전날 할아버지를 졸라 얻은 주머니 속의 동전 열 닢을 딸랑거리며 반은 뛰어갔다.

그러나 이날 영수의 모양은 나타나지 않았다. 웬일인지 이튿날도 마찬가지였다. 그리고 다음날도, 또 그 다음날도 영수는 도무지 오지 않았다.

(왜 안 올까?)

그는 혼자 궁금히 여기고 짜증까지 내며 기다렸다.

한 달 동안이나 놀려 먹지 못했다는 데서 히달을 중심으로 한 아이들은

「얏! 양복이! 요년의 계집애야!」

하며 마구 못살게 굴었다. 그리고 또 그중 어떤 아이는

「느 동네 계집애 왜 안 오니?」

하며 침을 뱉었다.

남규는 전보다 더욱 외로움을 물리칠 수 없었다. 그는 어떤 것인지도 분간 못하면서도 이럴 때면 언니가 툭하면 소리를 지르며 죽어버린다던 그 말을 희미하게 생각해 보는 것이다. 저도 그만 죽어버렸으면 하는 생각에서 할아버지나 선생님한테 이르는 말을 대신하여

「느덜 그럼 나 죽는다……」

하고 슬픈 눈초리를 지어 그들을 바라보았다.

「죽어도 고만이다. 야 어서 죽어봐!」

하며 히달이가 바짝 달려들며 머리를 툭 치고 아이들과 같이 달아나 버린다.

남규는 그만 공중을 바라보았다. 그러면서 그중에 떠오르는 영수의 얼굴을 보는 듯하자 불현듯 눈물이 솟아올랐다.

며칠 후였다. 토요일이었다. 공부 세 시간을 끝낸 뒤 보를 싸 가지고 집으로 돌아가려는데 선생님이 잠깐 기다리고 있으라고 하였다.

조금 뒤, 선생이 다시 교실 안으로 들어올 때 뒤에는 영수가 따라왔다.

그동안을 못 참고 떠들썩거리던 교실 안은 잠잠해졌다. 남규는 영수를 보자 너무나 반가워서 앉은 채 어쩔 줄을 몰랐으나 웬일인지 공연히 몸이 떨렸다. 영수는 교단 옆에 정면으로 가만히 서 있었다. 남규의 눈은 한결같이 영수의 얼굴에서 떠나지를 않았다.

그러면서 영수가 자기를 보려니 싶어 그것을 기다렸다. 그러나 영수의 눈은 창 밖 운동장 쪽으로만 돌려진 채 있었다.

선생은 교단 위에 올라서자

「에- 서영수는 이번에 다시 서울로 전학하기로 되었다. 집에서 이사를 했기 때문에 너희들과는 헤어지게 되었으니 서로 인사나 하여라.」

하고는

「기립起立!」

하였다.

아이들은 전부 일어섰다. 그중에서 남규만은 제일 나중에 일어났다.

선생은 이번엔 영수를 보더니

「너부터 먼저 절을 해!」

하자 영수는 아이들 앞으로 몸을 돌리더니 절을 했다. 뒤이어 선생은 아이들에게

「례禮!」

하였다. 아이들은 답례를 했다. 그러나 남규는 이번에도 제일 나중에 혼자서 하였다.

선생은 나갔다.

남규는 영수를 보려고 하였다. 그때 영수는 아무 말도 없이 선생의 뒤를 바로 따라갔다.

남규는 책보를 메면서 얼른 운동장으로 달려갔다. 그는 금시에 눈물이 나올 것만 같았다. 영수가 저에게 울면 저도 엉엉 마구 울겠다고 생각하며 화단 있는 데서 직원실 문을 열심히 쏘아보았다.

이윽고 영수의 모양은 나타났다. 그의 아버지인 듯 어떤 양복 입은 어른 뒤에 따라 나왔다.

그러나 남규는 그곳으로 달려가지는 못했다. 억지 울음이 앞을 가려 발이 옮겨지지를 않았다.

영수는 뒤도 옆도 돌아보지 않고 곧장 어른을 따라 교문 쪽으로 갔다. 남규는 참다 참다 못하여 싸우기나 하듯

「영수야!」

하고 외쳤다. 그때 그의 눈엔 눈물이 흠뻑 고여 있었다.

영수는 휘휘 살폈다. 남규임을 알자 한 번 생긋 웃을 따름 더 들여다보지도 않고 사라지는 것이다.

얼마 후 남규는 교문을 나서서 집으로 향하여 혼자 걷고 있었다.

그는 속으로

「영수 자식 나쁜 자식!」

하고 중얼거렸다. 그러다가 그는 제 옆에 아무도 없음을 깨닫자

「나쁜 자식 영수 놈!」

「영수 자식 어디 보자!」

하는 소리를 마구 질렀다. 그러면서 발 밑에 있는 돌을 집어서는 가로수를 겨누며

「네가 영수 놈이지!」

하고는 그것을 마구 아무렇게나 던지며 소리를 연해 꽥꽥 질렀다.

이때 시장으로 통한 옆 골목에서 히달이가 쫓아 나오며

「야이 계집애야 너 미쳤구나…….」

하며 달려들었다.

남규는 가던 발을 우뚝 멈추었다. 그리고는 가다 처음으로

「뭐 이 자식아!」

하며 그를 노려보았다. 히달은 남규의 달라진 태도를 느끼자

「이 자식 봐라! 이게 까분다…….」

하고 그의 멱살을 잡는다.

남규는 그런 중이면서도 누가 있나 없나를 살피러 교문 쪽을 돌아보았다.

그때 교문에서 작은 누나와 그의 동무 갑순이가 막 이쪽으로 향하여 걸어옴이 보였다. 순간 누나가 늘 욕하는「나가선 꼼짝 못하는 놈…….」함이 머리를 스쳤다.

남규는 입을 악물고 히달에게 발길질을 하였다. 동시에 주먹은 멱살을 잡힌 히달의 팔을 쳤다.

이와 함께 히달은 남규의 생각에도 이상스럽게 땅에 넘어져 잠시 허덕였다.

남규는 다시 한 번 교문 쪽을 돌아보았다. 누나와 갑순이는 자기들의 싸움을 보았는지 허겁지겁 오는 것이었다.

순간 남규는 갑순이가 어여쁘다고 생각했다. 그는 지금 제가 히달에게 지면 안 된다는 생각뿐이었다.

「남규 이 자식이…….」

하며 일어나려는 히달에게 남규는 다시 달려들었다.

「음, 이 자식! 니가 날 여적 깐이 봤지……. 이 자식!」

하고는 땀을 뻘뻘 흘리면서 히달이와 한 덩어리가 되어 그의 위에서 사뭇 나댔다.✿

農民
― 순만의 一生

　　돌도 채 지나기 전에 순만은 아버지를 잃었다. 토사吐瀉 병으로
죽었다는 것이다. 어머니는 혼자서 순만을 데리고 먹고 살 도리가
없어서인지 아직 나이가 젊은 탓이었는지 고개 넘어 박 목수에게로
재가를 하였다.

　　그때 순만도 어머니를 따라 그곳으로 갔다. 목수는 술이 심한데
다 불량하였다. 그에겐 아홉 살된 아들이 있었다. 그는 이 아들을
천대할까 보아 어머니를 툭하면 때리고 순만을 덮어 놓고 싫어하였
다. 어린 순만이가 똥을 싸는 것을 보면 벌떡 일어나 그 똥에다 처
박았다. 또 순만이가 울면 어머니는 있건 말건 걸레조각이나 그렇
지 않으면 자기의 험악한 주먹으로 어린 조그만 입을 반은 때려가
며 막았다. 그러면서

　　「이년아, 아무리 네년 값이 있다 해도 요놈까지 내가 맡을 수는

없다. 당장 죽여 버리든지 딴 데로 나가든지 해여, 이년아!」

하며, 순만 어머니에게 동리가 울리도록 소리를 버럭 지르곤 하였다.

목수의 본 아들은 그의 아버지가 하는 대로 커가는 순만을 또한 때리고 싸웠다. 목수는 단 한 시간 동안이라도 외출에서 돌아오면 그 아들에게 집안 일을 반드시 물었다. 아들은 아들대로 열 가지를 물으면 일곱 여덟 가지는 고개를 끄덕끄덕하였다.

「에미가 널 때리든?」

「순만의 밥이 네 밥보다 더 많았지?」…………

………………………………………………

이런 후엔 어머니는 대꾸도 못하고 또 맞았다. 순만도 어머니와 같이 두드려 맞았다. 순만은 이러하였기 때문에 기를 펴지 못했다. 목수가 들어오면 슬슬 피하느라 어쩔 줄을 몰랐다. 어머니도 그러했다.

일곱 살 되던 해다. 어머니는 갑자기 중풍이 걸려 여드레 만에 세상을 떠났다.

순만은 숨이 넘어가리만큼 「왝! 캑!」하며 마구 슬피 울었다. 며칠 뒤 그는 목수의 집에서 쫓겨나 길을 헤매며 지냈다. 밥을 얻어먹으며 이 동리에서 저 마을로 정처 없이 떠돌아 다녔다. 옷도 없었다. 잘 곳도 없었다. 계절이 바뀌는 대로 벌거숭이도 되고 그렇지 않으면 부대나 가마니를 등에 걸쳤다. 따라 다리 밑에서도 자고 남의 집 헛간에 몰래 들어가 북데기 속에서도 눈을 붙였다. 가는 곳마다 마을 아이들은 그를 그냥 두지는 않았다. 떼를 지어 몰려다니며,

「비렁뱅이 이놈아!」

욕하고, 돌이든 나뭇 가지로 때렸다. 이럴 때마다 그는 아무 대꾸도 없이 욕을 먹었고 슬슬 피해가면서 얻어맞았다.

열다섯 살 적에는 어느 읍 가까운 주막酒幕에서 심부름을 하여주게 되었다. 고생됨은 역시 마찬가지였다. 주정꾼들과 같이 밤을 해뜩해뜩 새워가며 심부름을 하였다. 그는 사내아이도 되고 계집아이도 되었다. 욕 잘하고 소리 잘하고 사내를 사흘 도로리로 갈아들이는 이 집 주인인 여자는 그에게 나무도 하여 오라고 하였다. 달에 한 번씩 치루는 피 속옷 빨래도 시켰다. 다듬이질도 하라 하였으며 밥도 지으라 하였다. 물론 찌꺼기를 먹일 따름, 품값으로는 동전 한 푼 주지 않았다. 그러나 헌 뜨갱이로 만든 중의적삼은 두 벌 얻어 입었다. 겨울옷을 모르고 떨며 지냈다.

그저 아무렇게나 제 손으로 빨고 기워 입으며 헌 털뱅이만으로 지냈다. 이번엔 아무리 추워도 부대와 가마니를 두를 수는 없었다. 주인댁이 들고 야단을 치며 못하게 하였다. 옷을 하도 떨어뜨려 이루 해 댈 수 없다는 것과 그 버릇을 고치기 위하여 일부러 겨울옷을 안 해준다는 말을 손들에게 하였다. 그러면서 떨면 떨었지, 부대나 가마니를 걸머진 거지새끼는 이런 영업집에 둘 수 없다는 것이다. 시키는 일에 조금이라도 비위가 상하면

「천생 이 비렁뱅이야! 옷 벗어 놓고 당장 가버려!」

하며 부지깽이 찜질을 하였다. 그는 가만히 서서 아무 말 없이 맞았다. 삼 년이 지나 열여덟 살이 된 뒤에는 머리가 너무 커서 징글맞다고 나가라 하였다. 순만은 다시 각처를 헤매며 돌아다녔다.

이번엔 어느 동리 구장네 집에서 개답改畓하는데 여러 사람들 틈

에 끼어서 돌도 지고 흙도 날랐다. 온종일 일을 해도 단 한 마디의 말도 없이 힘에 부칠 만큼 허약한 몸으로 처음 노동을 하였다. 쉬는 법이 없었다. 구장은 순만의 이런 성실한 것을 보자 일한 지 열흘만에 아주 같이 살며 일을 하여 달라고 옷과 방을 차려 주었다. 그는 구장에 대하여 속으로 희미하게 감사하였다. 그러나 똑같은 일을 똑같은 태도로 과로過勞를 하여서인지 열흘도 채 못 가서 병이 나고 말았다. 눈이 쑥 들어가면서도 일을 쉬지는 않았다. 드디어 자리에 누워야 되었다. 그것이 또 며칠 후엔 염병으로 변하였다. 머리카락이 쏙쏙 빠지어 고통에 겨운 신음 소리를 엉겁결에 자꾸만 더하였다.

구장은 이러한 순만에 대하여 혼잣말로

「제―기, 녀석이 하도 얌전해서 부려볼까 하였더니 되려 혹을 붙였군!」

하면서도 병시중은 그치지 않았다.

앓기를 이십어 일, 순만은 이곳에 더 머물러 있을 수는 없었다. 첫째 주인에게 미안스러움을 억제하지 못했다.

게다가 아무리 생각해 보아도 자기의 병이 나을 것 같지는 않았다. 차라리 죽어 없어질 것이라면 구장의 신세를 더 입을 수는 없다는 생각에서 어느 날 밤 여름 달이 훤히 밝은 틈을 타서 그 집을 비씰비씰 나섰던 것이다. 아무도 없는 산 길가에서도 잤다.

어느 마을 앞, 대장간에서도 쉬었다. 열이 간간히 식을 때마다 누룽밥을 얻어 물에 불려 먹었다.

좀체로 병은 낫지도, 더하지도 않았다. 자기 한 몸 가누기가, 끝끝내 이리도 어려운 것을 돌아보자 눈물은 줄줄이 흘렀다. 구장 집을 떠난 지 열흘 후에는 그만 스스로 죽어 버릴 것을 작정하였다. 그는 허리끈까지 풀러 대장간 얕은 대들보에다 매어달았지만 그러나 목숨이 모진 탓인지 여간해 목을 걸지는 못했다. 그곳에서 며칠을 두고 앓았다. 낮이면 앓는 중에도 동리를 간신히 쏘다니며 입 축일 것을 구걸하였고 밤이면 언제나 허리끈을 풀러 애써 죽기를 바라곤 하였다. 이렇게 지나던 중 계절이 더워서 병에 지장이 없었던지 그 곳에 머무른 지 열흘이 가까워서는 열이 점점 내리기 시작하였다. 사흘이 더 지난 뒤에는 아주 정신이 났다. 그제야 순만은 전에 고맙게 굴던 구장 집을 다시 찾았다. 은혜를 조금이라도 갚자는 마음에서 겸연쩍은 낯으로 갔다. 원래 말이 없는 그라 구장을 대하자 머리만 숙여 공손히 절 하고는 가만히 서 있었다. 구장은 그를 보자 대번에 펄펄 뛰며,

「이놈아, 병 고쳐준 공은 모르고 달아나더니 얻어먹을 수 없으니까 또 찾아 왔구나. 한 번 속지 두 번 안 속아! 대가리에 피도 안 마른 쥐새끼 같은 놈!……」

하며 뺨을 몇 번이고 후려 갈겼다.

순만은 역시 같은 태도로 잠잠한 채 얻어맞았다. 이리하여 그는 떠돌아 살았다. 그러자 얼마 후 버들골이라는 동리에서 살게 되었다. 이번에도 남의 집 일꾼으로 들어갔다. 마침 중늙은이 두 내외와 그들의 딸, 열일곱 살짜리밖에 없는 집에서 고용살이를 하였다. 착실함은 여기서도 유달리 나타났다. 날이면 날마다 사내 늙은이와 같이서 밭도 메우고 논도 주물렀다. 묻는 것이나 대답할 뿐, 날이 갈수록 잔망하던 몸도 차츰 굵어서 흡사 소같이 꿍꿍 일을 하였다.

동리 사람들도 애기 품으로는 그를 취급하지 못했다. 겨울이 되어 반 해半年 동안 일해 준 품 사경을 받고 나가든 다시 있든 결정을 지을 때가 되었다. 처음에 들어 올 때 옷 한 벌과 어른의 반몫으로 벼 닷 말을 준다고 하였던 것이다. 옷은 벌써 얻어 입고 벼를 받아야 될 이월이 지나도 순만은 달라지를 않았다. 그저 이렇게 먹고 입고 살 수 있는 것만이 덮어 놓고 든든하였다. 그런데 순만에게 처음으로 운이 뻗쳐서인지 하루는 주인이 그를 조용히 불러 앉히더니 딴 데로 갈 생각은 말고 같이 사는 것이 어떠냐는 것이다. 땅 뗴기라고 먹을 것도 안 되는 조금밖에 없지만 늙어 가는 자기 내외를 위해서 살아 달라고 하며 위인된 품이 밥 걱정은 안 할 것 같으니 돌아오는 가을쯤은 사위로 삼을 생각까지 있다 하였다.

순만은 어리둥절하였다. 무언지 꼭 꿈 속만 같았다. 감히 생각도 못하던 것이었다. 이런 일이 있은 후부터는 그는 주인의 딸 복순을 전과는 사뭇 달리 대하였다. 지난 날같이 한 타령으로 말을 못해도, 또 자기의 옆을 지나치는 때가 있으면 역시 외면대신 부지중 하늘을 우러러 보아도 반드시 복순의 뒷모양만은 놓치지 않고 남의 눈을 피해가며 흐뭇이 바라보았다. 복순도 복순대로 피어오르는 얼굴을 돌리며 내외를 하는 척 하였으나 멀리 순만이가 보일라치면 얼굴이 은연중 발개지면서도 눈을 피하지 않았다.

순만은 하루하루를 마음 속으로 자기들의 혼인할 것만 푸근히 바랐다. 이제 와서는 그렇게도 뼈아프게 지나던, 지난 날의 고생도 한갓 옛 이야기로만 돌리고 오직 나중에 살아 나갈 것만 생각하고 더욱 힘을 써 가며 일을 하였다,

늦은 봄 어느 날, 주인은 순만에게 혼잣말로 돌아오는 가을엔 복순과 혼인을 시키겠다 하였다. 그러나 그해는 워낙 가뭄이 심했던 탓으로 모든 것이 예상했던 것과는 달랐다. 추수가 보통보다 적었기 때문에 혼인은 자연히 이듬 해 가을로 밀렸다. 하지만 순만은 날마다 볼 수 있는 복순이라 별로 멀어진 날짜에 마음을 졸인다거나 하지는 않았다.

이듬 해 가을이 되었다.

그렇지만 순만의 혼인은 되지 않았다. 소출도 평년 이상으로 걷을 수 있었는데 혼인에 관하여서는 영감은 도무지 입을 떼지 않았다. 그보다 시일이 지날수록 순만을 대하는 몸가짐이나 말가짐이 전보다 달라지기만 하였다. 어느 때는 의심스러운 태도로, 간혹 또 어떤 때는 짜증을 내는 빛을 띠우기도 하였다. 짜증을 내는 때라면 뒤에 눈치 챈 일이지만, 고개 넘어 동리에 사는 민서방이 와서 둘이서 수군거리다 간 후였다.

늦가을이 되었을 때, 동리 안에서는 이상한 소문이 돌았다. 그것은 복순의 혼인에 대한 말이었다. 복순은 고개 넘어 민서방 셋째 아들하고 혼인을 한다고 하였다. 논 세 마지기와 밭 하루갈이를 가지고 신랑감이 처가살이를 할 것이라고들 하였다. 그리고 복순의 신랑이 오면 일꾼이 소용없으니 순만은 나가야 될 것이라고 하며, 그 마을 안 광농廣農하는 집에서들은 순만에게 고용살이를 부탁하였다.

순만은 다만 하늘을 우러러 보며 혼자 한숨지었다. 복순도 무엇도 다 집어치우고 어디로든 또다시 방랑의 길에 접어들려는 마음이었다.

어느 날, 영감은 이태 전, 순만이가 머물러 있도록 부탁하던 때와 같이 혼자서 그를 조용히 불러 앉히더니 그러한 말을 비추었다. 사경은 내일이라도 후하게 줄 터이니 그리 알라는 것이었다. 그러면서 이곳에서 남의 집을 살려거든 요전부터 박 서기 집에서 하도 졸라대니 그곳으로 가는 것이 어떠하냐는 말까지 하였다.

순만은 그저 잠잠한 채 물러 나왔다.

그날 밤은 유난히도 달이 훤히 밝았다. 그는 저녁밥을 채 반사발도 마치지 못하고 자기 방에서 밖으로 나왔다. 그리하여 삽짝을 나서서 걸으려니까 등 뒤에서 자기를 부르는 소리가 가늘게 들렸다. 그것은 복순이었다. 이렇게 이야기 해 보기는 처음 당하는 일이라 순만은 놀랐다. 그래서 멍하니 우뚝 선 채 있으려니까 복순은 떨리는 음성으로

「새경이 더 중해요?」

하며 뚫어지게 순만을 쳐다보았던 것이다.

이날 밤 중, 복순은 집을 뛰어 나왔다. 순만도 복순이 하자는 대로 따랐다. 그는 세상에 이럴 수도 있을까 하는 생각과 이어 자기들의 이러한 짓이 무슨 큰 죄만 짓는 것 같아 가슴이 사뭇 달아올랐으나 다만 복순이가 있다는데 그러함을 진정할 수 있었다.

「설마 죽을 법은 없겠지…… 어디든 가서 살지요…….」

하는 복순의 야무진 음성에 순만은 그저 고개만 끄덕였을 뿐이었다.

그들은 굴러굴러 여러 곳을 돌아다녔다. 그러다 종당엔 충주라는 읍에서 기차 정거장 가는 길, 이름도 없는 조그만 동리에서 덮어 놓고 자리를 잡았다. 우선 두 가지 생각에서였다.

첫째로 자기네들의 일이 막히지 않을 것 같은 읍과의 거리가 가까운 곳이며 다음으로는 촌이어서 토막이라도 지어 거처해도 관청에서 막지 않으리라는 생각에서였다. 그리고 이 고장에서 제일간다는 부자인 양씨가 사는 곳으로는 인가가 불과 얼마 되지 않았으므로 사노라면 땅 떼기라도 얻어 부칠 수 있을까 하는 의견이 있어서였는지도 모른다.

그들은 이곳으로 오자 동리 뒤편 멀찌감치 떨어진 곳에 곧 토막을 짓기 시작하였다. 바로 옆쪽을 흐르는 강변에서 순만은 돌을 져 날랐고 복순은 남편과 같이 모래를 삼태기에다 날랐다. 이리하여 그들은 꼬박 열흘 동안을 걸려 거처할 집이라고 만들었다. 그런 중 순만은 몇 해 전 염병으로 구장네 집에서 쫓겨 나와 어느 대장간에서 그만 죽어 버리려고 들던 일이 생각이 나자 그래도 이제까지 산 것이 다행하였다는 것을 느낌과 함께

「여보, 우리는 이런 집을 또 하나 더 지어야겠소.」

하고 옆에서 자기가 하는 일을 거들어 주는 아내에게 말 하였다. 그것은 이 동구 앞에다가 대장간을 차려 놓으면 장날마다 벌이가 제법 잘 될 것이라는 생각에서였다. 이 말을 복순도 그럴 듯이 들었다. 그리하여 그들은 거처할 집이라고 꾸민 뒤, 신작로 옆에다 토막을 조그맣게 하나 더 지어 대장간을 꾸며 놓았다.

그 후, 그들은 뼈가 부서지도록 일을 찾아다니며 하였다. 순만은 주로 양씨네 집에 엎혀 날품을 팔았고 틈 있는 대로 나무를 하여서 읍으로 가져다 팔았다. 복순도 복순대로 날이면 날마다 남편을 따라 다니며 일을 하였다. 그러나 일 년이 지나도 이태가 지나도 살기

어려운 것은 마찬가지였다. 양씨네의 땅을 얻어 부쳐 보자는 마음도 헛되게 돌아갔다.

양씨네 세력은 혀를 딱딱 벌릴 만큼 대단한 것이었다. 일본 말도 제대로 잘 못하는 그는 한 해에 벼를 적어도 이천여 석이나 넘긴다는 돈의 힘으로 이 근방에서 이름을 휘날리고 살았다. 더구나 일본과 중국이 전쟁을 시작한 후부터는 그들의 힘은 더욱 빛났다. 비행기를 한 대, 일본 군부에 헌납한 뒤에는 군수나 경찰서장은 물론 도지사 같은 사람도 출입하였고 이에 따라 그의 사업도 날개를 펴고 나날이 번창하여 갔다. 물자 부족으로 말미암아 모든 사람들은 죽지 못해 사는 판이건만 오직 양씨만은 이러한 통제기관을 모조리 도맡아 영리를 취하였다. 식량영단의 이 고장 이사장, 심지어는 설탕이나 고무신 같은 배급품까지도 이 사람의 손을 거치지 않으면 일반에게 돌아가지 않을 만큼 중요한 지위를 확보하게 되어 전쟁이 끝날 임시에는 도평의원道評議員에까지 승진하게 되었다. 그는 모든 사람들의 상전이었다. 동리 안에서는 더욱 그러했다. 그가 시킨다면 주위에 살고 있는 사람들은 죽는 시늉까지도 할 만큼 되어 있었다. 잘못 어정거리다가는 땅을 떼여 버리는 것은 맡아 놓은 당상이다. 아무리 소작조정령小作調整令까지 있어 군청이나 재판소의 간섭을 받아야 될까 말까한 때였지만 양씨에 한해서만은 자기 마음대로 지주 행세를 하였다.

어느 해인가 그때는 바로 순만의 내외가 이곳에 온 지 이태가 지난 어느 가을 이렇던 양씨네 집에 초상이 났다. 바로 양씨의 늙은 어머니가 죽었던 것이다. 동리 안 사람들은 전부가 그 집으로 모여 들었다. 그리하여 궂은일을 돌보아 주었다. 그런데 순만의 내외만은 다만 그들 틈에 끼이지를 않았다. 마음이야 없었을까마는 복순에게 태기가 있었기 때문이었다. 이제 두 달 후면 몸을 풀게 된 만삭이었으므로 궂은일을 치루는 것은 세상에 나올 어린이에게 불길하다는 말을 받들어 못 갔던 것이다. 그런 중이면서도 순만은 도무지 마음이 놓이지 않았다. 자기들이 가지 않는 것이 양씨에 대하여 크나큰 죄만 짓는 것 같아 그는

「여보, 가도 상관 없을 텐데……..」

하였다. 그랬더니 복순은

「남이라고 다 꺼리는 것 우리만이 특별하게 할 것 뭐 있나? 그들 위해 우리네 어린 것을 소홀히 여기다니, 쯔잦…… 마음대로 하라구…….」

하며 한숨을 토하는 것이었다. 그러면서 뒤이어 하는 말이

「생각해 보라지 거기 가서 일 한다고 당장 굶주림을 면하는 것도 아니니 어서 대장간에나 가서 일이나 해요. 오늘 장 놓치지 말고…….」

하였다.

이것이 나중에 문제가 되었던 것이다. 높은 손들과 같이 크게 장례식을 치른 후, 양씨는 사람을 시켜 순만을 불러다 세우고

「이놈아, 삼사십 리 밖에서도 일부러 찾어와 일을 보아준 것들도 많은데 명색이 한 동리에 사는 놈이 콧중백이 한번 깟딱 안 해, 못난 놈은 못난 구실이나 해야지, 네가 군수보다 도지사보다 더 높은 놈이야 당장 너 같은 놈은 증용에나 보내야해…… 천에 고현 놈 같

으니, 지금이래도 보따리 싸가지고 내 눈에 보이지 말라…….」
하며 호령호령하였다.

순만은 다만 머리를 숙인 채 아무 말도 없이 꾸중을 받았다. 그저
자기가 잘못 했다는 생각뿐이었다.

전쟁은 나날이 심해갔다. 징용장이 방방곡곡을 휩쓸어 날았다.
중국에다 겹쳐 미국과도 전쟁이 벌어진 뒤부터는 더욱 이러함이 심
했다. 농부들은 열 사람에 다섯 여섯 사람은 대개가 일본 탄광이나
군수공장軍需工場으로 끌려갔다. 이에 반항하거나 피한다면 징역을
보냈다. 서슬이 시퍼런 그때에, 식민지 조선의 인민은 그저 떨기만
하였다. 죽지 못해 사는 형편이었다. 어디든 가라고 하면 가야 되었
다. 이에 순만도 생후 한 번인들 생각조차 하지 못했던 일본 구주九州
로 끌려가고야 말았다. 그러나 순만은 일본인日本人들이 좌우하는 관
청에서 처음부터 보낸 것은 아니었다. 말하자면 양씨가 보낸 것과
진배없다. 왜 그런가하면 양씨의 처가로 따져 먼 촌 일가인 홀아
비인 삼뱅이 박 서방을 대신하여 간 것이었다.

처음 징용장은 이 삼뱅이에게로 왔다. 삼뱅이는 벌써 십여 년 전
부터 양씨네에게 얹혀서 해낭같이 살아 왔기 때문에 허섭스레기 일
은 그가 중심이 되어 무엇이든 하여 온 사람이었다. 그래도 이리저
리 따져서 남과는 다른 터라 한 가지 심부름을 시켜도 미덥다는 생
각에서 양씨는 그를 징용에 보내기를 꺼리었다. 그래 생각하던 끝
에 묘안을 내어 꾸민 일이 바로 순만에게 미치고 말았다.

양씨는 삼뱅이에게 징용장이 내린 그 이튿날, 아침 곧 읍사무소
를 다녀왔다. 그리고 그날 점심 나절쯤 해서는 전날 다녀간 읍사무

소 노무계勞務係원이 또한 동리로 왔다.

　때마침 순만이는 동리 사람들 틈에 끼여 양씨네 밭에서 보리를 베고 있었다. 그 중에는 삼뱅이 박 서방도 끼여 있었으나 그는 도통 힘이 없이 일은 하는 둥 마는 둥 실망에 싸여 있었다.

　읍사무소 노무계원은 바로 그들을 찾아왔다. 그는 삼뱅이의 징용장을 다시 회수하고 다른 징용장 하나를 순만에게 주고는 받았다는 표시로 도장을 찍으라고 하였다.

　순만은 어리둥절하였다. 다만 노무계원과 삼뱅이를 번갈아 볼 수밖에 없었다.

　그날 밤, 복순은 남편이 징용을 간다는 데 대하여 슬프게 울었다. 순만이가 징용장을 받을 때의 일을 이야기하자

　「세상도 망한 세상이야, 이게 다 뻔한 일이지, 모두가 양가의 농간이지 뭐야…… 일가라고 삼뱅이는 슬쩍 빠지게 하고 대신으로…….」

하여 토막 속에서 소리를 마구 질렀다. 순만은 어쩔 줄을 모르고 누가 이 소리를 들을까 보아 복순의 입을 손으로 가리며 그렇게 떠들지 말라고 굳이 말렸다.

　순만은 양씨네 집을 찾았다. 가다 처음으로 마음대로 잘 돌려지지 않는 입을 열어 나라에서 시키시는 일이니 가기는 가지만, 이제 얼마 안 가서 생겨질 아이와 그 에미의 살아 갈 길이 망단하다고 하며 은혜는 죽어도 잊지 않겠으니 잘 보호해 달라고 간청을 하였다. 그랬더니 양씨는 나라에서 시키는 것까지 아는 너이니 낸들 그냥 있지는 않겠다고 하며 어쨌든 나라를 위해 일만 잘 하면 나도 너의

처자는 굶어 죽게 하지 않을 것이니 안심하고 잘 가라 하였다.

며칠 후 순만은 이곳을 떠났다. 우는 아내를 등 뒤에 남기고 마음에 없는 곳으로 향하여 차에 몸을 실었다. 죄수와 같이 자유를 잃고 일본 병정의 감시 아래 부산을 지나 현해탄을 건너서 아주 깊숙한 산속, 어느 탄광에서 만 이태를 지났다. 그는 시키는 대로 꾸벅꾸벅 일을 하였다. 추운 겨울에도 굴 속으로 들어가라 하면 벌거벗고 살이야 얼어 터지건 말건 흙탕물 속에서 돌과 흙을 건져 내기도 하였으며 석탄을 실은 궤짝에 매달려 공중을 날기도 하였다. 하지만 그는 이러함을 자기의 생활이라고는 생각하지 않았다. 언제나 아내와 어린것을 하루 바삐 만날 수 있을까 하는 것이 곧 그의 생활 전부였을런지도 모른다. 그렇다고 이러함을 겉으로는 내지 않았다. 편지도 쓸 줄 모르는 그였으니 마음속엣것을 남에게 말하여 대서를 시킬 수도 없었다. 그 동안 그는 간신히 남에게 부탁하여 꼭 네 번 편지를 하였다. 복순도 순만과 같이 대서로 두 번 편지를 하였을 따름이었다. 한 번은 떠난 지 며칠 만에 사내아이를 낳았다는 것과 또 한 번은 그저 어린 것에 의지해서 품을 팔아먹고 사니 안심하고 몸 조심이나 잘 하라는 것이다. 그런 후에는 근 일 년이 가까워 가도록 편지가 없었다. 순만은 남에게 써서 하자니 자연 마음 내키는 대로는 되지 않을 것이라는 생각에서 그저 어서 돌아 갈 때만 오기를 마음 속으로 바라며 지냈다.

그런 중에 그는 어느 날, 일을 하다 그만 왼편 팔을 석탄 파는 기계에 치이고 말았다. 병원에 실려 가서 며칠 치료를 받다가 종당엔 팔을 아주 잘렸다. 영원한 불구자가 되어버린 그는 한 달 동안을 병석에서 누운 채 서러움을 물리치지 못했다. 그러나 병신이니 일은 못할 것, 이제 집으로 돌아가게 될 것을 생각할 때, 한편으론 돌이켜 다행하기도 하였다.

이런 중, 별안간 뜻하지 않은 해방이 되었다.

일본이 전쟁에 지고 말았다는 것이다. 그날 즉시로 석탄채굴은 중지되었다. 따라서 이제까지 소나 코끼리 모양으로 마구잡이 불리는 조선 동포는 금시에 여보란듯이 머리들을 들었다. 이튿날부터 그들은 짝을 지어 고향을 찾아 돌아왔다.

불구자가 된 순만은 치료를 받느라 그들보다 약 한 달이나 뒤떨어져 왔다.

지난 날 그다지도 슬픔 속에서 떠났던 정거장에 다시 모양을 나타내인 순만은 우선 처자가 살고 있을 양씨네 마을을 향하여 황혼 속을 걸었다. 의수義手를 한편 양복바지에 집어넣은 채 마을이 점점 가까워질수록 눈은, 자기들의 집, 오직 하나의 보금자리인 토막을 발견하려 애써 움직였다. 얼마 아니 가서 토막은 멀찌감치 눈에 감실거렸으나 자기가 늘 상상하고 그리워하던 전의 것과는 아무래도 다른 것이었다. 웬일인지 전보다 커진 것만 같은 느낌이었다.

그러나 다음으로 바로 눈앞에 또한 나타난 것은 대장간이었다. 집으로 가는 길이 아무리 급하다 할지라도 이곳을 그냥 지나칠 수는 없었다. 그런데 그 대장간에서는 쇠를 다루는 모진 음향이 간간이 났다.

순만은 그곳을 우선 들렀다. 바로 자기들 토막에서 동리로 제일 가깝게 살던 택이가 소시랑을 만드는지 땀을 찔찔 흘리며 벌겋게

다룬 쇠를 다듬고 있었다. 그는 순만을 이내 알아보고

「왜, 이제야 오나?」

퉁명스러울 정도로 말하였다. 순만은 그저 머뭇머뭇 고개만 끄덕였다. 그리고는 우선 식구의 안부를 물었다. 택이는 이내 받아 「아들놈은 우리에게서 크지…….」

한다.

순만은 이 말이 귀에 찔려

「걔 어머니도?」

어름거리며 택이를 다시 쳐다보니 그는 잠시 쭈뼛쭈뼛하다가 다만 「자네의 토막은 곳집葬具庫으로 변했다네…….」하였을 뿐이었다.

순간, 순만은

「무슨 소리? 그럼…… 그럼…….」

함과 무엇을 애원하는 듯한 낯빛으로 변해 가지고 덤벼들 듯 택이에게로 다가갔다.

택이는 고개만 몇 번 끄덕였다.

순만의 눈은 뒤집히는 듯 한동안 되잔히 끔벅어려지더니 날바닥에 궁뎅이가 깨지도록 털퍽 주저앉아 버리고 말았다.

택이의 말은 간단한 것이었다.

복순은 여덟 달 전에 죽었다는 것이다. 순만이가 징용 간 후 얼마 지나지 않아 복순에게 홀아비 삼뱅이로부터 같이 살자는 청혼이 있었다. 그러나 복순은 귀도 기울이지 않았다. 한 번은 가다 처음으로 양씨 부인이 쌀 한 말을 들려 가지고 와서 위로한다는 것이 삼뱅이와 같이 살면 어디까지든 돌보아 주겠다고 하였다. 죽은 원인은 바로 여기서 생겨진 것이라고 한다. 복순은 쌀을 밀어 박차며 양씨 부인을 원수라 하였다. 이게 시초가 되어 서로 욕설까지 하게 되고, 나아가서는 닭같이 붙잡고 싸웠다. 양씨 부인은 이런 망신됨이 어디 있나 하여 분에 겨워 울었다. 때마침 양씨가 집에서 이 소문을 듣고 부랴부랴 달려 왔다. 복순은 그래도, 마구 나대었다. 소리를 지르며 달려드는 양씨를 보고 사람의 도적놈이라고 하였다.

양씨의 수염은 곧장 솟아올랐다. 마음에 내키는 대로 몽둥이를 집어 들고 요런 망종亡種이 어디 있느냐고 이를 웅숭그려 물고 딱 한 번 후려갈긴 것이 그를 즉사케 하였다. 몽둥이는 복순의 앞가슴을 후려쳤다는 것이다.

그러나 양씨는 죄인으로 몰리지는 않았다. 관청에서도 대개 알았지만 양씨대신으로 삼뱅이가 죽인 것같이 하여 징역을 갔다.

그 후 토막은 양씨가 시키는 대로 더 넓히고는 동리 안에서 쓰는 곳집으로 변했다. 혼자 동구만이 남은 아이는 택이 자신이 맡았다. 어린 것은 없지만 여러 아이들하고 기를 만한 힘은 없었으나 만만한 사람이 나서지 않으니 어찌 하느냐는 것이다. 그래서 순만이 오기만 기다리며 길러 왔다고 한다.

이런 이야기를 대개 들은 순만은 부지중 앉았던 자리에서 일어났다기보다 솟아올랐다. 그러나 이와 동시에 다시 털퍽 주저앉으며 혼잣소리로 어떻게 살아야 좋으냐 하며 흑흑 느꼈다.

택이는 그만 자기들 집으로 가서 아들이나 만나 보라고 하며 하던 일을 거두고 재촉하였다. 순만은 이윽고 택을 따라 나설 수밖에 없었다. 핑글핑글 돌리는 어지러움 속에서 동리 옆을 지나칠 때 우

연히 만난 삼뱅이의

「어-허-…… 왔구먼…….」

하고 얼버무리며 달아나는 꼴에도 그는 아무런 충격도 느끼지 못했
다. 그저 어리둥절한 가운데 지나쳐 버렸을 뿐이었다.

어둠 속이라 아이의 얼굴은 잘 볼 수 없었다. 그저 세 살배기를
자기 아들이란 데서 마당 멍석자리에서 힘껏 껴안으며 흑흑거렸다.
택이의 처 말대로 하면 순만과 얼굴 모양이 조금도 틀리지 않는다
한다.

머리가 쑥 붙은 것하며 어쩌면 그렇게 닮았느냐는 것이다. 순만
은 불이라도 켜고 실컷 보고만 싶었지만 그만 참았다. 다만 희미한
초저녁 달빛을 통해 짐작이나 하려 하였으나 그것도 눈을 가로막는
것이 있어 이루지 못했다. 저녁밥도 한술 뜨지 않았다. 상을 물린
택이에게 어떻게 해야 좋으냐고 하며 양씨는 자기와 무슨 원수사이
기에 사람을 이렇게까지 망쳐 놓는지 모르겠다고 떠듬떠듬 이야기
하였다. 택이는 이게 다 팔자에 매어 된 것이니까 뭘 어찌하느냐 하
고는 어린 것 데리고 살다 때를 보아 마땅한 여자나 나서면 얻어 살
아 갈 수밖에 별반 도리가 있느냐 하였다. 그러면서 참 양씨가 해방
후부터는 사람이 아주 딴판으로 변했다면서 그는 공산패가 되었다
는 말을 했다. 요즈음은 자기들에게도 말솜씨나 몸가짐이나 천양지
판으로 고맙게 군다는 것이었다. 날마다시피 여러 번 자기들을 모
아 놓고 이야기하는 폼이 쇠련인가 쏘련에게 붙어 나라가 들어서면
농부들이 나서서 나라 일도 보고 누구나 지금보다 잘 살 수 있다고
연설을 하였다고 한다. 이런 연설은 읍내에 가서도 해서 사람들이

모두 좋아하여 군수를 시킨다고 야단이라 하며 순만도 전의 일은 다 잊어버리고 찾아가면 반갑게 대할 것이니 가서 인사라도 하라고 권고하였다.

순만은 공산이니 쏘련이니 연설이니 하는 말은 도무지 처음 듣는 것으로 무엇인지를 몰랐다. 다만 그가 생각하는 것은 그저 우둥퉁하고 기름이 번쩍이는 무서운 얼굴에 몽둥이를 들은 양씨의 모양이었다.

그리고 앞으로 어린 아들을 보아서라도 살아 갈 수밖에 없다는 것과 그러자면 누가 어떻든 자기 할 도리는 하여야 된다는 것이었다. 그는 택이에게 아내의 무덤을 물어 바로 앞산 공동묘지임을 알았다. 이튿날 찾아가서 통곡이나 실컷 하기로 하고 어느 틈에 잠이 든 아들을 눕히곤 자리에서 일어났다.

그는 아니 내키는 발을 억제하여 내 할 도리를 하여야 된다는 마음에서 양씨를 만났다. 양씨는 허 웃으며 사랑방으로 들어오라고 하였다. 처음 겪는 일임엔 틀림없었다. 순만은 이러한 양씨에 의아스러웠으나 몇 번 우물쭈물하다 드디어는 할 수 없이 하라는 대로 했다.

혼자 있던 양씨는 부채질을 하며 순만을 앞에 앉히고는 모든 일을 섭섭히 생각하지 말라고 했다. 그러면서 이제 우리 공산 나라만 서서 일만 잘하면 천석꾼 노릇도 쉽사리 할 수 있다 하였다.

순만은 모든 것이 꿈 속만 같고 아직도 어지러움이 가시지 않아 고개만 숙이고 듣고 있었다. 양씨는 불빛에 순만의 한편 소매에 눈이 머무르자

「아, 자네 팔을 다친 모양일세……」

하더니 그렇다면 또 공산 나라만 서면 그냥 가만히 앉아 놀아도 나라에서 먹을 것을 대어 줄 터이니 안심하라고 하면서 말을 이어,

「난 자네네들 편일세, 항상 없는 사람들이 측은해서 요즈음 견딜수가 도무지 없단 말이야, 그래서 우선 내일쯤은 이 동리 집집마다 쌀을 서너 말씩 그냥 주기로까지 생각하고 있지.」하는 것이다.

이 순간 순만의 몸은 저도 모르게 부르르 떨렸다. 한동안 그의 얼굴은 사뭇 파랗게 질렸다. 생후 처음으로 어떤 너무나 벅찬 뭉치가 아랫배에서부터 자꾸 치받으며 가슴께로 올라옴을 느낌과 동시에 눈알이 불 속에서 타는 것만 같은 괴로움을 금치 못했다. 그는 자기의 몸을 어찌 할 바를 모르고 당황 중에 싸여 있다가 급기에는 목을 따는 도야지 소리를 내었다.

「이 새끼…… 쌀로 또 누굴?」

하는 말 한 마디와 함께 앞에 놓여 있던 쇠 재떨이가 그의 손에서 양씨 이마를 향해 날아갔다. 재떨이는 바로 양씨의 귀 곁을 우연히도 스쳐 벽을 땅 때렸다. 그러나 양씨는 얕은 비명과 함께 놀래 그 자리에 쓰러졌다. 이 음향이 채 끝나기도 전에 순만의 모양은 벌써 방에 없었다. 그는 어쩐 일인지 온 몸에 쥐가 나는 것 같은 느낌 속에서 맨발인 채 밖으로 뛰쳐 나갔다.

「사람을 죽였다! 달아나자.」

그는 곧장 택이의 집으로 달려갔다. 마당 멍석 위에서 벌써 잠이 든 그 집 식구들 틈에 끼여 자는 어린 것을 바른 팔 하나로 간신히 아기가 바쁘게 되돌아 삽작 밖으로 나와 아까 몇 해 만에 처음으로

오던 길로 달렸다.

　발이 자꾸만 헛놓일수록 어린 것은 자는 중에도 몇 번씩 칭얼대었다. 순만은 가슴이 터질 것만 같았다.

　그는 자기를 따르는 그림자에 깜짝 놀라곤 하였다. 그와 함께
「허히 – 내가 사람을 죽이다니…….」
함과 그는 자기도 소름이 끼칠 울음을 참지 못하고 몇 발자국마다
「어헝! 어헝!」 길 위에 흘어 놓았다.

　이리하여 바로 순만이가 대장간 앞을 지나치게 되었을 때, 그에겐 촌보도 옮길 힘조차 없어지고 말았다. 금방 뒤에서 누가 잡으러 쫓아오는 것만 같은 무서움에 억눌려 그는 대장간 안으로 들어갔다. 어린 것을 안은 채 한 구석에 쪼그리고 앉아 가쁜 숨을 죽이려 들었다.

　이 때, 활짝 트인 앞편 하늘 한가운데에는 초열흘께 달이 유난히 빛나고 있었다. 이날 밤, 순만은 수월하게 참으로 힘 안 들이고 이 대장간 대들보에다 목을 매고 죽었다.

　이튿날 아침, 시체 옆에는 발육이 불충분한 농민의 어린 아들이 사지를 버리적거리고 있었다. 그는 언제부터인지 거미줄 천장 쪽을 향하여 누운 채 기진맥진 「액, 캑!……」 마구 울었다. ✺

봄이 오면(新人推薦)

절기로는 이미 봄철에 들었건만 날씨는 엄동 그대로 연방 춥고 쌀쌀할 뿐이다. 매일같이 이제 내일이면 그래도 좀 풀리리란 그 내일이 가고, 또 가도 좀처럼 돌아오지 않았다.

「원 별일도 다 겪는구면…… 다시 겨울이 닥쳐 올려나, 이게 무슨 추위람. 쯧쯧.」

「어, 참 엔간히도 추운데…….」

거리를 왕래하는 사람들이 이즈음 흔히 중얼대는 말들이다.

오늘도 역시 아침부터 어제와 다름 없는 혹독한 추위였는데 오후 들어부터는 바람까지 불기 시작하여 앞으로 통한 유리창 문이 덜그럭 왈그럭 소리를 내었다.

지금 좌우에 질서 없이 널려 있는 값싼 몇몇 가지의 해산물과 잡화 틈에 우두머니 앉아 있는 순녀順女는 유리창 너머로 앞길 쪽을 바라보기에 열중하여야 옳은 일이건만 한동안 그렇긴사뢰 도리어 그 유리창의 소음에 짜증을 내며 오직 옆쪽 다다미 방에서 튀어 나오는 어머니와 순희順姬의 다투는 음성을 엿듣기에 골몰하였다.

바로 전까지만 해도 순녀의 모든 관심은 다만 거리로만 쏠려 어느 누가 저한테 물건을 사러 오지 않나 하는 초조로움으로 일관하여 지내던 것이다. 그런데 별안간 옆방에서 어머니의 고함이 귀를 울리는 통에 고만 깜짝 놀라고 말았다. 그와 함께 아직까지 지니었던 심경이 급변하여 가슴이 사뭇 두근거리고, 이어 저도 모르는 중 전 신경이 그 편으로만 쏠렸다.

「이년아, 너도 사람 년이 되려거든 제발 남의 속이나 태우지 말아…… 왜 무엇 때문에 무슨 지랄 요사를 꾸밀려고 치운 다다미방에서 혼자 궁상을 피우느냐, 응?……」

하는 어머니의 분에 넘친 날카로운 말소리가 들려온다. 그러나 순희의 대꾸는 들리지 않았다.

「글쎄 제발 못 일어나겠니? 나이는 시집 갈 때가 가까워가도 늘 한 모양 한 세니 대체 어찌된 셈이냐? 열일곱 살이나 처먹었으면 남부럽지 않게 집안일도 볼 수 있을 터에 이게 무슨 철딱서니 없는 꼴이냐, 응? 그래도!……」

하고 어머니는 제차 외치었으나 순희는 무엇을 하고 있는지 아무런 대꾸가 없다. 한결같이 어머니와 억센 숨소리만이 높아지는 듯 때가 지날수록 귀의 고통만이 심해갔다. 그러자 또 어머니의

「이년아 너와 나와 무슨 천생 원수지한이 있길래 이렇게 속을 태운단 말이냐? 아이그, 이년을 그저…….」

하는 호통이 쏟아져 나오자 이번에는

「털썩!」 소리와 함께 순희의 얕은 비명이 났다.

그러자 순녀는 저도 모르게 앉았던 자리를 벌떡 일어서고 말았다.

이때, 바로 순희의

「왜, 덮어 놓고 사람을 때리기만 하는 거요? 공부하겠다는 게 무슨 변이길래 이건 무슨 경우야?……」

하는 쏘아붙이는 날카로운 음성이었다.

「뭐? 이년아! 공부도 할 사람이 따로 있지 아무나 하는 줄 아니? 어미 애비 다 집어 처먹고 네 마음대로 해봐라 이년아, 아니꼽게 뭐가 어째?」

하며 또 후다닥 소리가 난다.

순녀는 당장이라도 그곳으로 뛰어 들어가 야단치는 어머니와 맞는 순희를 떼어 놓고 싶은 충동을 느끼고 문을 열려 하였으나 떨리는 손은 좀처럼 미닫이에 닿지를 않았다. 사실 어떻게 하여야 좋은지 몰랐다. 그리하여 할 수 없이 문을 열려던 것을 단념하고 틈 사이로 그들의 모양을 살폈다.

어머니는 순희의 몸이 닿치는 대로 쥐어박기에 열중하였고, 순희는 그에 따라 어머니의 마구 닿는 손을 두 팔로 가로 막으며 이리저리 누워서 헤매었다. 그러면서 마주 울음을 토하였다.

「때리기만 하면 어머니가, 내가 뭐를 잘못 했길래 이렇게 야단야, 왜 때리는 거야, 무엇 때문에 때리는 거야?」

「뭐, 이년! 너 같은 년은 죽어도 고만이다. 애비 어미 사정도 모르고 나대는 년은 살아 소용될 게 있어야지, 이년아 네년도 사람이거든 몇 달 전 이곳으로 오던 생각 좀 해봐라…… 그 치움을 무릅쓰면서, 수십 년간 살던 북간도北間島에서 나라를 찾았다기에 물불을 가리지 않고 몇 달 동안을 주야로 걸어오던 생각을…… 몇 번 죽을 고비를 넘어가며 죽이지 않고 데려왔으면 그만이지 뭐가 부족해 성화를 대니? 응 이 얌통머리 없는 것아!」

어머니는 손을 연방 마주 놀리면서 이런 말을 퍼부었다.

「누가 그런 고생하며 이곳으로 오랬어?」

「이년아, 우리 혼자만 오고 싶어 온 거냐? 남들이라고 다 제 나라 찾았다고 오는데 안 왔으면 뭐가 신통한 게 있겠느냐?……」

「그래 와서 뭐가 속이 시연한 게 있었어?」

「이년아, 지금 와서 군소리가 무슨 군소리냐? 이렇게 된 것도 다 팔자의 조화이지, 누가 이런 고생 줄에 걸릴 줄 알았더란 말이냐, 이년아!」

하더니 어머니는 자기 말에 연속해 디려대는 순희의 불평을 더욱 불쾌하게 여기었는지

「이년아, 주둥머리는 누굴 닮아 처먹어 그렇게 대꾸냐?……」

하고 더욱 힘을 주어 때리기에 분망하였다.

순녀는 더 그대로 보고만 있을 수는 없었다. 순희를 때리는 어머니가 밉기 짝이 없다. 무슨 죄가 있다고 학교 다니려는 순희를 저렇게 잡도리를 하는지 모르겠다.

순희는 그럴수록 더욱 나대었다. 어머니의 때리는 손목을 잡으려고 애썼으나 도무지 마음대로 잡히기는커녕 아까보다도 더 심한데는 대항할 근력이 없는 듯 허우적거리기만 하였다. 이에 따라 순희

는 더욱 억센 음성으로 울어젖혔다.

　이런 것을 보는 순녀는 더 그냥 선 채 있지는 못하였다. 순희가 한없이 불쌍하였다. 그러자 손이 미닫이 꼬리를 잡아 막 열어 젖히려고 하는데 또한 어머니의 역정이 났다.

　「이년아, 네 갈 길 한 길밖에 없을 것이다. 만약 그 길을 네가 안 걷는다면 집안 식구는 다 굶어 죽을 수밖에 없다. 덧붙이기로 웬 놈의 사기꾼에 걸려 장사한다던 빚낸 돈도 홀딱 날리고, 애비는 날마다 속이 달아 돌아다니는데 그런데 공부가 다 무슨 얼어 죽을 공부냐, 공부로 말해도 그렇지 네 년은 그래도 소학교래도 다닌 셈이지! 그런데 뭐 중학교? 이년아, 넉살도 좋다. 중학교커녕 구구로 집에 붙어 있기만 해도 좋겠다. 그러나 애비 에미로서는 아무리 살려고 애를 써도 살 수 없는 세상! 일을 잡을 게 있느냐, 누가 살려 주는 놈들이 있느냐. 이제 와서는 눈 앞에 보이는 것도 없다. 그런데 뭐 어쩌구 어쩌…… 이년아, 속 터지는 꼴 제발 좀 보이지 말라.」
하고 어머니는 한참 푸념을 하더니 웬일인지 그렇게 잡도리하던 손이 자기의 눈 있는 쪽으로 옮겨진다. 그와 함께 순녀도 어머니도 어느 사이엔가 눈물을 흘리고 슬픔을 깨달았다. 그러자 어머니는 힘이 그만 풀리었는지 순희를 때리던 것을 멈추고 다시 말을 하기 시작하였다.

　「이 서울에서 장차 어떻게 살아 나가야 할지 근심하고 있는 것은 너도 사람이면 알 터이지…… 죽 한 끼 똑바로 못 얻어먹는 것을 뻔히 겪고 있음을 근심이나 하긴 사뢰…… 한 달에 칠백 원씩 하는 이 집세는 누가 죽 것이며 가게 채려 놓은 돈이며 느 아범 장사한다고 빚 가져온 것은 누가 갚는단 말이냐? 네가 다 생각해서 하기에 달렸을 터인데…….」
함과 한숨을 늘어지게 내쉬었다.

순희는 그대로 드러누운 채 흑흑 느껴 울기만 하였다. 등 뒤에서 어머니의 하는 말을 듣지도 않는 듯 이쪽으로 얼굴을 들어 한 팔로 눈 쪽을 가리고 새우같이 웅숭그려 있는 모양이 순녀에게는 치근하기만 하였다. 지금 순녀로서는 어머니의 말한 것이라고는 한 가지도 염두에 없었다. 이제까지 무슨 말을 지껄였는지 모르리만큼 오직 어머니에 대한 일종의 원망이 마음 속에서 우러나왔다. 학교 다닌다는데 매를 맞다니, 요즘 몇 번째 순희가 당하는 일이지만 어쨌든 퍽이나 이상한 일이었다. 전에 이곳에 오기 전 간도성間島省에 있을 때만 하더라도 학교에 왜 안 가고 결석을 하느냐, 공부를 안 하고 놀기에만 힘 쓰려면 밭에 나가서 김이나 매어라 하던 어머니가 지금은 그때와는 아주 판이하게 때리고 울고 하는 것을 보면 어찌 된 셈인지를 모를 일이다.

이런 생각에 잠겨 순녀는 지금이라도 문을 열고 들어가서 순희를 일으키고 어머니에게 왜 학교에 못 가게 하느냐 쏘아대고 싶었다. 다른 아이들은 아침이면 학교에 가고 저녁 때면 집으로 돌아들 오는 모양을 보면 순녀로서도 여간 부러운 것이 아니었다. 이렇게 집에 있고 보니 남들이 다 아는 국가國歌도 외우지를 못하였고, 흔히들 부르는 해방의 노래도 두어 구절밖에 모르는 것을 생각할 때 분이 치밀어 못 견디겠다. 마음대로 하자면 한시라도 이러고만 서 있지 말고 어머니에게 대들어 순희를 역성하고 싶었으나, 저도 얻어

맞을 것이라고 생각하니 그럴 수도 없는 일이었다.

「이년아, 글쎄 일어나지 못해, 응? 글쎄 어떻게 할 작정이냐?」

하고 어머니는 또다시 분을 참지 못하는지 순희의 등을 쥐어박기 시작하였다. 더욱 억센 악에 받친 손길이었다. 따라 여태껏 흑흑 느껴가면서 울고만 있던 순희는 또다시 몸부림을 치며 울음을 토하였다. 더 못 볼 지경이다. 순녀는 어떻게 하여야 좋을는지 당황하였다. 오직 몸이 속에서부터 오들오들 떨리기만 하였다.

(……이년아, 왜 때리기만 해?……)

금세 이러한 욕설이 어머니에 대하여 입으로 튀어나올 것만 같았다. 그때, 어머니는 또

「글쎄 요런 진 악종이 어데 있단 말야……. 순녀는 그래도 요렇지는 않지, 학교도 다니다 만 나이 어린것을 집안 사정을 알어 온종일 밖에 앉아서 물건을 팔고 있는데…… 어이그 이 몹쓸 것아, 순녀에게 되려 형이라 해라, 쯔쯔…….」

한다. 이 순간 순녀는 어이된 일인지 이제껏 마음 속에 품고 있던 어머니에 대한 미움이 어느 틈엔가 물결 사라지듯 없어짐을 느끼지 않을 수 없었다. 그러자 여적 들여다보던 시선이 자리를 옮겨짐을 제 자신도 깨닫지 못했다. 방 안에서는 더욱 날센 소름이 난잡하게 일어났다. 그러나 순녀는 무슨 생각에 잠겨 바로 전과 같이 그전에 충동을 더 느끼지 않았으나, 제가 무엇을 생각하고 있는지도 모르리만큼 어리싱벙한 무아경에 빠지고 있는 것이었다.

그런 중 얼마 지나지 않아 가게 앞 유리문이 와르르 열리는 것과 함께

「니 엄마 있니?」

하는 말과 여인의 모양이 안으로 들어왔다.

　순녀는 그 여자의 말보다 먼저 와르르 하는 가게 문소리에 깜짝 놀라 본 정신이 들자 이어 물건을 사러 온 사람인 줄 알고 다시 한 번 그 여자를 바라보았다. 그랬더니

「엄마 있니?」

하고 여인이 다시 묻는 때에서야 바로 이웃집에 사는 중국에서 돌아왔다는 제 동갑네 숙의 어머니임을 알았다.

　그러자 순녀는 말을 못하고 오직 손을 방 쪽으로 돌려 가리켰다.

「왜 저렇게 야단들이냐?」

하고 숙의 어머니는 혀를 몇 번이고 차며 순녀를 웃는 낯으로 쳐다보며 물었다. 그러나 순녀는 대답하기가 싫었다. 그래서 다만 모르겠다는 의미로 머리를 좌우로 흔들어 보이었다. 그 여인은 방 속에서 튀어나오는 어머니와 순희의 아우성을 듣고

「니 아버지도 계시냐?」

하고 또 물었다. 순녀는 역시 머리를 가로 흔들어 없음을 표시하였다. 그러자 여인은 신을 벗고 올라서더니

「왜 이리들 야단이요?」

하고 문을 열며 방 안으로 들어간다. 그러더니

「응, 웬일이야, 그만들 두잖고…… 어린것이 무엇을 안다고 그리 자꾸만 때리면 뭐 속이 시연할 게 있다오? 그만두고 정회町會로 쌀 배급이 어떻게 되었는가나 알아 보러 갑시다.」

하며 때리는 어머니를 가로막아 서며 말린다.

　그때에서야 순녀도 저도 모르는 사이 어느 정도 마음이 가라앉음

과 함께 숨이 몰아 나왔다. 어머니는 숙의 어머니가 가로막는 손길을 몇 번 거부하며 순희에게 대들었으나

「우리네 신세 다 그렇지, 뭔가 속이 편할 게 있다고 이라나, 글쎄 그만 좀 둬요.」

재차 숙의 어머니가 이렇게 말하며 어머니의 두 손을 붙잡고 일으키는 데는 할 수 없었던지 그제서야 때리기를 멈추었다.

「글쎄 분이 안 날 수가 있어야지요. 집안 생각은 털끝만치도 없이 어이없게 학교 다니겠다니 그만 복장이 나갈 일이지…….」

혼잣말 비슷이 혀를 또 끌끌 찼다.

이러자 숙의 어머니는

「응? 그렇다면 순희의 잘못이게. 계집애라도 집안 생각을 못하면 쓰나. 지금은 우리네 처지 같아서는 제 발로만 걸어 다니게 된다면 계집애고 사내놈이고, 할 것 없이 전부 나서서 벌어들인다 하드래도 이 모양 면하기가 어려운 터인데 그게 어디 될 말인가 집안이 첫째 살고 볼 것이지!……」

하고 어머니의 말에 동의를 하였다.

「글쎄 누가 아니래요. 그러니, 어미치고 분이 안 날 수가 있어야지요. 그것도 전 같이 농사래도 마음대로 지어 좀 먹고 살기에 고통이 없었다면 누가 뭐라 하겠나요.」

「사실 우리도 말이야 똑바로 말이지 이곳에 오기 전만 해도 남에게 구차한 소리 안 하고 지났다오. 그런데 지금 와서는 고국이라 찾아 온 게 되려 후회가 되니 어쩌면 좋겠어요? 그러니 별 수 없이 어린 숙이까지 거리로 내보내게 되었으니 사는게 아니라 죽는 것만

못하지만, 그렇다고 그 외 무슨 뾰족한 수가 있어야 말이지…… 그런데 참 우리 숙은 집안에 여간 도움이 되는 게 아니라오, 글쎄 하루에 보통 몇 백 원씩 되기 때문에 그래도 이렇게나마 지나지……」

숙의 어머니는 이렇게 어머니 말을 받더니 엎드려 있는 순희를 바라보고

「어머니 말을 들어야지.」

한다. 그리고는

「어서 가봅시다. 오늘이나 쌀표가 될런지…… 무어든 하기에 이렇게 까다로운 건 처음 겪는구먼요.」

하며 어머니가 신을 가지러 안으로 들어갔다 나옴을 기다려 밖으로 나서자 이번엔 순녀를 돌아보며

「넌 그리 차려 놓으니까 어여쁜 사내 녀석 같구나.」

한다.

이 말이 떨어지자 순녀는 자신도 모르게 대번에 얼굴이 홍당무같이 붉어졌다. 그리하여 어머니와 숙의 어머니의 모양이 사라진 후에야 처음으로 제가 입은 아버지의 큼지막한 웃양복을 내려 훑어보았다. 그리고는 다시 한 번 저 혼자 얼굴을 붉히며 양쪽 손으로 얼굴을 가리우고 말았다.

그러기를 얼마간이나 한 후 다시 본 정신이 들었을 때에는 집안이 바로 전과 비하여 너무나 괴괴잠잠하였다. 지금쯤 순희가 어떻게 하고 있나 하는 것이 궁금하여 다시 방 쪽을 향하여 귀를 기울여보았다. 아무런 기척도 없다. 이제 울지는 않는 모양이다. 오직 간간히 「흑! 흑!」 하는 소리만이 가늘게 들렸다.

순녀는 불현듯 순희에게로 가고 싶은 충동을 느끼고 처음으로 문을 열었을 때 별안간 수줍음이 생겨 어떻게 순희에게 대하여야 하나 하는 마음이 앞을 가렸다. 순희는 한 모퉁으로 드러누워 있다가 문 여는 소리에 무엇을 예기하고 있었던 것과 같이 소스라치게 놀라 눈을 번쩍 뜬다. 눈알이 사뭇 시뻘겋다.

순녀는 잠시 주춤거리다가 순희에게로 어려운 발을 떼어 놓았다. 이것을 본 순희는 다시 눈을 슬그머니 감아버렸다.

이윽고 순녀의 입에서는

「어머니가 매우 아프게 때렸지?」

하는 말이 간신히 더듬더듬 나왔다.

「……」

순희는 아무 대답이 없다. 순녀도 더 할 말이라고는 조금도 없었다. 그래서 순희 옆에 그냥 앉아서 가만히 있었다. 이렇게 지나기를 한참이나 하고 있는 중 순녀는 순희가 어느 틈엔가 눈을 실오리 듯이 가늘게 하고 다다미 올을 손톱으로 바시락바시락 뜯고 있음을 알았다. 그리하여 순녀는 그냥 가만히 앉아 있는 제가 공연히 어색한 감이 들어 또다시

「어머니가 매우 아프게 때렸지?」

하고 물었다 .

이와 동시에 순녀로서는 도저히 예기 못하던 것으로 더욱 흑흑 느껴 우는 데는 어찌 할 바를 몰랐다. 즉시 왜 내가 그 말을 하였던가 하는 후회를 물리치지 못했다. 그러나 어쩔 도리가 없는 데는 순녀마저 고만 울음을 토하고 말았다. 그와 함께 순희의 손길이 순녀

에게 닿자 순녀는 얼른 순희를 붙들고 엉엉 울었다. 그러자 순희는 여적 울던 울음을 뚝 그치고

「넌 왜 우니?」

하였다.

「그럼 언니는 왜 우는 거요? 내가 말하니까 왜 우는 거요?」

순녀도 이렇게 대답하며 역시 울기를 그치지 않았다.

「왜, 울음이 나와서 울었지.」

「나도 괜히 울음이 나오는 걸 뭐!」

「울지 말어, 울지 마……. 나도 이젠 안 울 테니…….」

하며 순희는 그제서야 순녀를 부축이며 일어나 앉았다. 그러나 울음은 그쳤다 해도 흑흑 느끼는 것은 마찬가지였다. 순녀도 순희에게 끌려 일어나 울음은 그치려 하였으나 역시 순희와 같이 흑흑 느낌은 연달아 계속되었다.

한동안 아무런 말없이 둘이서 앉았다가 이윽고 순희는 순녀에게

「넌 학교 가고 싶지 않으냐?」

하고 물었다.

「왜, 나도 노상 가고 싶은데…….」

순녀도 순희를 처음으로 바로 쳐다보며 이렇게 대답하였다.

둘 사이에 또 말이 없이 한참 동안이나 지나다 순희는 무엇을 생각해 내었는지 다시 순녀를 바라보며

「너 아까 어머니 하던 말 들었지?」

하였다.

「무슨 말?」

「나한테 대한 말.」

「……」

「집일을 네가 생각하여」

순녀는 무슨 말을 저한테 묻는지 도무지 알 수가 없었다.

순희도 더 아무 말도 하지 않았다. 오직 천장만 멀거니 바라보았다.

순녀는 무언지를 몰라 궁금하였다.

「그게 무슨 말이지?」

순희는 그저 잠자코 대답이 없다. 그러다 한참 후에

「글쎄 나도 무슨 말인지를 몰라 괜히 그 말이 생각나서…….」

하고 순희는 대답 겸 혼잣말 같이 중얼거렸다.

그러는 동안 부지중 순녀의 입에서는

「아이, 추워!」

하는 말이 툭 튀어 나왔다. 순녀는 이제서야 치움을 깨닫고

「그만 안방으로 가.」

하며 순희를 바라보며 역시 순희도 치운 모양으로 다리미에 데인

발을 달달 떨고 있었다.

「안방엘 가면 여기보다 더 칩지, 불 안 땐 방이면 장판방보다 여

기가 더 낫지……」

순녀는 순희의 팔을 잡아당기며 일어섰다.

이때 밖에서 유리창이 또 '드르르' 열리는 소리와 함께

「두부 있어요?」

하는 음성이 들려 왔다. 이 말을 듣자

「네에」 하며 순녀는 밖으로 뛰어 나갔다. 보지 못하던 여인이 두

부 있는 쪽을 바라보다가

「한 모에 얼마냐?」

하고 순녀에게 물었다.

「오 원씩이래요. 몇 모나 쓰시나요?」

「두 모만 다오.」

그리하여 순녀가 두 모를 세어 주고 돈을 받아 쥐며 나가는 여인에게

「안녕히 가세요.」

하는 인사를 마치고 나니 그제서야 비로소 물건 파는 데 생각이 치밀었다.

그러자 얼른 돈이 들어 있는, 옆에 숙이가 준 서양 「도롭푸스」 곽을 열어 보았다.

그리고 쥐고 있던 돈을 합하여 거기에 있는 돈을 세어 보았다. 한참 동안이나 걸려 몇 번이고 세어 보았으나 불과 오늘 들어 판 돈이 사십 원이 채 못 되었다. 보통날만 하여도 이맘때쯤이면 적어도 이백 원이 넘거나 그렇지 않더라도 일백칠팔십 원은 되었는데 오늘따라 이렇다니 하고 생각하니 순녀는 불안하였다.

하루 종일 이렇게 그치고 만다면 아버지와 어머니는 저에게 무어라 꾸짖을 것인가가 마음에 걸렸다. 순희가 처음 당한 것과 같이 저도 아버지와 어머니에게 당할 것만 같았다.

그런데 사실 괴이한 일이었다. 왜 하필 오늘 따라 다른 날보다 이렇게까지 아니들 사러 오는가가 의문이었다.

그렇잖아도 순희로 해서 무서워진 어머니가 만약 이런 것을 안다

면 그냥 잘했다고 가만히 둘 리가 만무였다.

아까 어머니가 순희에게 말한 중에 저를 칭찬한 적이 있었는데 이렇게 되고 볼라치면 (이년아. 너도 그 모양이냐?……) 하고 때릴 것이 아닌가 하고 여기니 사뭇 침이 말라 없어진다.

순녀가 이러한 수심에 싸여 있자니 이의 대책이라고는 아무것도 없었다. 오직 집에서 나간 아버지와 어머니가 제발 돌아오지 않았으면 하는 마음만이 앞을 가리웠다. 이러함과 함께 순녀의 시선은 유리창 너머로 내다보이는 거리에, 왕래하는 사람들에게로만 사뭇 쏠리었다. 그러나 그들은 오직 자기들이 향하고 있는 앞쪽을 바라보거나 그렇지 않으면 부딪히는 바람을 피하기 위하여 머리를 잠깐 수그려 땅만을 바라보고 걸을 뿐 이쪽으로 곁눈질이나마 하는 사람이라고는 하나도 없었다.

이런 초조로움 속에서 한참 동안이나 지나는데 가게 앞 옆쪽에서 이리로 다가오는 여인이 눈에 걸리자 순녀는 하두 반가움에 저도 모르게 자리를 일어섰다.

그런데 마악 그 여인이 문을 열 때 그 사람이 물건을 사러 오는 게 아니라 바로 어머니임을 직감하자 실망은 고사하고 그만 깜짝 놀랐다.

어머니는 안으로 들어서자 순녀를 보더니 그동안 바로 전 같은 태도는 없어지고 보통 때보다 좀 더 온순한 어조로

「그동안 얼마나 팔았니?」 하고 물었다.

이때 순녀는 무엇이라고 대답을 하여야 좋을지 몰라 당황하였다. 그러자 가신히

「아직 몰르겠어.」

하고 대답하였다.

이리하여 어머니가 안으로 들어간 뒤에서야 다행한 숨을 몰아내고 다시 자리에 앉아 곁에 있는 화로를 부지깔로 쑤셔 보았다. 불이라고는 전부 꺼지고 혹 검으딩딩한 숯덩이가 재에 파묻혀 있을 따름이었다.

순녀는 다시 밖을 바라보기 시작하였다. 지금 한 번은 어쩌다 피한다 해도 종당에는 당할 것이 아닌가 생각하니 곧 울음이 터져 나올 것만 같았다.

거리에서 오고 가는 사람들은 그저 한 모양으로 다른 쪽만 바라보며 지나갔다. 순녀로서는 그들이 야속하기 짝이 없었다. 금세라도 마음대로만 되는 것 같으면 그들에게 욕을 퍼붓고 싶기만 하였다.

그러자 그와 동시라 할까 조금 뒤라 할까 순녀는 마침내 이러한 잡생각을 거두고 기뻐하였으니 그때 마침 바람을 등지고 거리 위로 종종 걸음을 치던 어떠한 신사가 이쪽을 흘깃 바라보는가 하였더니 곧장 앞으로 다가오는 것이었다. 순녀는 또다시 자리에서 일어나 대기의 태도를 가졌다.

이때 그 신사는 유리창을 열고 들어선다. 이와 함께 순녀의 머리는 저절로 수그려져 그에게 인사를 하였다.

신사도 비스듬히 담배를 물은 입가에 웃음을 띠우더니 즉시 그 담배를 손가락 사이로 옮기자

「거 화로에 불 있거든 좀 붙이자꾸나.」

하며 순녀와 화로를 번갈아 보았다.

이 순간, 순녀는 당황하였다. 웃는지 우는지 분간키 어려운 복잡한 빛이 한때 번개 같이 얼굴에 스치더니 다음 무엇을 생각하였는지

「네에.」

하며 안으로 쫓아 들어갔다. 지금 순녀는 곧장 부엌으로 들어가 사면을 휘휘 살폈다. 그러자 다시 방으로 뛰어 가서 어머니에게

「성냥 어디에 있어, 성냥!」

하고 다급하게 재촉하였다.

「성냥은 왜?」

「글쎄 왜든 어디다 뒀어?」

이러한 순녀의 조바심이 어머니에게는 알 리가 없었다.

「글쎄 비싼 성냥을 뭘 할라고 그래?」

하는 어머니의 말이 제쳐 나오자 순녀는 오만상을 찌푸리고 한 손은 밖을 가리키며 다른 한 손은 휘휘 옆으로 연방 내저으며 말을 못하도록 하였다. 어머니도 무슨 영문인지를 모르고

「얘가, 별안간 성냥은 왜 찾아?」

하며 의아한 얼굴빛으로 다시 순녀를 이상히 바라보았다.

이때 순녀의 눈은 윗목 쪽 구석에 성냥갑이 있는 것을 발견하였다. 그와 동시에 어머니의 말에는 대답도 하지 않고 그곳으로 달려가 그것을 집어 가지고 고만 밖으로 나왔다.

손님 신사도 불 한 번 붙이기에 너무 오랜 사이를 기다리고 있었음을 알았는지 갈까 말까 하는 생각에 잠겨 있던 모양으로 밖을 내다 보다 순녀의 자진 발자국 소리에 다시 뒤로 돌아섰다. 그런데 자기의 바라던 화로 불과는 달리 소녀의 손에 성냥갑 쥐어 있는 것을

보고

「성냥이면 일 없다. 화로 불이 있나 하고 왔더니…….」

함과 미안하다는 표시로 웃는 낯을 꾸미며 다시 돌아서려 하였으나 순녀가 어느 틈에 성냥개비에 불을 이미 달리고 말은 데는 어쩔 수 없었다.

신사 손님은 담배에 불을 달고 나더니 다정한 낯빛으로

「너 올해 몇 살이지?」

하고 순녀에게 물었다.

「열세 살이예요.」

순녀도 손님에 따라 웃음을 띠우며 대답하였다.

「음! 열세 살!」

신사는 감동한 어조로 혼잣말같이 이렇게 지껄이고 나더니

「고맙다. 그럼 잘 있거라.」

하며 고개까지 숙여 순녀에게 인사를 하고 문을 다시 열고 나가려 다 돌아섰다. 순간 그 신사는 얼핏 아무 대답이 없는 순녀의 얼굴이 옆 눈결에 스치자 무슨 생각이 치밀었는지 당황한 어조로

「참, 잊었구나. 성냥까지 갖다 주었는데…….」

하고 주위에 널려 있는 물건을 휘휘 살피자 오징어를 가리키며,

「이건 얼마이지?」

한다. 그와 함께 순녀는 다시 생그레 웃으며 얼른

「그건 한 마리에 십 원씩이예요.」

하였다.

「응, 그거 다섯 마리만 다구.」

하자 순녀는 재빨리 신사의 말대로 다섯 마리를 세어 종이에 싸서 주고 돈을 받았다. 그리하여 손님이 간 후 순녀는 뛸 것 같은 기쁨을 억제할 수 없었다. 이렇게 혼자 속으로 기뻐할 때 등 뒤에서

「성냥을 뭘 하려고 그렇게 사람의 정신을 빼다시피 나대며 가져왔니?」

하는 어머니의 말이 들리었다.

그러자 순녀는 뒤를 돌아보며

「다 생각이 있어서 그랬지 뭐!」

하였다.

「생각이 무슨 생각이냐?」

「물건 팔려고 그랬지 뭐!」

「물건을 어떻게 팔려고 하였길래……」

「어떤 손님이 담배 불을 붙이러 들어 왔길래 화로불은 꺼지고 하여 성냥을 갖다 주었더니 사고 싶지 않은 오징어를 다섯 마리나 사가겠지! 고맙다고 하면서 ……」

하고 순녀는 옆에 와 서 있는 어머니를 흘깃 바라보며 이야기하였다.

「뭐? 내야 누가 그런 줄 알았느냐, 참 기특하다. 그런 줄 알았다면 얼른 내어 줄 걸 그랬구나.」

하고 어머니도 대단히 기뻐하였다.

「그런 걸 왜 안 줄려 들었어?」

「글쎄 이 똑똑아, 누가 그런 줄을 알았어야지 ……」

하더니 이번에는 순녀의 머리까지 쓰다듬으며 소리까지 내어 좋아

웃었다. 이즈음 들어 어머니가 웃는 것을 대하는 건 퍽이나 드문 일이었다. 그런데 어머니가 웃음까지 웃으니 순녀는 제가 한 일이 생각과 같이 잘한 것이 분명하였다. 그래서 순녀도

「글쎄 그 손님이 담배 붙이고 그냥 갈려 하겠지. 그래 싫은 눈치를 주었더니 가던 것을 멈추고 사는구먼, 호호!」

하고 말하자 어머니도 기뻐서 어쩔 줄을 모르는지

「아이그, 요 똑똑아! 그런 도량이 요 조그만 몸 어느 구석에서 우러나올까?」

하며 이번에는 순녀의 허리를 안는다. 그와 같은 순간 순녀는 이런 때를 놓치지 않고

「그래도 오늘은 얼마 팔리지 않은 걸 뭐.」

하고 어리광을 부리며 어머니를 쳐다보았다.

「괜찮다, 안 팔리는 건 할 수 없는 일이지.」

하더니 어머니는 순녀의 어깨를 툭툭 두드리었다.

이때 바로 등 뒤에서 기침 소리가 한 번 나자 그들은 일제히 뒤를 돌아보았다. 아버지가 어느 틈에 돌아 왔는지 이쪽으로 통한 문 어귀에서 자기들을 멀거니 바라보고 서 있었다.

「아이, 벌써 오셨수?」

어머니는 인사 겸 말을 하며 일어선다. 아버지는 안쪽을 한 번 뒤돌아보더니 어머니에게 무엇을 의미함인지 눈짓을 하며 다다미방으로 들어간다. 요즈음 부쩍 지친 아버지의 모습은 오늘따라 더욱 해쓱하게 보였다.

아버지의 이런 묵묵한 태도를 대하자 어머니는 의아한 낯빛으로

「왜 그 차가운 방으로 들어가요?」
하고 물으며 뒤를 따르나 아버지는 도시 아무런 말이 없다.

그러나 지금의 순녀는 이러한 아버지의 태도에 대하여 관심을 두지 않았다. 오직 관심이 있었다면, 어머니가 아버지에게 제가 지금한 일을 이야기하여 웃으며 저를 귀여워하는 것뿐이었다. 생각하면 생각할수록 지금 어머니가 그렇게까지 저를 칭찬한 것도 이곳에 온후엔 가다 처음이었고, 또한 기뻐서 웃으며 좋아하는 것도 오늘따라 처음이었다. 이에 따라 순녀 자신도 일상 무엇에 눌려 지나던 것같은, 저도 모르게 지니고 있었던 울적함도 어디론지 사라지고, 오직 저를 자랑하고 싶고 이어 보이는 것 듣는 것 모두가 다 좋고 기쁘기만 하였다. 금세라도 하늘 끝으로 날 것만 같았다. 이러한 심경속에서도 순녀의 눈은 연해 거리를 내다보았다. 또 아까와 같은 손님이 오지나 않을까 하는 생각으로 들어오기만 한다면, 영락없이 제가 물건을 사가게 하도록 할 텐데 하는 마음뿐이었다.

그런데 지금쯤이면 그 전 간도성에 살던 때와 같이, 어머니의 제말 끝에 반드시 아버지의 그 커다란 웃음소리가 들려야 할 터인데, 아무런 기척이 없는 데는 순녀도 사뭇 이상스러웠다. 어머니가 지금쯤이면 제 말을 할 때도 되었는데 아마 그동안 잊어버리고 말았나 하는 의심까지 들었다. 궁금한 마음과 그 말을 안 하는 어머니에 대한 미움이 복받쳐 더 앉아서 웃음소리를 기다릴 수는 없어 순녀는 문 있는 쪽으로 살그머니 가서 아버지와 어머니의 동정을 살피려고 귀를 기울였다.

이때 아버지와 어머니는 무엇을 지껄이고 있었다, 그러나 말소리가 어떻게 적은지 여간해 들리지를 않았다. 그렇게 지나기를 조금 후에는 두런두런하는 말소리나마 그치고 말았다. 그러자 또다시 얼마 후에는 아버지의 한숨 소리가 길게 나더니

「어쨌든 그냥 이대로는 도저히 살 수 없으니 별 수 없는 노릇이지…….」

하고 어머니에게 말하였다.

「그래, 그리고 순희를 그곳으로 보낼 수밖에 없오?」

어머니의 말이다.

「그럼 어떻게 하나. 빚은 현재 갚을 도리 없고 또한 앞으로 살기가 망단하니…….」

「그럼 술 파는 계집애로 간단 말이오?」

「…… 그렇다고는 할 수 없지…… 이름은 선술집이라 해도 식사도 겸해 영업하는 데니까…….」

「그래도 이렇게 일찍 보낼 줄은 참말 몰랐어…….」

순녀는 이러한 말 중 혹시 저에 대한 말이 없나 하고 정신을 몇 번이고 가다듬어 듣기에 애를 썼으나 영문 모를 순희의 이야기만으로 그런 말이라곤 도무지 비추지도 않았다.

순녀는 오직 어머니가 미웠으나 그래도 얼마 지나지 않는 동안에는 아버지에게 말할 것이라 생각하고 다시 자리로 돌아와 다시 앞쪽을 바라보았다. 그런 후 저도 모르게 한숨이 나왔다. 그러자 불현듯 숙이의 생각이 났다. 숙이는 날이면 날마다 저와는 달리 거리로 돌아다니며 물건을 판다는 것이다. 그리하여 하루에 보통 육칠백 원어치씩 팔고 온다니 그 애한테 저를 비교한다면 아무것도 아니었

다. 그 바보 같은 숙이가 그렇게까지 돈을 잘 번다는데 저는 어째 이러한가, 생각하니 한심하였다. 그보다 숙이는 물건도 저보담 좋은 서양의 것으로 담배, 껌, 뭐 「도롭푸스」 라든가 하는 사탕, 비누, 담배를 붙이는 것을 가졌고 직접 쏘다니며 손님들에게 사라고 조르니 그렇게 되는 모양이로구나 하였다. 그러한데 이런 움푹 들어간 구석백이에서 손님이 올 때만 기다리니 잘 팔릴 수가 있을까, 생각하니 불현듯 저도 숙이와 같이 다니고 싶었다. 당장 내일부터라도 나가고 싶었으나 물건도 물건이려니와 바로 즉시 마음에 꺼리는 것은 제가 입고 있는 아버지의 양복저고리가 문제였다. 이것을 벗어버리자면 적어도 이 추운 겨울이 풀리고 날씨가 따뜻하여야 할 것이 아닌가. 그러자 순녀의 입에서는

「옳지, 얼른 추위만 풀려라.」

하는 말이 나왔다. 그렇게만 된다면 그까지 이런 짓 안 하고도 얼마든지 돈을 벌 수 있을 것이다. 그러면 순희 모양으로 구박을 받는 대신 얼마든지 어머니와 아버지에게 귀여움을 받을 것은 말할 것도 없고 그들도 좋아들 할 것이 아닌가. 이렇게만 된다면 학교 다니는 것도 부럽기는커녕 그까진 데는 다녀 무엇 하랴 싶은 마음까지 들자 순녀는 학교에 넋을 잃은 순희가 바보 같기만 하였다.

순녀는 또다시

「날씨가 풀리기만 하면…….」

하고 속으로 굳게굳게 되풀이하여 지껄이는 것이었다.

어느덧 해도 넘어가고 황혼이 잦아드는데 바람은 더욱 억세게 불기 시작하였다. 그와 동시에 순녀의 시선이 한결같이 통하는 유리

창의 소음도 때가 지날수록 점점 더 심해갔다. 순녀는 하품과 함께
아울러 저절로 나오는 한숨을 길게 내쉬며 여간해 눈을 돌리지 않
았다.✗

서울길

이월도 중순이 넘어 절후로는 분명히 봄이 돌아온 셈일 터인데 북쪽을 향해 달리는 차(트럭) 윗 바람은 살을 에일 듯이 차갑다.

아직도 서울을 이백구십 리 앞두고 달리는 화물차는 오늘 해전으로 도착될 것 같지는 않았다. 아침 아홉 시가 채 못 되어 증평을 출발한 것이 그 동안 벌써 고장이 가고 하여 겨우 육십 리를 지나 놓고 굼벵이 기어가듯 차는 산중턱으로 뻗친 준령을 넘기에 총 마력을 기울였다.

일본 패잔병이 헐케 팔아버린 것으로 이렇게 고개를 넘을 때는 물론 나렴직한 길이나 평탄하다는 지대에서도 언제나 늙은이의 골기침 같은 덜컥거림은 한 모양으로 연속하였다. 더구나 꽁꽁 얼어붙은 돌덩이 흙덩이는 일천오백 킬로 이상의 화물 중량에 눌려 구르는 바퀴를 사양 없이 받아친다. 그럴수록 차대는 날뛰었고 따라 덜컥거림은 더욱 심하다.

차 위에는 짐으로 묶은 가마니가 전부 차지를 했고 이불 뭉치 솟
같은 이삿짐도 몇 가지 한 옆으로 놓여 있다. 지상 삼 미터 이상의
이 화물 위에는 사람들이 오륙인 옹기종기 모여 앉은 채 차대가 움
직이는 대로 연신 몸의 중심을 잡지 못하고 흔들리었다. 그들도 이
차와 같이 서울로 향하는 손님들이었다.

몇 해 동안의 교통 불편은 해방 후 지금도 그 상태를 벗어나지 못
했다. 오직 화물차를 이용하여 쌓인 짐과 함께 여행을 함이 지금 와
서는 평범한 일로 되어버린 것뿐이다. 출발지로 말하면 이런 화물
차를 타지 않고도 갈 수 있으리만큼 충북선 철도 편이 있어 기차를
이용할 수도 있었으나, 그것은 하루 한 번만 지나갔고 그런 중 더구
나 어려운 차표를 사랴 또한 조치원서 갈아타랴 하자면 꼬박 이틀
이 걸림으로 차라리 이렇게 가는 것이 한가하고 빠르리란 생각에
서, 몇 갑절 되는 여비 문제는 고사하고 이것을 우선 손아들(?) 주선
하는 것이었다. 그럼으로 이중에는 서울 가는 도중의 장호원이라든
가 이천 등지의 여객들도 타려고들 하지만, 전에 볼 수 없는 서울을
목적하고 가는 손님이 언제나 많고 운임 관계도 있고 하여 웬만한
거리의 승객을 거절하고는 아주 도착지인 서울까지 가는 손님들만
골라 태우는 것이었다.

(××××××××××××××××××××××××××××)

모양이 다 다르다. 중년가량 된 남자와 여인 그리고 지금 바로 전
에 오른 늙은이는 차대가 날뛸수록 손은 짐 위에 얽인 밧줄을 잡으
며 혹 밑으로 떨어지나 않을까 그것만 사뭇 걱정을 하는 모양이고,

그 외의 두 사람은 또 그와는 반대로 술이 얼큰하게 취한 모양이었지만 아주 태평스런 태도였다. 그 중 한 사람은 일상 이런 경험을 쌓고 있는 조수助手였고, 또 한사람은 이 차를 서울까지 빌린 화주貨主였다. 그들은 이 중에서 제일 명랑하게 보여 묵묵히 있는 다른 사람들을 제외하고 서로 말을 하기에 바빴다. 조수는 한편 쪽 다리를 예사 짐 밖으로 내어놓고 기름투성이 가 된 군복軍服바지 주머니에다 양편 손을 넣은 채 바로 전 화주에게 한 잔 받은 예의를 표시하기도 할 겸 감탄의 어조로 말을 걸었다.

스물다섯이 지나 서른이 가까운 듯한 숯 그을음이 군데군데 묻은 그의 얼굴에서 환히 드러나는 입술은 누구에게 당하였는지 푸르덩덩하게 부어 있었다.

이 조수와 같이 이야기를 주고받는 화주는 활기가 넘쳐 흘렀다. 팔월 십오일 이후에 기른 머리에는 반지르르하게 기름을 듬뿍 바른 데다가 외투 섶을 틈이 없도록 여미고 웅숭그려 앉아 있으면서도 연하여 안경을 통해 조수를 바라보며 우월감으로 인한 기쁨을 금치 못하는 기색이었다. 그의 차림차림이나 지금의 태도로 보아서는 세상에 무서울 것이 없다는 이십대 소년의 활기 바로 그것이 연상되었다. 그만치 그는 모든 것에 자신이 만만한 태도로 있어서 한창 조수의 말에 따라 자기의 운동능력을 내심 발휘하여 간간이 승리적 미소를 쥐 같은 좁다란 얼굴에 연달아 띠고 있다.

「…… 그럼 이만큼 무엇을 만들자면 그 동안 고생도 이만저만이 아니겠습죠?」

하고 조수는 다시 말을 계속하였다.

「그건 묻지 않는 것이 더 날 것이요. 고생고생 하지만 사실 고생은 이만저만이 아니었고…… 첫째 쌀 구하기에 제일 힘이 들었으니까 그러나 지금 와서는……」

하고 화주가 말하는 중 조수는 그의 말이 끝나기도 전에

「몇 섬이나 가지고 이마침 됩니까?」

하며 궁금한 눈치로 물었다.

「이것이 −전부 팔어 놓은 게− 백 삼십 석이 되는 데서 지금 오십 석 가까이 남어 있으니까…… 에 − 팔십 석은 심히 들은 셈이지요.」

「참 엄청나는군요. 그래 그토록 쌀을 어떻게 팔었나요? 여간 수단으로는 그런 사업하기에 힘들 것이었겠습니다.」

「수단이랄 게 뭐 있겠소. 때의 운수가 밝혀 주었다고밖에는…… 왜 연말에 군정청 발표로 쌀 한 말 최고 가격을 삼십팔 원으로 하고 그 액수를 넘겨 매매하면 시국의 반역자로서 엄벌한다는 통에 팔기가 수월하였다고 할 수 있지요. 하하하 그런 형세에 어두운 무지한 자들은 어떻게 돌아갈런지를 어디 알어야지. 일월 일일이 오기 전에 조금이라도 더 받고 팔려는 통에 내가 금전이 유통되는 한 팔아 놓았단 말이지.」

하고 버릇되다시피 한 미소를 띠우고 나서 다시 말을 이어

「이런 때에 눈만 잘 뜨고 있으면 일이십만 원 벌기는 문제 없지.」

「이건 갖다 넘기면 얼마 가량이나 될까요?」

하며 다시 그들이 깔고 앉은 화물을 둘래둘래 살폈다.

「지금 예상으로는 요 몇 일 전 서울 시세가 백 근에 한 근당 십오

원였으니까 약 이십오륙만 원은 될 것이라지만…… 우선 갖다 놓고 나서 가격이 올라가는 대로 시세를 메워 몇일간 여유를 두고 팔까 하는 생각이오.」

「뭐 이십오륙만 원요?…… 허…… 참 잠깐이구먼요.」
하고 조수는 화주의 말이 끝나자 입을 딱 벌리며 놀라는 눈치로 그를 쳐다보았다. 그리고는 번듯이 드러누워 버렸다.

그러자 근처에서 잠잠한 채 앉아 있던 사람들도 일제히 그를 바라보았다.

허나 그들은 오직 속으로 감탄할 뿐 한동안은 역시 말 없이 그대로 있었다. 눈들은 전의 조수 못지않게 화주와 화물을 상대로 번갈아 경이의 표시로 움직였다.

조금 후 그들 중에서 처음으로 먼저 화주에게 말을 거는 사람이 있었다. 그는 화주 맞은짝 편에 엎드리다시피 앉아 있는 삼십이 될까 말까 한 젊은 여인의 바로 옆에 앉은 사람으로서 사십이 될까 말까한 거무데데한 얼굴을 가진 남자인데 나이는 십여 년의 차이가 있다 하지만, 일견하여 그 여자의 남편임이 확실하였고 어린아이를 검정 포대기에 둘러싸고 있었다. 남자는

「참 댁은 부자 되시었습니다. 무어든 벌리기를 아초부터 크게 벌려야 쥐이는 것도 큰단 말이지!」
하고 혼잣말 비슷이 중얼거리며 주위에 쌓인

(××××××××××××××××××)

「그러면 서울 가서 차를 어데다 대실렵니까?」

「명륜정 친척집이 있으니까 그곳에 나려 놓기로 하지요.」

「그러면 나중에 팔 때는 다시 운반하시여야 하겠구먼요?」

「물론 다시 해야지요.」

「네…….」

하고 덮어놓고 연속하여 감탄하는 어조였다.

　이때 그들의 말만 옆으로 묵묵히 듣고만 있으면서 무슨 수심이 끼인 듯한 칠십이 가까운 듯한 노인이 비로소 입을 열며 화주를 바라보았다.

「화주양반…… 명륜정이면 어디쯤인가요?」

「명륜정이라면 종로 사정목에서 창경원쪽 동소문동 넘애가 명륜정이지요.」

하고 대답하자, 노인은 무엇이 무엇인지 분간키 어려운 안색으로 덤덤한 채 화주의 입만 뻔히 바라보았다.

　이때 화물 위에 번듯이 드러누워 콧노래를 부르고 있는 조수가 벌떡 상반신을 일으키더니

「아 영감! 우리 회계나 하고 그런 이애기합시다.」

하고 손을 불쑥 노인 쪽으로 내밀었다.

「회계라니요?」

　노인은 불시에 닥치는 조수의 언동에 의아한 낯빛으로 그를 쳐다보았다.

「차비 내란 말입쇼.」

하더니 조수는 벌렸던 손을 다시 흔들며 내밀었다.

「얼마나 되오?」

「십 리에 십 원씩…… 탄 곳이 음성이니까 이백구십 원.」

××하고 노인은 입을 떡 벌린다. 그의 마음은 얼떨떨하였다. 참으로 예상 외의 막대한 금액이었다. 전에 이곳으로 승객차가 다닐 때는 삼 원이면 되었던 것이 이렇게까지 되리라고는 참으로 놀랄 일이었다. 다시는 말도 나오지 않았다. 그는 주머니에 있는 돈을 생각하여 보았다. 전부 털어야 뻔한 백 원짜리 두 장 이백 원이다. 그는 다시 한 번 비싼데 놀라고는 벙어리같이 잠잠히 앉은 채 외면을 하였다.

「이 양반이 남의 손을 푸대접해도 분수가 있지. 이런 치위에 그래 사뭇 떨리게만 맨들어 놓을 작정이오? 어서 내요…… 왜 돈이 없소?」

조수는 시간이 지나갈수록 내민 손이 분이 치미는지 불순한 어조로 노인을 뇌까려 내려 본다. 하지만 내밀었던 손은 제자리로 돌아가지는 않았다.

그러나 노인은 이렇다는 대답도 없이 먼 산을 하염없이 바라보고만 있었다.

「어서 내십쇼?」
하고 다시 조수는 어조를 좀 누그려 독촉하였다.

그제야 노인도 그냥 가만히 앉아는 있을 수 없어

「원 차비가 그렇게나 비싸오? 아무리 돈 가치가 없다 쳐도 십 리에 십 원이라니 어디 된 말이오? 그것 참…….」
하며 입맛을 몇 번이고 다시었다.

「아따 이 양반이 돈만 생각하고 고생 않고 타고 가는 것은 생각지도 않는 모양일세.」

하고 조수는 누그렸던 어조를 급작스리 높이는 소리를 하더니 뒤이어

「하룻밤 숙박비가 얼마인지나 아시오? 삼십오 원이요 삼십오
원…… 그나 그뿐이오? 점심에 적어도 이십 원…… 기러가지고도 몇
일 고생고생하고 그 비용만 들 줄 아시오? 딱한 노인 다 보겠네……
괜히 그러지 말고 어서 내시오. 망녕도 떠들 곳이 따로 있지…….」
하며 노인을 달래다시피 그러나 경멸의 웃음을 띠운 채 이야기를
하였다.

노인은 역시 먼 곳을 바라보았다 그리자 손이 두루마기 옆을 통
하여 주머니를 부스럭거린다.

조수의 눈은 사뭇 그곳으로만 쏠리었다. 다른 좌중 화주며 중년
남자도 일제히 그곳으로만 시선이 옮기었다. 돈을 이제야 꺼내려는
짐작인 모양이다.

그러나 한참 후 그 노인 손에 쥐여 나온 것은 돈이 아니고 담배였
다. 노인은 여적 손에 쥐고 있던 대에다가 그것을 엄지손가락으로
꾹꾹 담았다.

그러자 별안간 화주의

「아 아 아…… 영감…… 여기서 담배를 피우면 못써요. 만약 불이
라도 나면 다 하늘로 올라가는 줄도 모르고…….」
하는 호들갑스러운 음성이 당황하게 났다. 따라 노인도 그제야 깨
닫고 무참한 기색으로

「참 잊었소이다. 워낙 버릇이 되어버린 것이기 때문에…….」
하고 담배를 담은 채 그냥 성냥을 키어 붙이지 아니하고 전같이 쥐
고만 있었다. 이러자 조수는 무슨 신명이 나는지

「하하하 노인 양반도…… 정작 할 일은 안 하고 부디 하면 안 될 일만 골라 하는군요.」

(××××××××××××××××××××××××××××)

사뭇 안색이 새파랗게 질리다시피 의심이 가득 찼던 화주도 그제야 안심이 되었는지

「하하 그런 버릇은 장소에 따라 될 수 있는 한 곤쳐야 합니다. 지금 노인의 담배 불이 만약 이 화물에 달려 불이 난다면 누가 이것의 손해를 물어 주겠습니까. 그도 노인이 부자양반이어서 척척 내인다면 몰라도…….」

하고 한 번 너그러운 듯이 웃었다.

「참 그리다 큰일 납니다. 제가 북해도 탄광에 있을 때 화약고에서 이런 일이 생겨 공장을 전부 태우다시피 한 일이 있었습니다. 참 불은 극히 조심하여야 합니다.」

말하는 대로 이 사람 저 사람에게 시선을 옮기고 있던 어린아이를 안은 중년 남자도 노인을 쳐다보며 주의하도록 말을 하였다.

「그런데 노인…… 차비는 아조 아니 낼 작정이오? 그러면 여적 온 것 십 원만 내고 고만 여기서 나리기로 합시다.」

하고 또 조수는 재촉하였다.

「아따 그자 조바심도 참 심한데…… 누가 띠어먹고 도망을 가는지…….」

하고 노인도 참을 수 없다는 듯이 성을 내었다.

「누가 띠어 먹고 가실까봐 그리는 것이 아니라 귀측이 올르면 그 당장에서 바로 회계를 시행하도록 되었으니까 그리는 것이지요. 하

기야 노인이 띠어먹고 도망을 한다 하더라도 그냥 내버려 두지도 않지만, 하하.」

조수는 치근치근히도 노인을 희롱하는 어조다.

조수의 이런 말이 나오자 노인은 참을 수 없는 분개가 더욱 치밀어 올라

「그래 대체 얼마요.」

하고 억센 어조로서 처음으로 조수를 뚫어지게 바라보았다.

「에누리 없는 이백구십 원이라니까…….」

조수는 금방이라도 무슨 요정을 낼 것 같은 표정으로 이렇게 되받아쳐 말하자 노인은 다시 바로 전과같이 주머니를 훔척훔척하기를 얼마간이나 되풀이 하더니 이윽고 백 원짜리 한 장을 꺼내어 조수에게 주었다.

조수는 그것을 빼앗다시피 받아

「이것을 가지고는 도저히 어림도 없으니까 일백구십구 원 더 내시오.」

하고 이번에는 다른 손을 다시 또 내밀었다. 노인은 그를 또 한 번 쳐다보았다. 그 때의 시선은 전과는 달리 일종 애걸하는 눈치였다.

「어서 더 내시오.」

하는 조수의 말을 들었는지 못 들었는지 노인은 역시 그 대중으로 아무 말 없이 그를 바라보고만 있다. 조금 후 아무리 있어도 내민 조수의 손이 제자리로 돌아가지 않는 것을 깨닫고

「여보 차주양반 이 돈 없는 늙은것이니 그냥 태워주는 셈치고 그 것만 받어주시오.」

하며 애걸하지 않을 수 없었다. 주머니 속에는 백 원 한 장이 또 남아 있기는 있었으나 그것을 다 내어놓아도 역시 구십 원은 부족할 뿐 아니라 그것마저 내어 놓는다면 서울 가서는 또 어떻게 한단 말인가. 첫째 손자를 데려올 노자가 없어진다. 그러나 조수는 그런 노인을 그대로 묵인치는 않았다.

「여보 영감 어서 더 내시오. 이럴 줄 알았더라면 아초에 태우지 않았습니다.」

조수는 성을 벌컥 내며

「왜 이렇게 나히도 지긋한 양반이 젊은이에게 속을 태워주는 거요…… 누구를 조롱하는 겐가…… 얼른 더 못 내요?」

조수는 아주 불쾌한 모양이었다 .

「이곳에서 나리든지 돈을 더 내든지 얼른 작정하시오.」

이렇게 자분참(?) 폭탄이 노인에게 떨어지자 노인은 재빨리 주머니에서 남아 있는 백 원 한 장을 또 꺼내어 성난 얼굴로 조수에게 주며

「이제 내 주머니에는 고리동전 한 푼 없으니 마음대로 하시오.」

하고 입맛을 몇 번이고 쩝쩝 다시며 전과 같이 또 먼 곳으로 눈을 돌렸다.

그것을 또 받은 조수는

「어쨌든 성 이러면 서울까지는 못 갈 줄 아시오. 돈대로 경안쯤 가서는 나리시야 해요.」

하며 돈을 주머니 속에다 넣었다.

「마음대로 하시오.」

노인도 불쾌함을 참을 수 없는 듯 뻣뻣이 이렇게 조수에게 대꾸를 하였다. 이렇게들 왁자지껄대어 좌중은 전부 추위도 잊어버리고 떠들어대건만, 그중 여인은 혼자 괴로움에 지쳐 그런 것에 귀도 기울이지 않았다. 앉아 있는 게 아니라, 일본 북해도 탄광에 갔다 왔다는 어린애를 안고 앉아 있는 그 중년 남자에게 그동안 몸을 의지하다시피 하여 반쯤 누워 있었다. 몹시 피로에 젖은 모양으로 눈이 움푹 들어갔다. 가끔가다 억세인 바람에 부딪침인지 눈을 맞아 어리었다. 그런 중에도 그 여자의 눈은 오 (×××××) 마음에 꺼려 이따금씩 손으로 대고 비벼보고는 하였다. 그 여자는 비로소 남편에게 입을 열어

　「서울은 아직도 멀지요?」

하고 가만히 물었다.

　「아직도 멀었어…… 고걸 타고 벌써 이렇게 야단이여. 정신 좀 차려…….」

　남편도 역시 아내만이 알아듣도록 나직한 음성으로 말하였다. 그런 후에 그들은 침묵을 지키었다. 화주는 역시 웅숭거리고 앉은 채 이제는 맨 처음과 같이 무엇을 골몰이 생각하고 있었다. 아마 자기의 유복한 앞날을 꿈꾸고 있으리라. 한 옆에서 조수는 비스듬히 앉은 채 그야말로 회계하는 셈인지 양복 윗주머니를 부스럭부스럭 하더니 꾸깃꾸깃한 돈을 마구 꺼내 가지고 한 장씩 펴서 세어본다. 노인은 그저 그 대중으로 맨 처음과 같이 먼 곳을 하염없이 바라보고 있었다. 차는 달리었다. 어느덧 고개도 굼벵이 기어가듯 넘어서서 이제는 자신만만히 내리막길을 달리었다.

가끔 가다 목탄 화통에서 기괴한 탁탁거리는 음성을 내면서 더욱 털털거리며 오를 때 지연된 시간을 이럴 때 보충이나 하려는 듯이 마구 속력을 내었다.

　길 위에는 누런 흙이 보이었건만, 양 옆에 솟은 산 서북쪽 허리에는 아직도 눈이 하얗게 덮여 있다.

　하늘 중턱을 헐숙 지난 해는 보이기는 어렴풋이 보이나 옅은 구름에 씌워져서 광선은 실낱같이나마도 새어나지 않았다. 울적한 날씨에 ×× 그들은 드디어 진력이 났다.

　한참을 이렇게 내어 달리다 평탄한 길을 잡아 다시 속력을 낼 무렵, 화주는 어느덧 술기운이 없어져 여태 다물고 있는 입을 크게 벌려 하품을 하더니 손목시계를 본다. 어느덧 오후 두 시가 가까웠다. 그는 벌써 이렇게 되다니 하고 놀랐다. 생각하니 예정대로 오늘 해 전으로는 도저히 서울을 못 대일 것이다. 그의 마음은 초초로왔다. 그러자 조수를 바라보고

　「이렇게 가면 몇 시간 후에라야 서울에 도착되오?」

　「글쎄요. 이렇게 간다 하더라도 증평서는 꼼박 여덟 시간은 걸립니다.」

　「그렇게 오래 걸려요?」

　「보통 보아서 좋은 차는 여섯 시간 반이면 가지만, 이 차는 워낙 헐은 것이 돼서 그렇게는 엄두도 못 냅니다.」

　「그러면 오늘 몇 시쯤 닿을까요?」

　「지금이 몇 시지요?」

　「오후 두 시입니다.」

「한 시간에 오십 리씩 잡아서 앞으로 고장만 생기지 아니하면 이조—시로 꼬박 가면 다섯 시 좀 넘어서 닿을 테지요.」

하고 조수가 말하자 화주는 그윽이 안심하는 얼굴빛으로

「꼭 오늘 해 전으로 도착되어야 할 터인데.」

혼잣말 비슷이 말하자

「예 염려 마십시오. 꼭   도착되도록 합쇼.」

하며 조수는 자기가 운전이나 직접 한 듯 장담을 (×××××)

어느 정도는 든든하였다. 그는 가는 길로 짐을 내려놓고 오늘밤부터 나도 장 안 과자업자들을 찾아 시세를 맞추어 보자는 심사였다. 그리하여 처분을 하는 대로 다시 계획하고 있는 대두박大豆粕을 사서 시골 농민에게 넘기어야 될 것이다. 농번기는 가까워 가도 비료 떼어 오는 농민은 한 놈도 없다. 그만치 그들의 눈은 아직도 어두웠다. 이것만 몇 차 하여 온다면 수지는 또 맞을 것이다. 비료 없이 농사는 지을 수 없으니까 사지 않을 사람은 없다고⋯⋯ 하는, 이런 것을 생각하여 내인 자기의 명철한 두뇌에 대하여 스스로 다시금 놀라며 기뻐하였다.

그는 이렇게 앞날에 대한 계획을 머릿속에서 구체적으로 일일이 분석하여 나아감이 지금의 그로서는 일생에 있어 제일 행복하였다. 그러자 그의 마음 속에는 삼십 만 원, 오십만 원, 백만 원⋯⋯ 이렇게 자기와 관계되는 금액이 순간순간 올라감을 느꼈다. 그럴수록 그의 마음은 날뛰었고 그에 따라 점점 더 그곳으로 자꾸만 달리었다.

이러기를 한참이나 하는 중 그들은 모두 입을 닫쳐버렸다. 그래 그런지 추위가 한결 스며들기 시작하였다. 그러자 어린아이를 안은 중년 남자가 또 오랜만에 입을 열었다.

「지껄이다가 가만이 앉아 있으니까 치움만 닥치는 구먼요. 심심한데 화주양반 인사나 합시다.」

하고 자신도 모르게 고쳐 앉으려다 자기 아내와 어린아이의 몸의 자유를 잃어버린 것을 깨닫고, 주춤거리면서

(××××××합니다.)

하고 고개를 약간 숙이었다.

그동안 화주의 심경은 전해 비하여 변동이 많았다. 술기가 없어진 탓도 있었겠지만, 그는 급작스리 교만이 온몸을 지배하였기 때문이었다. 그러나 인사를 하자고 달려드는 그를 답례도 없이 물리칠 용기는 없어 오직

「난 증평사는 임林입니다.」

하고 이름은 대지도 않고 성만으로서 응대하였다.

「네…… 그렇습니까? 앞으로 많으신 혜택 입을 줄 압니다.」

북해도 등지의 객지로 돌아다녔다 하지만 근본이 농부 출신이란 것은 그의 말씨에 잘 나타나고 있었다. 이렇게 화주에게 인사를 하자 역시 같은 태도로 이번에는 노인을 향해 약간 돌아앉는 기색으로

「노인장 인사 여쭙니다. 도안 사는 박히식이 올시다.」

하고 다시 같은 말을 되풀이하였다. 이때에서야 노인은 시선을 그에게 옮겨

「네…… 음성에 사는 최치석이오.」

하였다. 그 후 그들은 또 잠잠하였다. 한참 후 인사했던 중년 남자는 화주에게 무엇이나 배우려는 듯이

「이런 건 그래 어떻게 생각하여 내시었습니까? 참 거룩한 일입니다.」

하고 온갖 경의를 표하여 치하하였다.

「뭐 그저 우연히……」

(×××××) 아무 말이 없다.

(××××××××) 말을

이어 보았으나, 이번에는 귀찮다는 듯이 인상을 조금 찡그리며 대답마저 없다. 그리자 중년 남자도 무안하였는지 약간 얼굴이 붉어졌다. 또 침묵의 시간이 한참 지나갔다. 이때 넋 없이 먼 곳을 바라보고만 있던 노인은 커다랗게 한숨 반 말 반으로 그 남자를 보며

「댁은 어데까지 가오?」

하고 물었다.

「서울까지 갑니다.」

「누구를 찾아보러 가오?」

「잠시 다니러 가는 게 아니라 그곳에 가 자리잡고 아조 살러 갑니다.」

하자 노인은 그를 눈여겨 다시 한 번 똑바로 바라보았다. 그러더니

「이건 좀 무엇합니다만 올해 연세가 얼마나 되었소?」

하고 물었다.

「뭐 연세랄 게 있습니까? 제 나이 서른다섯입니다」

「북해도 갔다 왔다고 말했소 그려. 이번에 나왔소?」

「예…….」

노인은 무엇을 생각하는지 또 잠잠히 있었다. 그러나 한참 후

「몸 성히 돌아왔으니 참 다행이오.」

하고 한숨을 쉬었다. 그리고는 다시 먼 곳을 바라보았다.

「몸만 성하게 돌아오면 무얼 해요. 사뭇 고생만 하고 지내는 팔자
에…….」

(××××××××××××)

하고 중년 남자가 노인에게 묻자, 노인은 잠시 아무 말이 없다가

「하나 있는 손자가 병으로 위독하다는 전보인가 기별이 와서 가
는 길이랍니다.」

「무슨 병인데요?」

「모르지…… 죽을 병이 들리었답니다. 같이 있는 주인의 편지에
는 무어 늑막염이라나요. 세상이 하도 소란하니까 늙은것이 걸어
갈 수도 없고 하여 이거나마 타기에도 사흘이나 길거리에 나와 기
달렸으니까. 그러니 지금 간대도 그동안 어떻게 되었는지…… 꿈자
리도 하도 뒤숭숭하니까…….」

「견찮을 테지요.」

「그걸 누가 장담한답니까? 내 자식놈도 잘 있으니 건강하느니 하
더니 턱 당하고 보니 죽은 것을… 도모지 믿지 못 하것구먼…….」

하고 입맛을 다시더니

「참 오래 살자니까 눈뜨고 자식을 안 죽이나 손자 죽는 것을 아니
겪나. 이놈의 팔자 이렇게 드세일 줄이야 누가 알었든가.」

하더니 눈을 껌벅껌벅하였다. 따라 기인 한숨이 나왔다.

「설마 그럴 리야 있을라고요.」

하고 중년 남자도 공연히 친근한 생각이 들어 이렇게 위아의 말을

하였다.

　그러나 노인은

　「주인이 데리고 가라면 벌써 알쪼이지. 소생할 힘이 없으니까 전보까지 쳤겠지오. 그것도 이제는 아조 고질이 되어 치료할 수 없다니…… 그 애 죽기 전에 가서 집으로나 다려 올라고 ×××× 이젠 손자마저 죽이고…….」

하고 차마 말을 맺지 못했다.

　「노인장은 올해 몇이나 되시었길래 왜 노체로 혼자 가시나요?」

　「아 그…… 이래봬도 일흔다섯이나 주어 먹었다오. 갈 만한 사람도 없고…… 며누리 혼자인데 제 말로는 자꾸 제가 가겠다고 울며 나대지만 여자이니, 그래도 꼬부러진 남자래두 내가 날 것 같아서…….」

　노인은 붉게 충혈된 눈을 다시 다른 곳으로 옮기었다.

　「그렇게 마음 상하시면 무어 소용 되는 게 있어야지오. 다 돌아가는 대로 운수로 돌려 버리는 것이 제일 시연한 일이지오. 일력으로 억지로래도 되지 않는 일에 너머 마음을 쓰지 마십시오.」

하고 중년 남자는 다시 위안의 말을 하였다.

　이윽고 노인은 어느 정도 마음의 안정을 잡았는지 그보다 자기의 탐탁지 않은 일을 잊어 버리려는지 고개를 돌려

　「그래 노형은 서울 가서 무얼하고 사실 작정이오?」

하며 중년 남자를 보았다.

　「뭐 이런 출신이 좋은 게 있습니까? 그저 가서 밥만 먹을 것을 할 셈이죠.」

「그래도 무턱대놓고는 이사까지 않을 것 아니요.」

「북해도 탄광에서 같이 있는 친구가 시골 살기 싫거든 자기와 같이 뜨내기 장수나 하자고 해서요.」

「왜 시골서 농사나 하고 살지 그 무시무시한 서울까지 가서 살라고 할 건 뭐 있소?」

하고 노인은 자기 손자의 경우를 생각함인지 그런 얼굴에 약간 떨리는 음성으로 이렇게 말하였다.

「그도 몇 달 동안 생각해 보았습니다만, 여기저기 떠다니든 몸이라 한 군데 더구나 몇 집 안 되는 시골서 살기는 꽤나 쓸쓸하여 마음을 잡을 수가 없어요. 그러니 그곳에서 번둥번둥 놀고만 있자니 누가 그냥 밥 먹여주는 사람 없고 하여 이 김에 집칸이나 팔고 호미자루나 팔어 농사는 아조 구만 치우기로 하고 이렇게 나섰지요.」

하고 그는 노인의 말에 대답을 하더니 무슨 생각이 치밀었는지 부지중 얼굴을 푹 수그리고 있는 화주를 바라보자 다시 눈을 돌려 엿묶은 가마니짝을 둘레둘레 싸이연다(?). 그리고는 혼잣말 비슷하게

「저 양반한테 돈 버는 법을 좀 들어야 할 텐데…….」

하고 다시 화주와 화물에게 대하여 감탄하였다. 그는 화주의 눈치를 보았다. 그러나 화주는 고개를 숙인 채 무엇을 곰곰히 생각하고 있는 것 같아 그의 말을 들었으면서도 못 들은 체하고 그냥 한 모양으로 있었다. 하지만 중년 남자는 자기의 말을 화주가 듣지 못한 관계로 대답이 없다는 것인 줄 알고 그저 말을 이어

「화주 양반 이렇게 가만히 앉아 계시면 치위를 더 타는 법입니다. 이애기나 하시지요.」

(××××××××××××××××)

여적 숙이었던 고개는 들려졌으나 별로 탐탁지 않다는 표정은 드디어 시무룩한

「이애기란 무슨 이애기란 말이오?」

하는 음성을 낳았다.

「그런 거대한 사업을 하시자면 이애기도 많으실 터인데……」

「난 말구변이 없어 그런 이애기는 못하오.」

하고, 화주는 퉁명스럽게 한숨에 말방아를 찧고 다시 고개를 수그려 버렸다. 이렇게 되고 보니 화주의 마음도 유쾌할 리 없었다. 아무 것도 보잘것없고 자기에게 득이 될 것 한 푼어치 없는 놈이 창피하게 자꾸 달려드는 것이 이제 와서는 귀찮았다. 그러자 다음 그는 이런 사람들을 이 차에 태운 것이 미웠다. 이 차는 자기가 서울까지 차를 대절할 만큼 이런 것도 전부 자기 마음대로 처리하여야 옳을 것이다. 그러나 운전수며 조수는 그것까지는 자기에게 승낙을 받지 않고 이렇게 태워 남의 속을 태우는 것이다. 그렇다고 자기가 이런 것을 거절하여야 화주로서 마땅히 하지만 그렇게는 차마 할 수도 없는 일이었다. 운전수나 조수에게 미움을 사면 어쨌든 자기에게 손해가 적지 않을 것이니, 그런 권리를 부릴 수는 없었다. 바로 전까지 이것저것 생각하는 기쁜 계획도 지금은 다 사라져 버리고 이런 좋지 못한 우울과 부딪치게 되니, 그는 더욱 옆에서 거지같이 웅크리고 앉아 있는 그들에 대한 증오감이 치밂을 억제할 수 없었다. 한편 중년 남자는 그제야 자기의 말을 몹시 성가셔 하는 것을 깨닫고 입을 닫아 버렸다. 자기의 당돌하고 무안한 언동을 뉘우쳤다.

조수는 어느 틈엔가 짐 사이 움푹 들어간 몸에 궁둥이를 박고 비스듬히 기대인 채 외투를 잔뜩 뒤집어 쓰고 잠이 들어 있는 모양이었다. 그러자 또 노인이 입을 열었다.

「오늘 해가 넘어가기 전 서울을 가야 할 터인데…… 그 동안 죽지나 않었는지…….」

하며 혼자 말로 중얼거렸다.

「설마 노인께서 힘에 부친 길을 이렇게 손자 때문에 찾어 가시는데 그럴 리야 있을라구요. 하늘이 동정을 하여서라도…….」

　중년 남자는 또 위로하지 않을 수 없었다.

「팔자가 워낙 세면 그렇지도 않습네다. 댁 말씀 같으면 늙은 내가 죽지 않고 우리 아들이 죽었을까. 할 수 없는 일이지…….」

하고 노인은 쓸쓸한 입맛을 다시었다.

「자제는 무슨 병으로 이 세상을 떠났나요?」

「그런 것도 모르는 채 이렇게 살어 있답니다. 북해도 탄광에서 일본놈의 일하다 죽었다니까.」

「언제요?」

「한 댓 해는 실히 되나 봅니다. 그것도 그놈들이 속여 어디 진작 알기나 알었던가요. 해방 후 같이 갔든 자들이 와서 이야기하여 처음으로 알었지.」

「무슨 탄광인데요?」

「뭐 잡뽀로 탄광이라나요.」

하더니 노인은 별안간 무엇을 깨달았는지

「참 당신은 어데 있었소.」

커다란 소리로 물었다.

「저도 북해도지만 워낙 넓고 또 탄광도 한두 군데가 아니니까요.」

「그두 그럴 테지…….」

「손자는 몇 살이나 됩니까?」

「열아홉이지요. 한참 힘 쓸 때에 고만 그 몹쓸 병이 들려서.」

「무얼 하고 있었는데요?」

「뭐 상점 점원 다녔답니다. 처음에는 해방되자 이렇게 시골 구석에서 썩으면 나라가 서도 사람값에 못 간다고 고학인가 한다고 도망을 가더니 그여코 이 지경이 되고 말았소.」

「그러면 지금 손자 있는 곳은 일하든 상점이겠구면요?」

「그렇지요. 이제는 주인도 주체하기 어려운 모양인가 보오. 전보편지가 두 번 다 엄얼(?) 다려 가라고만 하였으니…… 남의 자식 앓는 것에 뭐 고치는 것까지야 상관이나 하겠수…….」

「그래두 주인도 사람이니까 그냥 있지는 않았을 터이지요.」

「그러면 자꾸 다녀가라 독촉이 심한가?」

「……」

「어쨌든 소생되기는 어려운 모양이오.」

하고 노인은 또 한숨을 쉬었다. 무엇을 생각하고 있었던지 한참이나 묵묵히 있다가 또 말을 이어

「하… 그건 다 그렇지만 노비 때문에 큰일 났구면…… 다 톡톡 털렸으니…… 그것도 며느리가 혼자 근근히 모은 품돈과 빚인데…… 이제 가기는 가지만 더구나 병자를 다리고 무엇으로 돌아온담…….」

하는 그윽히 수심에서 우러나오는 말을 혼자 더듬더듬 중얼거렸다.

「거 참 난처한 노릇입니다.」

중년 남자는 동정하는 말은 하였으나 다음 조금 (×××××)

「그 상점 주인에게 부탁하면 그것쯤은 들어 줄 터이지요. 무엇으로 보든지 돌려주지 않지는 않을 겁니다.」

하였다. 그제서야 노인도 조금 안심이 되었는지

「글쎄 지금 내 생각도 그렇기는 하지만 세상 인심이 하도 험악하니까.」

하고 노인은 들고 있는 담뱃대를 자기도 모르게 입에 물었다. 그러자 중년 남자의 놀라움과 더불어 노인도 절대 금연이라는 것을 알고 다시 손으로 가져갔다.

그들은 이렇게 말을 주고받으며 서로 의지하고 믿는 포근한 동료의 정의 같은 것을 느꼈다. 좌중에서는 그들 둘이 제일 의사가 통하는 모양으로 여중旅中의 피로와 추움과 우울과 모든 불행들을 혼자서 느끼고 삭이느니보다는 이렇게 서로 이야기로서 바람과 함께 달리는 화물차 뒤로 날리고 싶었다. 그러나 날리면 날릴수록 노인의 불행은 얼마든지 새롭게 솟아나고 그럴수록 중년 남자의 위안의 말도 바래지는 것이었다.

이리하여 그들의 지껄임은 좀처럼 끝을 맺지 못하고 자꾸 연속되었다. 그러나 중년 남자에게 이제는 아주 기대어버린 여인은 시간이 지나 화물차가 달릴수록 피로는 점점 더 몸을 휩쓰는 모양이다. 지금 여자는 정신을 잃은 듯 전까지 마음에 거리끼는 치맛자락에 흙이 묻은 상처도 염두에 없었다. 간간히 고통의 표정으로 얕은 비명까지 나왔다.

그렇지만 워낙 털털거림이 심했고 날뛰는 차에다 서로들 지껄이
느라 남편인 중년 남자는 도시 그런 것들을 깨닫지 못했다.

「사람이 옆에서 죽는데도 몰라요.」

하고, 그러나 남편만이 알아듣도록 옆구리를 손으로 찌르며 말
했다.

「왜 더 심해요?」

그제야 남편도 깨닫고 이렇게 말하며 아내를 내려다보았다.

「속이 느긋거리는 것이 아조 죽겠어요.」

「에이 못난이…… 고걸 타고 벌써부터 차멀미가 나면 어떻거는
거여.」

「그래도 죽겠는 걸 어떻게 해요.」

「가만히 정신을 차려. 죽을 병은 아니니 서울 가면 나을 병이니
까.」

하고 엷은 미소까지 띠었다.

그리고는 다시 옆으로 눈을 돌렸다. 이 통에 노인도 잠시 잠잠하
였다. 그만 말이 깨어지고 말았다.

한참 후 여인은 간신히 또 입을 열어

「서울은 아직 멀었지요?」

하고 남편은 보지도 않으면서 물었다.

「아직 멀었어. 내가 이제 서울 왔으니 나리랄 때까지는 가만히 정
신이나 차리고 있어.」

하며 그는 처음과 같이 깔고들 앉은 화물을 둘레둘레 살펴보았다.

그리고는 노인에게

「언제나 이렇게 돈을 벌어 좀 보나요.」

하고 말하였다.

「그것도 다 팔자지. 어디 애쓴다고 될 것 같으면 누구나 다 부자 노릇하게…… 될라면 다 우연히 되고 그렇지 않으면 그만치 될 밑천이 첫째 있어야지…….」

하고 이번에는 노인이 중년 남자에게 위안에 속한 말을 들려주었다. (××××××××××) 가로수는 좌우에서 뒤로 뒤로 달리고 간간이 전신주도 같은 속도로 뒤로 물러갔다. 속력 없는 차바퀴는 구르다 말고 팔팔 뛰다시피 하여 달리는 것이 사뭇 그 정도로 일관하여 갈 수 있는 것은 아니었다.

힘에 부치는 일을 억지로 하면 종당에는 병이 날 것. 이 차도 기계에 맞지 않는 속도를 높이자니 그냥 그대로 지속할 리는 없었다. 몇 시간 후 드디어 또 고장이 생기고 말았다. 이천 뒤 고개를 넘어서 한참이나 평탄한 길을 자신 있게 달리다 가로 움푹 파여진 곳을 운전수는 깨달을 사이가 없이 그냥 같은 속도로 지나다 고만 짐 실은 바로 밑에서 「땅땅」 소리가 요란하게 나며 그와 동시 차대는 아주 형언할 수 없게 흔들리었다.

그러자 여적 심심치 않게 주고받던 노인과 중년 남자는 자기도 모르게 밧줄을 힘 있게 쥐었고, 여인도 그와 같은 순간에 남편의 바지를 잡고 늘어졌다. 그 통에 화주의 고개도 휘둥그런 눈과 함께 들리었고 조수는 눈이 시뻘거니 일어나 앉았다.

그와 동시라 할까 한 삼십 초 지난 후에는 차도 그만 정지를 하고 말았다.

　즉시 운전대 문이 열리고 운전수가 나왔다. 조수도 눈을 비비며 껑충 뛰어 땅 위로 내려서더니

「그 어데가 고장인가?」

하고 운전수 옆으로 다가가서 그와 같이 차 밑을 이리저리 보았다.

「또 고장이요?」

　화주도 어느덧 휘둥그런 눈이 풀리고 얼굴과 같이 찡그리며 말하였다.

「에이 드런 놈의 차.」

하고 화주는 혼자 중얼거리며 자리에서 일어섰다 퍽이나 조바심이 나는 모양이다.

　조금 후 운전수의

「하—하— 여기가 고만 부러져 달어났구나. —스—흡.」

하며 입맛을 다시는 소리가 나자 잼처 실망한 어조로

「이것을 어떻게 하나.」

하는 근심에 젖은 말소리가 들린다.

「이제 어떻게 곤칠지 철공장도 없고 큰일났습니다.」

하고 조수도 운전수 뒤에서 지껄였다.

「어디가 고장이오?」

　화주는 약간 성이 난 말씨로 이렇게 물었다.

「뒷바퀴 우 짐바지를 고인 쇠가 부러져 달어났습니다.」

　운전수는 이렇게 말하며 한참이나 뚜닥거리더니 다시 일어서서 손을 비비며 또 한 번 입맛을 쩝쩝 다시었다.

그러자 한참 후 운전수는 무엇을 생각하였는지

　「참 톱 가지고 왔지…….」

하며 조수를 바라보았다.

　「가지고 왔어요. 저-도구道具통에 들었지요.」

　「그럼 됐어 이 우에 올러가 저기서 굵다란 가지 하나 얼른 벼 오지…….」

하며 그는 다시 쪼그리고 앉아 고장난 곳을 들여다보았다.

　　조수가 나무를 비어오자 퇴침만한 길이로 잘라 가지고 그 토막을 고장 난 데에다가 갖다 대이고

(×××××××××××××××××××××××××)

　　그동안 앉았다 일어났다가 궁금함을 못 이겨 내려갔던 화주도 얕은 숨을 몰아쉬고 나더니

　「인제 서울까지는 무사할 터이지요?」

　「네- 이젠 아조 견찮습니다, 하고 짐이 무거워서…….」

　　이러한 운전수의 말을 들으며 화주는 서산으로 다 기울어져가는 해를 바라보며 시계를 보았다. 벌써 다섯 시가 이십 분이나 지났다. 이때 조수는 두 사람의 말을 공연히 빙글빙글 웃으며 번갈아 듣고 있더니

　「화주양반…… 한 잔 사야겠습니다.」

하고 또 술 생각이 나는지 화주를 바라보았다.

　「한 잔이고 무엇이고 약속이나 이행합시다. 어디 해 넘어 가기 전에 서울에 도착되겠습니까? 어서 가십시다.」

하며 그는 상을 또 찡그리며 올라섰다. 그러자 조수는 윗주머니에

서 돈을 꺼내어

「팔백삼십 원.」

하고 운전수에게 돈을 준다. 운전수는 그것을 받으며 빙그레 웃었다. 그러더니

「또 한잔 먹을까 이까지꺼 우리 먹어 치우자고…… 우선 해장이나 하고 오늘밤 서울서 다 덜지 뭐!」

하더니

「우선 그럼 저기 가서 한잔 하지.」

하며 이번에는 화주를 바라보고

「요번엔 우리가 살 터이니 잠깐 한 잔 하시고 가십시다. 도저히 해 전으로는 못 갑니다. 일곱 시 반쯤은 틀림없이 도착되도록 하여 드릴 터이니…….」

하였다. 그러나 화주는 아무 대답 없이 앉아 있더니 무엇을 돌려 생각하였는지 온화한 얼굴을 지어 가지고

「정 잡수고 싶으시거든 두 분이나 가서 얼른 잡수고 오시오. 전술이라고는 못하는데다 아까 몇 잔 하였드니 머리가 쑤셔서 도모지 생각이 없습니다.」

이렇게 화주가 말하자

「정 그러시다면 우리나 잠간 다녀 오겠습니다. 저이들은 돈 생기면 이렇게 먹으러 돌아다니는 것이 일이랍니다. 하하하.」

운전수는 한바탕 웃고 나서 뒤로 돌아서 오던 길목 술집으로 조수와 같이 걸어갔다. 오륙백메(?) 둘이나 넘는 그곳을 향하여 무슨 이야기들을 하는지 커다란 음성으로 웃으며 느릿느릿 걸어가는 모

양이 차는 조금도 생각지 않는 것 같았다.

　희멀거니 그들의 뒷모양만 바라보던 화주는 바로 전 운전수에게 보이였던 안색은 그 동안 또다시 사라지고 불길같은 증오의 빛이 온통 감돌았다.

　「에이 나남(?)자식들…… 남 손해나는 것도 염려 없나…… 망한 놈들…….」

하고 혼자 속으로 중얼거리며 아까 앉었던 자리에 덜퍽 주저앉았다.

　「왜 그 사람들이 산다는데 치움도 덜을 겸 같이 갔다 오시지 그리요?」

하며 노인은 화주를 보았다.

　「괜히 엄벙덤벙 따러갔다 보재기는 누가 쓰구…….」

　화주는 노인의 말에 알지 못할 분이 넘친 말로 픽 쏘았다.

　「참 그도 그럽디다. 자동차 부리는 자들은 성격이 불 같습디다. 대개는 불량들 하지요.」

하며 중년 남자도 한 말 지껄였다.

　화주도 이 소리를 들은 체 만 체 또 고개를 숙이었다. 분함을 참으려는 듯 조금 후에는 침을 힘 있게 집 밖으로 내어 불었다.

　반 시간이 지나도 운전수와 조수의 모양은 여간해 나타나지 않았다. 그런지 한 시간이 거의 지나 해가 아주 서산에 넘어간 후에야 그들은 얼큰하게 술이 취해 가지고 돌아왔다.

　화주는 여태 참았던 분함이 갑자기 치밀어 올랐다. 허나 그즉 그는 돌려 웃는 낮으로

　「그렇게 잡수시고 운전은 어떻게 하십니까?」

하고 말을 하였다. 운전수는 가까이 오자 싱글싱글 웃음을 띠우며

　「참 미안합니다. 정신 잃지 않을 정도로는 이렇게 일상 먹어야 이런 일 합니다.」

하더니 아까 수선한 곳을 발길로 탁탁 차 보고는 조수에게

　「이만하면 다이죠무지.」

하고 다시 이어

　「자 그러면 출발합시다. 화주양반 좋아하게 막 달린단 말이지……
그까짓 차도 내 차 아니겠다 막 가자…….」

하며 운전대로 올라가려다 말고

　「참 여보 조수…… 발화 얼른 시켜…….」

하였다. 조수는 술 먹은 김에 신명이 나서 한참 동안 막풍구를 물리는데

　「고만 돌려 고만! 자− 그럼 참말 출발이다.」

하고 운전수는 다시 운전대로 들어간 후 와르르 발동이 되었다.

　　그러자 조수가 뒤로 쫓아와 짐 위로 껑충 올라 전에 앉았던 움푹 들어간 자리에 궁둥이를 붙이었다. 운전수보다 몇 곱빼기 더한 듯 뻘겋다. 기분도 매우 좋은 듯 뒤로 다시 비스듬히 기대이더니 다짜고짜로 화주를 보며

　「화주 양반! 예쁜 색시 구경도 못하시고…… 술집에 오늘 계집애가 왔는데 참 예쁩디다.」

하고는 군침을 몇 번이고 삼켰다.

　「꽤 마음에 듭디까?」

　화주도 건성으로 이렇게 조수 말에 대꾸하였다.

「아이 홀딱 들어마시고 싶던데요…… 닷새 후쯤 다시 지나게 될 것이니까 그때는 또 들려야지!」

하더니 질그릇 깨지는 듯한 탁성으로 알지 못할 노래를 불렀다. 그 러기를 한참이나 하다가 별안간 노인을 돌아보며

「인제 경안이 십 리도 채 못 남았으니까 나릴 준비를 하여야 합니다.」

하였다.

「글쎄 그러지 좀 마시오. 늙은 것이 밤은 이렇게 어두워 가는데 어떻게 걸어간단 말이오.」

노인은 애걸하며 말하였다.

「그럼 돈을 더 내시오.」

「글쎄 돈 있으면 아까 내놓지 왜 지금까지 끌게 뭐 있단 말이요.」

「어쨌든 공짜는 없으니까 그런 줄이나 아십쇼.」

하며 조수는 굳세게 거절을 하였다. 이때 별안간 그들 중 여인의

「아구 아이구……」

하는 비명이 나자 잼처 왈칵하는 소리가 났다. 그러자 옆에 있던 사 람들도 일제히 그곳을 바라보았다.

　순간

「저…… 저놈의 여편네가 뭐 저려! 남의 소 (×××××××)」

(××××××××××××××××××××××××××××××)

하는 (××××××××××××××××××××××) 소리가 났다

　그와 바로 동시에 그 여인의 남편인 중년 남자는

「에그 이 못난이야! 아! 이걸료 얼른 입을 틀어 막어 어이그 쯧

쯧.」

하여 어린아이 안았던 포대기를 젖히고 기저귀를 급히 내어 주고는 주먹으로 아내의 머리를 쥐어박는다.

　여인은 엉겁결에 그것을 받아 입에다가 틀어막았다.

　그러자 다음 순간 또 왈칵 쏟았다. 이번에는 그래도 기저귀 덕택으로 화물에는 토하지 않았다.

　좀 더 숨을 돌린 여인은 처음에 짐 위에다 자기가 토한 걸 깨닫고 주인의 험상스런 시선과 마주치자 엉겁결에 주인을 보는 채 엉거주춤 일어서려 하다 차가 또 덜컥 뛰는 바람에 고만

　「어이그머니…….」

하고 남편을 붙잡으며 쓰러진다.

　「이것이 미쳤나?」

　남편은 또 아내를 쥐어박았다.

　「못난이가 왜 일어서긴 또 일어서…….」

하여 아내를 잼처 돌아보았다.

　「우× 이럴 줄 알았어? 화주 양반에게 미안하다는 인사나 하려다 이렇게 되었지…….」

　여인은 띄엄띄엄 이렇게 말하더니 또 꿍꿍 하였다.

×× ×× 기저귀 하나로 먼저 토하여 놓은 것을 닦으며

(××××××××× 어떻게 해야 좋을런지 ×××× 참

(××××××××××××××××)

　「××××××××××××××××× 게 고만…….」

　×× ××× 채 못 맺더니 다시 아내의 머리를 쥐어박으며

「이 못난이야… 이 금덩어리 같은 귀중한 짐 우에다 계집년이 이게 무슨 꼴인가?」하고 말하자 역시 당황함은 사라지지 않은 듯 또 화주에게

「참 미안합니다.」

하고 연거푸 사죄를 하며 그곳을 닦았다.

「누가 알우…… 재수 없게…….」

화주의 퉁명스런 대답이다.

옆에서 노인은

「아직 겨울이라 속으로 들어가지 않습니다. 닦으면 괜찮겠소.」

하고 말하였다.

바로 전까지 떠들썩하던 조수도 한동안 이런 모양을 호기 있게 바라보더니

「그것은 재수 있을 장분(?)입니다. 더구나 여자가 걸직하게 해놓았으니 재수는 틀림없이 있을 것입니다. 하하하.」

하고 연달아 커다랗게 웃었다.

중년 남자는 혼잣말 비슷이

「그렇기나 하면 좋으련만…….」

하고 중얼거리었다.

그러자 조금 후 차는 조수의 말과 같이 경안을 통과하게 되었다. 시가市街중간쯤 와서

「여보 노인…… 이곳에서 나리셔야 합니다.」

하고 조수는 엄숙한 태도로 명령하였다. 그러자 화통을 쑤시는 쇠몽둥이를 버쩍 들어 유전대 지붕을 몇 번 두드렸다

(××××××××××××)

　「어서 나리시오」

하며 조수는 다시 노인에게 독촉하였다.

　「글쎄 왜 이러우. 손해 보는 셈치고 이 늙은것 서울까지만 그냥 이곳에 두워주면 좋은 것 아니겠소.」

　노인은 몹시 당황한 어조로 이렇게 사정사정하였다. 그러나 조수는 그런 건 귓가에도 들리지 않는 듯

　「능력 없는 몸이 왜 야단야. 어서 나려. 차 떠나게⋯⋯.」

하며 호들갑스러운 목소리와 함께 일어나 위엄을 보이었다.

　「난 죽어도 못 나리겠소. 돈 한 푼 없는 몸이 나치부치 모르는 곳에 나리면 잠은 어데서 자고 가기는 어떻게 걸어간단 말이오.」

노인도 성이 난 말을 이렇게 하였다. 그런 다음 그는 또 애걸하였다.

　「여보 조수 양반⋯⋯ 보아하니 당신도 별로 유복하지는 못할 것 같은데 없는 놈 사정 좀 못 보아 줄 게 뭐 있단 말이오.」

　「뭐 이런 늙은 게 있어⋯⋯ 남 잘 살고 못 사는 것까지 참견할 께 뭐야.」

　이때 운전대에서 뽕— 소리가 난다. 얼른 가자는 신호였다.

　조수는 더욱 팔팔하여졌다. 그동안 거리를 왕래하는 사람들도 하나 둘 모여 들었다.

　조수는 다급하여 어쩔 줄을 몰랐다.

　「이 늙은이가 괜히 이렇게 창피스럽게 속을 태워⋯⋯.」

하자 조수는 별안간 차에서 내려뛰어서

　찻바퀴로 올라서 노인을 마구 끌어내렸다.

「불쌍한 노인을…」
여적 옆에서 보고만 있던 (이하 탈락)

쌀과 달

사월도 지난 봄의 따뜻한 햇볕은 지금 대청 밑 봉당에서 허리를 구부리고 일하는 만삼의 등 뒤를 사뭇 쪼였다.

그는 방금 숙모에게서 받은 쌀 소두 서 말을 미리 가지고 왔던 자루에다 소중히 넣고 나서 그것의 귀를 새끼로 몇 번이나 힘껏 돌려 맨 다음 다시 질빵을 만들기에 골몰하였다.

이렇게 손을 재빨리 놀리면서도 그의 생각은 다른 데 있었다. 지금쯤 자기를 눈이 빠지도록 기다리고 있을 아내와 봉학이 놈의 모양이 자꾸만 머리에 떠오르곤 하였다. 어제 아침 나절 자기가 집을 나설 때만 해도 먹을 것이 아무것도 없는 것을 보았었다. 그동안 필연코 굶었으리라 생각하니 눈앞이 팽팽 돌아갔다.

원래 작년 그 지악도 하던 가물이 들어 얼마 되지도 않는 소작 농사를 아주 실패하고 말았으니 춘궁기인 요즈음을 근근이나마 지날

도리라곤 전혀 없었다. 그것도 자기 혼자서 겪는 일이라면 하다못해 이웃에서라도 여기저기 구처를 하여 호구나마 한다지만 말 그대로 하늘이 만들어 놓은 일이니 그렇지도 못하였다. 근방 사람들도 역시 마찬가지였다.

그래서 할 수 없이 이렇게 백여 리나 되는 곳을 무릅쓰고 일부러 찾아 와서 쌀을 팔아 가도록 되었던 것이다.

마루 위에서는 숙모가 자루를 다루는 만삼을 노려보고 있다.

「아이그, 별 세상도 다 보게 되는구먼! 돈 가지고도 이리도 팔기가 힘이 들다니…… 그나마도 참 간신이 사정사정해서 팔은 게여, 요새는 그래도 이렇게 친지가 있으니까 이만이나 하지 안면부지의 곳에서는 이나마 구할 수도 없어 참 별꼴도 다 겪는군…….」
하고 숙모는 어색한 안색을 억지로 평범하게 꾸미면서 말하였다.

소문에 갈가지라는 별명을 듣는 삼촌 집이었다. 한 푼을 발발 떨며 장만한 것이 적어도 볏섬으로 이백을 넘긴다면서도 자기가 쌀 걱정으로 이렇게 찾아 왔다고 몇 번이나 낯을 붉혀가며 얼버무렸을 때 숙모가 맞받아 한 말이 있다.

「어디 우리 집도 먹는 것을…… 있기만 있다면야 집 식구는 굶어도 좀 돌려주겠구면……글쎄 지주란 말도 그전 말이지 해방인지 무엇인지 되고부터는 소작하는 놈들이 모다 공정가격인가 뭔가로 쳐서 주니 손해만 날 수밖에. 받는 것은 적은데다 먹기는 고등한 값으로니 제 땅 가지고도 마음대로 못하는 세상 참 어떻게 살아야 옳을지 큰일이여!」

이러한 숙모의 엉그럭에 만삼은 찔끔하여 다시는 더 입도 떼지 못했다.

　그리하여 하룻밤을 어두운 생각으로 지나고 조반까지 치룬 후에도 어찌할 바를 몰라 그냥 머뭇머뭇 앉아 있으려니까

　「조카 하도 사정이 딱한데 그냥 가랄 수도 없는 일이니 어디 나가서나 구해 볼까?」

하고 숙모가 근심스러운 듯 상을 찡그리기까지 하며 되묻는데 돈을 톡톡 털어 팔은 게 바로 이 쌀이다.

　이러한 연유로 숙모는 지금 자기가 동리 안을 쏘다니어 고생고생하여 어려운 걸 간신히 팔았노라고 만삼의 귀가 울도록 몇 번이나 생색을 내기에 바빴다. 이에 따라 만삼은 이 쌀이 다른 데서 나온 것이 아니라 바로 이 집의 것인 줄 마음 속으로는 대충 짐작되었으나 겉으로는 숙모의 말을 믿고 고마워 하여야만 되었다.

　「참 이다지도 팔기 어려운 것을 구해 주시느라 염려하셔서 모처럼 왔다는 게 폐만 잔뜩 끼쳐드려…….」

하는 인사를 똑같이 세 번째나 되풀이 하노라니 짐의 준비도 다 되었다.

　「그럼 가겠어유. 안녕히 계서유. 작은아버지께다 고리 말씀 드리시구…….」

하며 그는 여태 손질하였던 쌀자루를 짊어지고 밖으로 향해 나갔다. 그가 막 대문간을 나서려니까 등 뒤에서

　「참 그것 요새 빼앗는다는데 정거장에서 무사할런지 모르겠네…….」

하는 숙모의 마지막 인사 겸 지껄이는 소리가 들려왔다.

　「어젯밤 나릴 때 눈여겨봐두 아무도 뒤지지 않든데유. 괜찮겠지

유.」

만삼은 이렇게 대답하고 역으로 뚫린 큰 길로 나서서 걸었다. 사실 어젯밤 차에서 내릴 적에 그는 쌀을 가지고 갈 심사에서 근처를 유심히 살펴보았으나 별로 그러한 광경은 없었으므로 안심하고 차 시간을 대어 짊어지고 걷는 것이다.

그러나 마음 속은 다른 한편 삼촌 집에 대한 일종 불쾌함을 억제할 수 없었다. 보통 같으면 이렇게 일찍 나오지 않아도 좋았다. 차가 오려면 아직도 두어 시간이나 남았을 것이다. 하지만 숙모의 눈치가 자기의 머물러 있는 것을 분명히 귀찮아 하는 기색이라 더 머뭇거리고 있다가 점심까지 먹게 되면 더욱 미안해질 것이니 그러느니보다는 차라리 한가롭게 역에서나 기다리다 갈 작정으로 이렇게 나온 것이었다.

만삼은 길 위를 터벅터벅 걸었다. 못 살면 다 이런 홀대를 받는 것이라고 생각하니 여태 불길같이 치밀어 오르던 분함도 사라지는 줄도 모르게 어느 정도 가라앉는다.

*

벌써 어제 아침 일이었다. 닷새째나 쑥과 산나물을 그냥 끓여 먹던 나머지 아내는 젖이 나오지 않게 되었다. 낳은 지 석 달도 채 못 되는 어린 딸은 안 나오는 젖을 빨기에 울며 고생하였다. 하다못해 아내는 그때도 쑥만 넣고 끓인 죽을 땀을 흘려 가면서 마시고 나더니

「이거 어떻게 할 작정이오? 이러다가는 어린애도 어른도 다 죽지

않을까 어떻게든 곡식을 구해 연명이라도 해야지……」

하고 더 참을 수 없었든지 자기에게 또한 이렇게 말하였다.

「없는 곡식을 어데다 구해 온단 말이여?……」

자기는 아주 관습이 되어버린 이런 말로 도리어 물었더니 아내는 눈을 흘기며

「당신 같어서는 누가 갖다 주기 전엔 굶어 죽기 알맞은 사람이지.」

하더니 조금 뒤 다시 말을 이어

「왜 삼촌 댁에서 그렇게 잘 사는데 가서 좀 못 구해 오고 이리구 한울만 봐라 보고 있으면 누가 살려 준대여?」

또 다시 이렇게 말 하고는 우는 어린 것을 쥐어박기까지 하며 아내도 눈물이 글썽하였다.

「거긴 가기도 싫은 걸. 뻔한 일이지. 간댔자 뾰족한 수가 생긴대야 말이지. 돈이 없어 못 파는 것보다 물건이 첫째 없는 걸……」

이렇게 대꾸를 하였더니

「일가 있어 좋다는 게 뭔데? 이럴 때 서로 구해 주는 것이 일가 있어 좋다는 거지. 글쎄 오늘은 좀 찾어가 보아유. 그래도 작은댁에서는 그냥 가만히 계시지 않을 테니 내 말만 듣고 지금이라도 얼른 떠나지그라. 첫째 이 어린 것들이나 살려야 하지 않어? 저 봉학이 꼴도 좀 눈 있거든 봐. 누렁방퉁이가 된 저 꼴을……」

아내는 몇 번이고 혀를 차며 이곳으로 오기를 자꾸 조르는 통에 할 수 없이 이렇게 집을 나섰던 것이다. 그랬더니 봉학이 놈 좋아하는 꼴이라니 차마 측은하여 못 볼 지경이다.

「아버지 얼른 할아버지네 집에 가 쌀 가져와. 난 밥 먹음 울지 않

을 테야!」

하며 자기의 몸을 휘감고 뛰며 마음을 치던 것이 지금도 눈에 선하다.

　다섯 살 먹은 놈의 말로는 너무나 자기의 가슴을 쓰리게 하였다.

　그렇지만 지금 자기는 아내와 봉학이가 눈이 빠지도록 기다리는 곡식을 쌀을 이렇게 짊어지고 돌아가는 것을 다시 깨달을 때 날개라도 있었으면 당장 날아가 그들의 기뻐함을 보고 싶었다.

*

　정거장에는 벌써 스무 명가량이나 군데군데 앉고 혹은 서성거리며 차를 기다리고 있었다. 그는 공연히 수선한 가슴 속을 누르며 구석구석을 살폈다. 한 옆으로 무엇을 넣은 가마니와 자기와 같이 곡식이 들은 듯한 포대가 놓여 있는 것을 발견하고 그도 그곳으로 가서 짐을 내려 그것들과 나란히 놓았다. 그리고는 선 채 사방을 두리번두리번하다 옆에서 뒷짐을 지고 왔다갔다 하는 중년 신사에게

　「단양 가는 차는 몇 시쯤 있나유?」

하고 물어 보았다.

　「두 시 사십오 분에 있답니다.」

　신사가 그의 말에 이렇게 대답하자 그는 또다시 물었다.

　「그럼 지금부터 얼마 동안이나 남았나유?」

　「한 반 시간가량이면 도착됩니다.」

　만삼은 의외에 차 시간이 가까워진 것과 이어 벌써 두 시가 지난

것을 깨닫고 하마터면 못 탈 뻔하였구나 생각하니 가슴이 섬뜩하였다. 허나 그 즉 아내와 아들을 살리느라 우연히 이렇게 시간에 맞춰 나온 것 같은 생각이 들어 저절로 다행한 한숨마저 나왔다.

그는 짐을 놓은 옆으로 가서 앉았다. 다른 짐의 주인들인 모양으로 역시 가마니며 포대 옆에 자기 또래 된 남자들이 앉아 있었다.

그러자 바로 포대 옆에 앉아 있던 사나이가 만삼에게

「그건 무엇입니까?」

눈으로 자루를 가리키며 물었다.

「쌀이올시다.」

만삼은 이렇게 대답하고 나서 이번에는 옆에 놓인 포대를 그도 역시 눈으로 가리키며

「이건 무엇이지유?」

하고 물었다.

「이것도 가운데는 쌀이지만 가생이는 감자를 넣었지오.」

하였다.

「그리 감추지 않아도 괜찮지 않어유?」

「그래도 운수가 불길하면 다 걸린답니다. 조사만 하는 날엔 질리니까요.」

「어저께 밤에는 조사 않든데유?」

「그렇지만 그놈들이 조사하면 구찮으니까요.」

경험이 많은 모양으로 그는 말하였다.

이런 것을 듣자 만삼은 가슴이 두근거렸다. 여태 마음 속에 지녔던 미더움이 어디론지 사라져 버리고 두려움만이 온몸을 휩쌌다.

그래서 만삼은 또 이렇게 물어 보았다.

「그러면 감자는 조사를 한대도 괜찮은가유?」

「감자 같은 것은 괜찮은 모양이오.」

이런 대답을 듣자 그는 더욱 불안을 느꼈다. 그렇다고 지금 당장 자기도 감자를 구하여 그와 같이 준비를 할 수는 없었다. 다만 순사가 오기 전 기차가 도착되어 급히 타버리면 고만이라는 생각만이 앞을 가렸으나 역시 그것도 믿지 못할 요행을 바라는 것 같았다. 그렇지만 지금의 만삼으로서는 이것을 바라지 않을 수도 없었다.

만삼은 얼른 기차가 「삐—ㄱ」소리도 없이 순사 모르게 도착되기만 바랐다. 따라 그의 눈은 자신도 모르게 벌써 전부터 역전에 있는 경찰관 파출소를 끊임없이 바라보았다.

십 분, 십오 분이 지날수록 그의 마음은 뛰었다. 더 주저 눌러앉은 채 있을 수는 없었다.

그는 일어서서 마음을 걷잡지 못하고 침이 마를수록 입맛만 다셨다.

그러다가 대합실 안을 바로 전 그 점잖게 서성거리는 중년 신사 모양으로 뒷짐을 지고 자기도 왔다갔다 하였다. 하지만 그의 눈은 역시 파출소를 떠나지 못하였고 조금 후에는 자신도 모르는 사이 뒷짐졌던 팔이 각각 풀어지고 가슴 속은 더욱 울렁거렸다. 다시 자루 있는 옆에 가서 앉았다.

이때다. 눈여겨보고 있던 파출소 앞으로 웬 사나이가 륙색에 무엇을 잔뜩 넣어 짊어지고 껄렁거리며 이편으로 오는 것이 눈에 띄었다

(저것도 쌀일 게다.)

그는 이렇게 혼자 생각하니 자기의 경우와 같은 자가 점점 늘어 감이 한편 든든하기도 하였다. 취조할 상대자가 많을수록 순사들도 마음대로는 처리를 확확 못할 것 같아서였다.

이러함도 잠시였다. 얼마 지나지 않은 뒤에는 아주 실망하였다. 그 자기와 같은 친구가 채 그곳을 지나기도 전에 파출소에서 한 사람의 순사가 나타나더니 무어라 소리를 지르는 것과 함께 륙색은 순사 있는 쪽으로 다시 돌아서 가는 것이 보였다. 순간 만삼은 또 일어서고 말았다. 여태 마음 속으로 억제하여 꾸몄던 요행을 바라는 위안의 힘은 어디론지 없어지고 조금씩 싹트던 불안이 한꺼번에 온 몸을 휩쓸었다.

그는 부랴사랴 자루를 들고 밖으로 나갔다. 그리하여 그것을 후미진 변소 뒤에 감추고 다시 돌아서 파출소 편을 바라보았다.

「륙색」의 모양은 기어코 파출소 안으로 들어가 보이지 않았다. 그는 그편으로 발길을 옮겼다. 하지만 얼마 지나지 않아서는 대합실 쪽으로 향하였다. 그러다가는 파출소로 또 가다가는 역시 정거장으로 돌렸다.

이러기를 얼마 동안이나 되풀이 하였는지 차가 도착될 때가 곧 닥쳐질 것이라 여긴 그는 아까와 같이 소리도 없이 닿아지기를 바라며 대합실 안으로 허겁지겁 들어갔다.

「차 올라면 아직 멀었어유?」

전에 알려 주던 신사를 찾아 물었다. 이와 동시에 그는 또 실망하였다. 차는 아직도 이십여 분이나 연착된다는 것이다.

만삼은 다시 밖으로 나오며 파출소를 바라보았다. 이때 순사의 모양이 그곳에서 나타나더니 이편으로 걸어온다. 이것을 보자 그의 가슴은 그만 덜컥 내려앉고 말았다. 그러나 다음은 그와 반대로 또 안심하였다. 그곳에서 도저히 그대로는 지고 나오지 못할 줄 알았던 륙색이 전과 같이 그대로 짊어진 채 순사 뒤에서 꺼부럭꺼부럭 이편으로 오는 것이 보였다.

　　그런 중이면서도 그의 마음은 역시 산란하였다. 그 륙색에 들은 것이 쌀이 아니고 다른 것이라면 하는 의심이 들자 더 이렇게 속을 썩이며 우물거리고 싶지는 않았다.

　　순사 오는 쪽으로 향하여 어름어름 걸었다. 그러자 순사와 서로 마주치게 되었다. 순사 앞에서 잠시 머뭇거리다 있는 용기를 다 내어

　　「순사나리! 저 쌀 좀 가지고 가는데 어떨런지유?」

　　작은 목소리로 물었다.

　　「음 쌀?」

　　순사는 이 한 마디만으로 그냥 더 말이 없다. 그는 순사 뒤를 따랐다. 쌀을 금하는 것은 사실이 아닌 모양이다. 그러나 만약 금하는 것이라면 지금부터 사정을 하는 것이 차라리 이로울 것 같아 연해 뒤를 쫓으며

　　「얼마 안 되오니 가지고 가게 하여 주십소서. 식구가 굶고 있으니…….」

하고 순사의 뒷모양을 열심히 바라보며 애걸하였다.

　　「음 가만 있어!」

순사의 대답이다. 귀찮다는 어조 그것이었다. 그는 생각하였다. 이런 순사면 금한다 쳐도 자기의 청을 물리치지는 않을 것이라 믿어졌다.

순사는 대합실 안으로 들어갔다. 사방을 휘익 살피던 눈이 포대와 가마니로 돌려지자 그곳으로 뚜벅뚜벅 가더니

「이것 주인 누구요?」

여러 사람들을 돌아보며 가마니를 가리켰다.

「네 그건 콩하고 팥이올시다.」

가마니 주인의 말이다.

「이렇게나 많이 가져다가 뭣할 것이야?」

「씨값이나 할까 합니다.」

「얼마에 샀어?」

「산 게 아니라 일가 집에서 얻은 것입니다.」

이렇게 대답하자 순사는 다시 눈을 돌려

「이건 무엇이요?」

하며 이번에는 포대를 만진다. 그러자 아까 만삼과 이야기하던 남자가 내달으며

「감자올시다. 우심 나시거든 풀어 보셔도 좋습니다.」

하고 얼른 가로 막아서며 새끼를 풀으려는 듯이 만지작거렸다.

「안 풀어도 좋아.」

순사는 그곳에서 눈을 떼더니 그제서야 만삼을 보고

「당신 짐은 어데 있어?」

한다. 만삼은 어쩔 줄을 모르고

「저기 있습니다.」

하며 밖을 가리켰다.

「그럼 그것 가지고 파출소로 가!」

순사는 말하며 다시 밖으로 나섰다. 만삼은 만삼대로

「그저 나린님! 이번만 용서하시고 보내 주십시유.」

아까와 같이 순사의 뒷머리를 애걸하는 눈으로 바라보았다.

「글쎄 어쨌든 파출소까지 가서 어떻게 하든지……」

하고 순사는 휘적휘적 걸어간다.

만삼은 이런 말을 듣자 감추어 두었던 자루를 짊어지고 순사를
따랐다.

가기는 가지만 순사에게 사정만 잘 하면 그냥 가지고 갈 수도 있
으리란 생각에서 파출소 안으로 들어갔다.

「거기 내려놓아!」

순사는 하나밖에 없는 테이블을 앞으로 의자에 털퍽 앉더니 철필
을 들어 휴지쪽 같은 데다 대고

「어디 살어?」

한다.

「글쎄 요번만 어떻게든 용서……」

만삼은 또 한 번 말을 채 맺지도 못하며 허리를 구부렸다.

「잔소린 말고 묻는 것이나 대답하기야!」

순사는 약간 상을 찡그리며 이야기하였다.

「단양 삽니다.」

「단양 어디?」

「대강면이라나유.」

「대강면 어디?」

「미미…… 미노리입니다.」

「번지는?」

「그건 자세……」

「번지도 모르고 사는 출신이 있어? 바보 같으니ㅡ.」

순사는 이렇게 말하며 한참 쓰더니

「성명은?」

하고 또다시 묻는다. 이러자니 만삼은 어리둥절하였다. 대답하기가
바쁘도록 무섭게 물어 제치는 통에 사정할 여유조차 가지지 못하였
다. 그래

「김만삼이올시다.」

그는 입에서 나오는 대로 대답하였다.

「만삼이라군 무슨 자 무슨 자야?」

「한문자로는 자세히…….」

「제 이름 자도 몰라? 바보 같으니라구…….」

순사는 또 만삼을 나무라더니 자기 생각대로 이름을 써 놓고

「쌀은 몇 말이야?」

「서 말이지유.」

「그리고 참 나인 몇 살이야?」

「설흔다섯이지유.」

이러한 만삼의 대답을 전부 쓴 후에 순사는

「丹陽郡 大崗面 未老里. 番地未詳. 金萬三. 三十五歲. 白米三斗.」

하며 죽 되풀이하여 읽더니

　「틀림없지?」

하였다. 이에 따라 만삼도

　「틀림있겠습니까?」

하고 대답하였다. 순사는 이와 동시에 여태 쓰던 펜을 책상 위에 놓고 처음으로 만삼을 보며

　「이곳엔 어떻게 하라고 쌀을 이리 가지고 가나?」

　아주 엄한 얼굴을 지어서 말하였다.

　만삼은 이제야 사정할 때가 왔다고 생각하여 얼른 온갖 말솜씨를 부려가며

　「그저 나린님! 굶어 죽기가 싫어서 이렇게 되었습지유. 그저 이번만 눈 감어주시면 후덕한 은혜를 잊지 않겠어유. 그저 이번만…….」

하는 말을 채 맺기도 전에 순사는 들었는지 못 들었는지 아무 상관 없이 뒷문을 밀치고 자기가 살림하고 있는 사택으로 들어갔다. 조금 뒤 말과 궤짝을 가지고 나오더니

　「어디 그 쌀 여기 쏟아 봐 참 서 말인가?……」

하며 말斗을 가리켰다.

　「나린님!」

　만삼은 또 이렇게 중얼거렸다.

　「그런 소린 말고 시키는 대로 해 여기가 어디라고…… 응?」

　순사는 눈을 부라리고 퉁명스럽게 고함을 쳤다.

　이통에 만삼은 그만 찔끔하였다. 어떻게 되는 영문인지 몰랐다. 다음 그느 순사가 시키느 대로 쌀을 말에다 옮기고 다시 말에서 역

시 준비하여 있던 궤에다 기계같이 넣었다.

이러기를 다 마치고 나니

「서 말은 서 말이군!」

순사는 말하자 주머니 속에서 지갑을 내었다.

「그저 나린님! 이것만은 용서하여 주셔야 되겠이유. 처자가 굶는 것을 보고 간신히 구한 게랍니다.」

「글쎄 잔소린 일 없어!」

순사는 점점 더 험악한 어조로 변하였다. 만삼은 무턱대고 덜덜 떨며

「어어…… 이젯밤 나릴 적에는 나리님네들이 계시지 않길래 괘 괘…… 괜. 찮을 줄 알고…….」

울상으로 말하며 순사의 눈치를 살폈다.

「그땐 내가 나가지 않았고 조사를 안 했으니까 그렇지!…… 본 이상에야 사정이 어데 있나?」

역시 같은 어조로 말하며 순사는 지갑을 들썩들썩 하더니

「하도 사정이 딱하니까 사실 규측대로 하자면 그냥 압수를 하고 며칠쯤 구류를 해야 하지만…….」

하며 얼마나 되는지 돈을 내어 주었다.

「돈이에유?」

만삼은 다만 이렇게 말하고 순사를 멀거니 바라보았다.

이때 별안간 역 있는 쪽에서 기적 소리가 크게 들렸다. 그 소리는 지금 만삼에게는 귀를 의심할 만큼 모기 소리와도 같이 가늘었다. 도리어 순사가 만삼의 갈 것을 염려하였는지

「얼른 받고 차나 타고 가!」

하고 돈을 내밀었다.

만삼은 한 자리에 그대로 서 있었다. 한결같이 떨며 순사만 쳐다보았다.

「이 바보야 여기가 어딘 줄 알고 어른의 말을 안 들어? 얼른 가지고 못 나가?」

소리를 급작스레 꽥 질렀다.

이 고함이 끝나기도 전 만삼은 소스라치게 놀랐다. 자신도 모르게 순사에게서 돈을 받아 쥐었다. 이어 순사의 손이 날바닥에 아무렇게나 굴러 있는 빈 자루를 가리키자 그것도 집어 들었다.

그러고 재차

「당장 못 물러나? 사무 방해되게 서 있으믄 어쩔 테야…….」

순사가 다시 힘껏 외치자 만삼은 역시 엉겁결에 밖으로 나왔다. 그는 역 있는 반대 방향으로 허우적허우적 걸었다.

이 무렵 정거하였던 기차는 다시 기적 소리를 높이 울렸다. 잠든 몸에 찬물을 끼어 얹은 듯 이 소리를 머리가 찌르르 하도록 억세게 들음과 함께 본 정신이 들은 그는 그제야 자기가 잘못 온 것을 깨닫고 다시 돌아서 그쪽으로 달음질을 쳤다. 허나 그때는 이미 차가 출발을 한 후였다.

만삼은 주춤히 서서 떠나는 기차를 바라보았다. 순간 아내와 아들이 눈앞을 지났다. 그는 미친 듯 서 있던 날바닥에 털퍽 주저앉고 말았다. 그렇지만 얼마 후에는 다시 마음을 돌릴 수 있었다. 그리고는 이번 차에 가지 않은 것을 한편 다행이라 여겼다. 순사에게서 받은 돈이 있으니까 그것으로 다시 쌀을 팔아 밤차로 가면 그만이라는 생각이 들었다. 밤에는 그놈들도 어제와 같이 나오지 않을 것 같았다. 더구나 자정이 가까운 밤중이라 단잠 자느라 나오지 않을 것이다. 이와 함께 낮차를 타려다 이렇게 고생하는 자기를 미워도 하였다.

만삼은 다시 일어서서 읍내로 발을 옮겼다. 그러며 순사에게서 받은 돈을 훔척거리며 꺼내 보았다. 이어 한 장 한 장 세어 본 후 그는 다시 주머니를 만져 보았으나 생각하고 있던 금액과는 아주 딴판이었다. 놀라웠다. 전부가 일백십사 원⋯⋯. 그는 다시 윗주머니를 만지작거려 돈 있는 것을 꺼내 보았다. 차비로 남긴 육십 오 원 이외엔 아무것도 없었다. 그는 눈이 휘둥그런 채 걸음을 멈추고 파출소를 바라보았다. 그는 곧 그곳으로 걸어갔다. 전에 일본 놈들이 끼여 있을 적에는 무서움이 앞을 가려 감히 가지를 못하였으나 어쩐지 지금은 그런 생각이 없었다. 그만큼 그의 머리에도 든든한 느낌이 있었다.

조금 뒤 만삼은 파출소 문을 열고 들어섰다. 졸고 앉은 그 순사 앞으로 가서

「나린님, 또 왔습니다.」

하며 허리를 굽혔다.

순사는 아무 말 없이 독수리를 연상하리만큼 시뻘건 눈을 홉뜬 채 만삼을 뚫어지게 쏘아 보았다.

「나린님 제게 돈 얼마 주셨지유?」

그는 눈을 피하며 물었다. 순사의 어조는 예상외로 낮았다.

「그 쌀이 실상인즉 하등미밖에 되지 않지만 사정이 하도 딱하니까 상등미로서 최고 가격으로 한 말에 삼십팔 원씩, 일백십사 원이지 얼마야?」

「네 삼십팔 원씩이유?」

만삼은 의아스런 낮으로 이렇게 혼잣말 비슷이 되쳐 물으며 가만히 선 채 있었다.

한참 후 그는 또 입을 열었다.

「삼십팔 원이면 한 말 팔 수 있나유?」

한 말에 삼십팔 원이란 말은 처음 들었다. 그래서 신기하고 한편 자기가 서 말에 칠백오십 원이나 주고 팔은 것을 후회하고 또한 삼십팔 원이라는 것에 의문이 생겼기 때문이었다.

「이 도적놈아! 팔 수 있고 팔 수 없는 것은 내 알 수 있어? 어른도 몰라보고 구찮게 구는 거야? 당장 못 물러가?」

순사는 이번엔 일어서며 고함을 쳤다. 만삼은 다시 쫓기다시피 그곳을 나섰다.

아무리 생각해도 순사가 잘못 계산을 한 것만 같았다. 순사 자신도 자기의 계산이 틀린 것을 아직 모르고 있는 것 같기도 하였다. 만삼은 현재 자기가 못난 인물이라 순사에게 의사를 똑바로 말 못하는 것이 슬펐다. 그러자 그는 다시 파출소 안으로 들어갔다. 순사는 전과 같이 졸고 있다가 그가 들어옴을 보고는 또 험악한 낮을 꾸미었다.

「나린님 전 워낙 바보고 말을 잘 못하는 놈이라 나리께서 매우 알아 들으시기가 힘드시는 것만 같으니 좀 잘 삭여 들어 주셨으면 원이 없겠습니다.」

하고 그는 허리를 다시 구부리며 말하였다.

「이 바보야 그럼 말을 똑바로 해봐!」

만삼의 말에 순사는 빙긋 웃음까지 띠우며 대답하였다. 만삼은
순사의 낯빛이 변함을 보고 속으로 기뻤다. 그래서 자기도 허황된
웃음을 붉어지는 얼굴에 싱그레 띠우며

「순사 나리께서는 한 말에 삼십 팔 원씩 팔아 잡수시나유?」

하였다. 이 순간 순사의 웃던 빛은 삽시간 사라지고 전에도 볼 수
없었던 더욱 험한 푸른 얼굴로 변하여 가지고는 벌떡 일어서더니
구석에 놓인 전에 쓰던 격금대를 들고

「이젠 바보도 똑똑한 체를 하는 구나. 이 자식아 남야 얼마에 팔
아 먹든 네 상관할 께 뭐야?」

하며 만삼의 등을 한 번 힘껏 후려 갈겼다.

만삼은 의외의 닥치는 벼락에 억눌려 정신없이 그만 밖으로 쫓겨
나왔다.

「이 자식아 거기 가만 있어!」

등 뒤에서 이런 순사의 호통을 들으면서 그는 걸음아 날 살려라
하고 힘 있는 대로 뛰었다. 탄탄한 큰 길 위를 어디로 가는 것인 줄
도 모르면서 떨리는 다리를 힘을 다하여 앞으로 앞으로 재빨리 뛰
었다.

이러기를 얼마쯤 숨이 복받쳐 오름을 억제할 수 없어 그가 뒤를
돌아보았을 때 쫓아오려니 하던 순사의 모양은 보이지 않았다. 그
는 숨을 휘—몰아 쉬었다.

이때 옆길 쪽에서 우르릉 하더니 무엇이 뻥 하며 삐그럭 하였다. 만삼은 또 더욱 놀라서 가로 뛰며 쳐다 보니 미군美軍 서너 사람이 트럭을 몰고 자기 옆을 홱 스쳐 달아나며 낄낄거리고 웃는다.

「하마트면 죽을 뻔했다!」

그는 식은땀이 온몸에 솟아남을 느끼고 부르르 떨었다.

*

그날 밤 만삼은 술이 취해서 혼자 산 고개를 넘고 있었다. 기차를 타는 대신 걸었다. 왜냐하면 기차를 타다가 잘못하여 그 순사에게 걸려드는 날엔 또 얼마큼 죽을 지경을 치러야 할지 몰라서 애초부터 이렇게 걷기로 작정하였던 것이다. 그리하여 파출소와 제일 멀리 떨어진 읍내 끝에 붙은 음식점에서 국밥 한 그릇을 요기한 뒤 찬물을 몇 대접 마시고도 속이 시원치를 않아 먹을 줄도 모르는 소주를 몇 잔인가 들이켰더니 취하는 줄도 모르게 어느덧 만취가 되었다.

그는 무턱대고 집 있는 쪽을 향하여 다리를 옮겨 놓았다.

하늘 가운데 걸린 둥근 달빛을 따라 고개를 마구 흔들며 길을 찾아 걸었다. 제법 콧노래도 부르면서…….

그러나 가끔가다 시커먼 구름 뭉치가 달빛을 먹었다. 이럴 때마다 만삼은 미친 듯 외치는 것이다.

「이 도적놈아!」

「어른도 몰라 보고-.」

「당장 못 물러가?」

「이 자식아 거기 가만 있어!」

하는 말을 아까의 순사와 같이 닥치는 대로 삑삑 지르면서 공중으로 향하여 주먹질을 하며 펄떡펄떡 뛰었다. 뒤 허리끈에 매어 달린 빈 자루는 이럴 적이면 더욱 춤을 추었다. ✘

어떤 父子

아버지는 술만 마시고 살았다.

한번 술을 밖에서 들이켜고 올라치면 이튿날부터 보통 이삼 일을 이불 속에서 꼼짝달싹 못하고 「아이구 다리야…… 아이구 팔이야……」 하며 끙끙 앓았다. 집에 있는 때라면 이렇게 고통을 치루는 동안이었으며, 이런 중이면서도 그는 약도 쓰지 않았다. 또한 밥도 먹지 않았다. 오직 하루에 몇 번씩 역시 술을 홀짝홀짝 마시곤 하였다. 쭈—ㄱ 쭈—ㄱ 마구 들이 삼켜버리는 대신 이렇게 홀짝홀짝 답답한 목구멍만 축여서 그런지 이삼 일이 지나면 그제야 부스스 자리에서 몸을 일으키는 것이다. 따라 앓고 난 후이면 아버지는 바지 꼴마리에 손을 넣은 채 정신 나간 사람처럼 집안을 어슬렁거리며 아무 말 없이 돌아다녔다. 그러다가 한나절이 지나면 역시 잠잠한 채로 옷을 갈아입고 외출을 하였다. 이리하여 나가선 몇 시간이 되든 하루 밤이 지나든, 또 술을 마시고는 집으로 돌아왔다.

돌아올 때면 동리 안은 사뭇 어지럽게 흔들렸다. 닭이 풍기고, 개가 아우성을 치며 짖고, 부녀자들은 담 너머로 눈을 옮기고, 아이들은 떼를 지어 몰렸다 쫓겼다 하고, 동네 남자들은 몸을 슬슬 피하곤 했다. 집 안 사람들의 태도도 물론 변하지 않을 수 없었다. 우선 할아버지는 수염이 씽긋 올라가고, 할머니는 입을 벌린 채 자진 숨을 몰아쉬고, 어머니는 눈살을 찌푸리고, 누이는 숨을 곳을 찾기에 바쁘고, 영근은 할아버지의 옆에 바짝 붙어 있어야 되었다.

영근은 말하자면 할아버지와 동패인 셈이다. 그 대신 아버지와는 남과 같이 굴었다. 한 번도 말을 하여 본 기억조차 없다. 언제나 아버지를 생각하면 머리가 저절로 흔들려지곤 하였다. 집안에 아버지가 있으면 그의 마음은 좋지 못했다. 술을 마시러 가든 또는 볼일로 외처로 가든, 어쨌든 아버지의 모양이 집에 없어야만 유쾌할 수 있었다. 아버지도 영근에게 말을 하지 않았다. 집 안 사람과도 이야기를 잘 주고받지 않았다. 보통 누가 말을 걸든 대답까지도 아끼려 하였다. 그러니 나이 어린 영근에겐 아주 말이 없을 때도 고만이다.

이래서인지 영근은 자기도 아버지를 미워하지만 아버지도 저를 미워한다고 생각하였다. 이 미워한다는 생각은 아버지가 술을 마시고 주정을 할 때면 더욱 절실히 느껴지는 것이다. 할아버지 옆에 있기 때문에 잘 걸리지는 않았지만 혹시 영근이가 눈에 띄면 아버지는

「이놈! 버르장이 없는 놈아.」

하고 공연히 호령을 했다. 또는

「애비도 모르는 놈 같으니…….」

하며 술이 취한 시뻘건 눈을 부라리곤 하였다.

아버지의 주정을 조금이라도 막아 보려는 할머니는 이러한 때, 아버지를 힘 있는 한 두 팔로 흔들며

「그 애가 어쨌다고 끌끌! 그런 말이 어데서 나오느냐? 뻔뻔도 하지…… 나나 우리 두 늙은것 속이나 좀 태워 주지 말었으면 절이래도 하겠다.」

하고 야단을 쳤다.

아버지에게 꾸중을 받은 영근은 그만 엉엉 울음을 토하면서 사랑방 할아버지에게로 달려간다. 그러면서도 연해

「엉 – 엉……」

아랫목에서 일부러 누워 아버지의 주정을 엿들으며 화를 참느라고 눈을 지그시 감고 있던 할아버지는 울면서 달려드는 영근의 손을 잡고

「넌 커서 느 아비같이 저리 되면 안 된다. 내가 죽은 후에라도 다 알 수 있으니까…… 알었느냐?……」

하며 힘없이 눈을 뜬다.

그러면 영근은 흑흑거리면서도 고개를 끄덕거렸다. 그러면서

「아버진 참 나뻐!」

하고 할아버지의 몸 속에 몸을 눕히고는 아버지를 중심으로 떠들썩거리는 안쪽으로 귀를 기울이며 혼자 속으로

「나쁜 새끼!」

하는 맡은 이우ㄱ 있는 것이다.

「물 떠 와!」

　아버지의 급한 음성이 들려오고, 이러면 할머니는 애원하는 어조로

「느 아버지 또 벼락난다, 글쎄 왜 이러니? 곱게 좀 잠이나 자거라…….」

하였다. 그러면 아버지는 아버지대로

「글쎄 요것들, 물 떠 오래도 개미새끼 한 마리 어른거리지 않으니…… 물, 물 안 떠 와!」

하며 짜증을 내어 더욱 억센 소리를 지른다.

「아이, 날 잡어 먹어라! 물도 뜰 새 없이 재촉하면 아조 사람을 잡는 것이 났지…… 영근어민 대체 무슨 죈가?」

하고 할머니는 혀를 끌끌 차면서

「아휴!」

하는 한숨 소리까지 들려온다. 이쯤 되면 누웠던 할아버지는 더 참을 수 없는 듯이 벌떡 일어나고야 만다. 이와 함께 안으로 통해진 문을 부서지라고 쾅 열어젖히며

「이놈! 집을 망칠랴거든 곱게 망쳐라, 이놈!……」

온 동리가 울리도록 소리를 버럭 지른다. 이렇게 되면 안에서 할머니가 쫓아 나와 상을 찡그리며

「난 중간에서 고만 죽겠어! 참지 않고 왜 이래슈…… 이나마도 취한 저로서는 조심한다는 게 이런 걸…… 밖에서 올 때보다는 훨씬 들한데…….」

한다. 그러면 할아버지는

「이 망할 늙은아! 자식이라고 저런 망나니를 낳고도 사는 것만 싶은가?……」

하며 바로 전과 같이 또 문을 부서지라고 털컥 닫고는 다시 드러눕는다.

영근은 할아버지와 함께 일어나서 할아버지의 이러한 태도가 마음에 당겨 열심히 구경을 하다가 저도 따라 눕는다.

안에선 한동안 잠잠하다. 그러나 얼마 지나지 않아

「에이, 이게 물이냐 구정물이냐?……」

하는 아버지의 뒤승대승 지껄임이 또 난다.

「웬 구정물은? 지금 바로 떠 온 물인데……」

어머니의 이러한 말에

「에이, 다시 못 떠 와? 아! 냉큼 못 떠 와?……」

하는 아버지의 아까와 같은 짜증내는 말과 그릇이 마당에 떨어지는 짤깍 소리, 그것은 아버지가 물이 담겨진 대접을 내던지는 음향이었다.

할아버지는 더욱 험악한 낯빛으로 또 일어난다. 영근도 따라 일어선다. 뒤이어 문이 또 왈카닥 열리고

「그저 이놈을……」

하며 할아버지가 뛰어나간다.

이러면 영근도 따라 나간다. 그러면서 저도 입 속으로

「그저 이놈을……」

하며 할아버지의 말을 받아한다.

마당까지 나온 한아버지는

「이놈, 너 죽고 나 죽자!……」

하고는 몽둥이를 가지려고 이 구석 저 구석을 찾는 기색이다.

이 동안 아버지는 언제 그랬느냐 싶게 죽은 듯 잠잠하여지는 것이다.

영근은 아버지의 이런 꼴이 고소하기 짝이 없었다. 그리하여 저도

「이놈, 너 죽고 나 죽자!」

마구 속으로 중얼대며 할아버지의 꽁무니에 붙어서 다니곤 하였다.

이런 중에서 자라난 영근은 중학생이 되었다. 그리하여 집을 떠나 혼자 객지에서 하숙 생활을 하고 지냈다.

바로 그해, 영근이가 집을 떠나 있은 지 채 석 달도 못 되어 의외로 할아버지가 돌아갔다.

그는 무던히 슬퍼하였다. 할아버지에게만 하던 편지를 이제부터 아버지에게 해야만 된다고 생각하니 어색하기만 하였다. 차라리 지금에 와서는 아버지가 할아버지와 같이 되고 할아버지가 아버지와 같이 살았으면 오죽이나 좋을 것이냐는 생각도 들었다. 어쨌든 한 학기 동안을 그는 아버지 대신으로 할머니에게 편지를 하였다. 돈을 부쳐 달라는 것 등 모든 것을 할머니를 통해서 아버지에게 요구했다.

그러면서 몇 달 동안 심심하면 죽은 할아버지를 생각하며 혼자 소리 없이 울고 지냈다. 저녁밥만 치루면 바로 이부자리를 펴고 자는 체 드러누워

「또 한 번 울어 볼까나?……」

눈물이 나오지 않을 때에는 버릇처럼 이렇게 속으로 중얼거리며 슬픔을 자청도 하여 보았다. 이것이 그에게 있어서는 날마다 되풀이하는 일과日課였다. 공부는 둘째였다.

그러던 중에 방학이 되었다. 성적표를 보니 엉망이었다. 석차는 중간쯤 되었으나 사십 점 이하 짜리가 두 과목이나·되었다. 그는 가슴이 그만 덜컥 내려앉고 말았다. 집에도 못 갈 것이라고 생각하였다. 만약 집에 갔다가는 아버지에게 성적표를 보이지 않을 수가 없었다. 이것을 아버지가 본다면 틀림없이 주정 끝에 좋지 못한 무엇이 닥쳐 올 것만 같았다.

그러나 몇 개월 간을 동무도 없는 서울에서 혼자 묵고 있을 수는 없었다. 한편 방학된 지 일주일도 되기 전에 집으로부터 어서 오라는 전보가 두 번이나 왔다. 그럴수록 할아버지의 정 깊은 모양만이 더욱 더 떠올랐다. 지금쯤 할아버지가 살아 있다면 아버지의 그것쯤은 모면할 수도 있지 않은가 하는 요행을 바라는 끝 마음에서인지도 모른다.

이러던 끝에 영근은 드디어 시골로 내려갔다. 할아버지가 없어진 쓸쓸한 집에 들어서면서부터 아버지의 모양을 곁눈으로 흘금흘금 살피면서 불안에 싸였다. 금방 성적표를 보자는 말이 나올 것만 같았다. 그는 하루 동안을

「이땐가? 이땐가?…」

하고 마음을 졸였다. 물론 전과 같이 아버지와는 말도 하지 않았다. 오직 될 수 있으면 몸을 피하기에 바빴다.

아버지두 처음 아들을 대하자

「잘 있었니?」

한 마디 인사로 더 말을 계속하지 않았다.

그런데 이튿날 아침이었다. 때는 기어코 닥쳐 온 것이다. 누이가
와서

「아버지가 네 성적표 달라신다…….」

하였다. 그는 잠시 몸이 달아 어쩔 줄을 몰랐다. 되는 대로 하자는
생각에 이윽고 누이에게 그것을 주어 보냈다.

곧 아버지의 무서운 소리가 들리는 것만 같았다.

그러나 좀처럼 자기가 생각하던 무서운 소리는 나지 않았다. 한
나절이 지나도, 서로 눈이 마주치는 때가 있어도, 아버지는 아무런
말이 없었다. 그는 당황한 중이면서도 술이 취하지 않아서인가 하
였다. 헌데 집에 온지 사흘이 지나도 아버지는 술을 전같이 많이 마
시지는 않았다. 오직 집에서만 홀짝홀짝 마시고는 외출도 하지 않
았다.

「웬일일까?…」

이러한 의문을 품은 영근은

「언제든 술만 취하는 날엔 난 녹초강산이다.」

하며 역시 혼자서 두려운 생각을 품지 않을 수 없었다.

집에 간 지 나흘째 되던 날 아침이었다. 아버지는 누이를 시켜 할
아버지 산소墓地에 같이 가자는 것이었다.

그리하여 아버지와 아들은 이십 리 가량 떨어진 곳을 향하여 떠
났다. 고개를 넘고 산 밑을 감돌아 아버지는 앞에서 아들은 뒤에서
걸어갔다. 아버지는 상옷喪服에 대나무를 짚고 짚신으로 걸어가고,

아들은 양복을 입고 구두 소리를 내며 걸어갔다. 그러나 그 구두 소리가 혼자 걸을 때의 것과는 판이하게 달라졌다. 아버지를 두려워함은 이 구두에게까지 미치었다. 어쨌든 그는 발을 조심조심 옮겨놓았다. 후미진 곳을 지날 때엔, 앞에 가는 아버지가 홱 돌아서며 그 쥐여진 대나무로

「이놈아, 서울까지 가서 공부했다는 게 요 모양이냐?」

하며 자기를 후려칠 것 같기도 하였다.

영근은 자신도 모르게 숨을 한몫 터치었다. 이 소리는 아버지에게도 들렸다. 이에 아버지는

「어린애가 벌서부터 한숨을 쉬면 되니?」

한다. 영근은 어쩔 줄을 몰랐다.

아버지는 영근을 돌아보며

「아마 피곤한가 보구나…….」

하더니 바로 산골 물이 흘러내리는 도랑가에 앉으며 쉬어가자고 했다.

영근은 얼떨떨하기만 하였다. 그러나 서 있을 수만도 없어 엉거주춤 앉았다. 그러면서 외면을 하는 대신 먼 하늘 저쪽만 바라보았다. 지금의 아버지의 태도는 확실히 영근으로서는 꿈과도 같이 처음 대하는 것이었다.

아들에게 이렇게 자기 스스로 여러 번 말을 건네는 것은 아마 이번이 처음이었을지도 모른다.

아버지도 앉은 후 얼마 동안이나 무엇을 생각하는지 잠잠히 있더니 할아버지의 사소 있는 쪽을 멀리 바라보면서

「난 느 할아버지께 워낙 죄를 많이 졌지만…… 그러나 지금 이런 말 하는 것이 우선 낯이 없다. 나 때문에 할아버지는 고생만 하시다 가셨다. 그렇지만 내가 지금 너 같았을 어릴 쩍엔 할아버지는 퍽 기대가 크셨지…… 지금은 이 꼴이지만 그때의 내 공부는 이 골에서 다 알았으니까…… 낯이 없는 말이지만 그래 넌 어찌할래? 영어에 30점, 수학에 30점, 중요한 것만이 학과낙제 점수니 정신을 차려야지…….」

하고는 이어

「우리 집안은 세층 재조 있는 가문家門이라고까지 하는 것을 잊어서는 안 된다. 정신 차려야지…….」

하는 것이다. 이 말을 끝내자 그는 아들을 그윽이 쳐다보았다. 영근의 얼굴엔 땀이 송골송골 솟아올랐다.

「그리 덥지도 않은데 웬 땀이 그렇게 흘르느냐?」

이렇게 말을 한 아버지는 옷소매를 걷고 바로 눈앞에서 흐르는 맑은 물에 손을 잠겨가지고 아들의 낯을 씻어주는 것이다.

이 순간, 영근은 얼굴을 돌리려 하였으나 도무지 그런 용기가 나지 않았다.

두 번 세 번 되풀이하여 아버지의 물 묻은 손길이 오르내릴 때마다 영근의 눈에서도 뜨거운 물이 생기고 떨어지곤 하였다.

조금 뒤, 아버지는 앞에서, 아들은 뒤에서 또 걸어가기 시작하였다.

얼마쯤 가다 아들은 불현듯

「아버지!」

하고 생후 처음으로 힘 있게 소리를 내었다. 아버지는 아무 말 없이 아들을 돌아본다.

「아버지! 다음 학기엔…….」

아들은 말을 더 계속 하지 못했다. ✕

傳說

一

추수기秋收記를 접어들면서부터 마을 사람들은 눈코 뜰 새 없이 바빴다. 젊은이들이 없는 논과 밭이었다. 일하는 사람들은 대개가 늙은 영감들이거나 그렇지 않으면 여남은 살밖에 되지 않는 아이, 그리고는 여인들이었다. 올해 추수의 중심 역할은 전에 없이 이들만이 도맡아 보게 되었다.

그러면 말 그대로 진짜 일꾼들인 남자 청장년들은 다 어디로 갔나, 간 것이 아니다. 그들은 아직 동리 안에 살고 있었다. 그러나 머지않은 앞날엔 이 고장을 떠날 것만은 사실이다. 그들 전부는 동학東學군인이었다. 부녀자들 이상으로 눈코 뜰 새 없었다. 아직 관군官軍과 왜군倭軍을 상대로 싸우지는 안 했다손 치더라도 전쟁터로 나간 거와 진배없이 오직 닷새에 한 번씩 식량을 가지러 가는 것 이외엔 집안과는 전혀 상관이 없었다. 이만큼 그들은 전쟁 연습에 맹렬하였던 것이다. 불과 몇 달 전에 세운 그들의 모임 장소인 수도장修道場 앞 들판에서 날마다 잠을 잤다. 그리고 첫 닭이 울 무렵이면 전날의 피곤에 겨운 곤한 잠을 뿌리치며 일어났다. 그즉 벌써 옷갓을 차리고 박 총령朴總令이 엄연히 앉아 있는 수도장으로 모여 승전勝戰의 기도를 올린다. 그것이 끝나면 일제히 장총, 칼, 죽창을 들고 마을을 싸고 있는 드높은 금봉산으로 달렸다.

금방 일대엔 때때로 공포 소리가 진동하였다.

二

두 서너 달 동안을 객지로 돌아다니던 황무영黃茂榮은 이곳에서 떠날 때와 마찬가지로 지난 밤 중 동리 사람 아무도 모르게 그의 집으로 돌아왔던 것이다. 그는 전 같으면 한시나마 집에 붙어 있지를 못하였을 것이다. 더욱이 이번엔 평상시와 달리 오랫동안 출타까지 하고 난 뒤이라 동리 안이 궁금해선들 늦어도 돌아온 이튿날 이른 아침이면 벌써 쏘다녀야 할 터인데 웬일인지 날이 밝은 후 저녁 때가 되어도 그는 발을 문 밖으로 내어 디디지 않았다. 그렇다고 사십이 넘도록 감기 한 번 안 걸렸다는 날렵하고 역사力士라는 칭호를 사람들에게서 들어 온 그가 병이 나서 그런 것도 아니었다.

벼 타작 소리가 귀를 지분거려도 또한 간간히 공포의 산울림이 문을 쩌렁 울려도 그는 이럴 때마다 다만 눈을 떴다 감았다 할 뿐으로 온종일 방 안에 질펀히 누워 있었다.

오래간만에 남편을 맞이한 그의 아내도 역시 한 모양으로 남편 옆에 앉아 있으면서

「어제도 삼돌네가 왔다 갔는데…… 나리가 안 오셔서 큰일 났다고……」 한다.

「왜?」

「올해는 워낙 소출이 적어서 좀 받으실 걸 감해 달라는 것이지요.」

남편은 아무 말이 없다.

「참 또 저기도 왔었지요. 강 첨지 사돈하구…… 그리구 일냉이네두…….」

역시 이에 대한 말이 없는 남편을 한 번 흘낏 바라본 아내는 미안스러운 낯빛으로

「웬만하시거든 몇 집 안 되니 좀 돌아다녀 보시지…… 그리고 참 정 진사丁進士 댁엔 안 들리시우?」 하더니 다시 생각 난 듯

「서울 소식도 알릴 겸 요즘 동학으로 해서 집안이 난장판이 되었는데 겸사 겸사로 전의 지나든 정리로도 벌써 가 보아야 한 터인데요…….」 한다.

이에 남편은

「듣기 싫어!」

하고는 눈을 감는다. 아내는 잠시 의아한 낯으로 남편을 내려 보다가

「그렇기도 하지…… 동학떼가 워낙 드세니까…….」

하는 말을 혼자 중얼거렸다.

그러자 조금 후 아내는 집안이 너무나 고적함을 느꼈던지

「그런데 이제 나이는 작고 먹어 늙어 가는데 양자라도 들여 놓을 생각이나 할 게 아니오?」

하였다. 남편은 처음으로 웬일인지 빙그레 웃는다. 그러더니

「다 가만 있어…… 누가 제 자식 아닌 양자를 하나…… 응? 첩이래도 얻어 손을 보지.」하였다.

「그러면 첩일망정 때를 놓치지 말고 얼른 두어야 하잖소?…… 전부터 벼슬한 후에 둔다니 벼슬아치의 첩은 뭐가 그리 특출한 게 들어올 게라고…… 그나마 되지도 잘 않는 벼슬에 시일 놓치지 말고 아무거나 두는 게 좋겠군.」

이러자 남편은 펄떡 엉덩방아를 찧고 주먹으로 방바닥을 치면서

「듣기 싫어!」

하고는 이번엔 큰 소리를 질렀다.

아내는 더 말을 안 했다. 오직 마음 속으로 이번의 벼슬하러 올라간 서울길이 허사가 되고 말았다는 데서 남편이 이렇게 역정을 낸다고 생각하며 즉시 자기가 한 말을 후회하였다.

三

돌아누운 황무영은 장차 자기가 어떻게 나가야 할까보냐고 다시 곰곰이 생각하였다.

「나는 중인中人이다.」

속으로 이렇게 혼자 부르짖고 난 그는 뒤이어

「조상祖上을 남과 같이 잘 두지 못해서 진짜 양반이 못 된다…….」

하고 중얼거렸다. 역시 아내는 듣지 못할 정도의 혼잣말이다. 이어 그는 과거를 자연히 회고하였다.

「양반 되기가 이렇게 어려운가?」

사실 어려웠다. 지나온 십여 년 동안을 두고 자기의 피를 개신改新하자고 별러 왔어도 별무 신기였다. 아직도

「황 생원……」

하는 소리는 떼칠 수 없다. 생원이란 두 자를 빼고 영감소리를 듣게만 되기를 애써 바라 왔던 것이다. 이 소원이 성취만 된다면 그의 뼈 살 피 모든 것은 이제까지의 중인의 것이 아니고 청신靑新한 양반의 것이었다. 그렇다면 자기의 이 변혁이 곧 허구한 앞 날 자손들에게 대대로 영화를 누리게 하는 근본 열쇠가 될 것이다.

「아서라 그 열쇠가 잘 잡히느냐 말이다.」 불현듯 얕은 비명을 내렸다.

「이번 서울 길도 또 트자에 열(틀)이 아닌가…….」

소원을 성취 못했으니 자기의 생각한 바가 틀리고 말았다. 몇 달 동안 관변측官邊側을 방황하며 무진히 애를 썼어도 헛일이었다.

그는 베개를 돋아 빈 머리를 무의식중에 몇 번이고 흔들었다. 그러나 떠오르는 생각은 연이어 계속되었다. 그러자 십 년 전 자기 내외가 지니고 있던 토지 세간을 팔아 가지고 몇 대를 두고 내려 살던 문경聞慶을 헌신짝 버리듯 등지고 양반 고장이라는 이곳 충청도로 옮겨오던 일이 눈 앞에 역력히 나타났다.

그때의 그의 심정으로는 서울보다 차라리 이 충청도가 나을 것 같았다. 서울은 양반들이 기세를 올려 직접 벼슬로 등행하는 곳이라 자기 같은 힘 없는 존재는 감히 발을 붙이기 어렵도록 그들은 거

들떠보지도 않을 것이라는 생각이었다. 그 반면 이 충청도는 전해 오는 말에 의하여도 모든 것이 관대한 것 같았으며 또한 그야말로 고관들이 낙향하여 점잖이 여생을 보내는 곳으로 이름이 있었기 때문에 그는 이곳에서 사람(양반)으로서 수련을 하자는 심산이었다.

그리하여 곧장 충청도로 접어들면서부터 자리를 어디다 잡아야 할 것이냐고 방황 중에 있었던 어느 날 밤 그는 알지도 못할 드높은 산 위에서 용龍이 등천登天을 하는 꿈을 꾸었다. 그는 이것이 길몽吉夢이라는 것을 깨달았으면서도 이튿날 아침 일찍이 여관 주인에게 점쟁이 집을 물어 찾아 가서 해몽을 청하였더니 과연 「귀자貴子를 안 낳으면 반드시 높은 벼슬을 할 것」이라 하였다. 이래서 그는 꿈에서 본 산도 이 근처임에 틀림없을 것이라 생각하고 언덕배기 고대高臺에서 사방을 훑어 우러러 보다가 확실하지는 않으나 어느 한 산봉우리가 그와 근사한 것 같았다. 이에 또한 점쟁이에게 물었더니 그 산은 충청도에서도 몇 째 안 가는 청룡靑龍 황룡黃龍이 꿈틀거리는 지대로 그 산의 정기가 그곳 아랫마을에 살고 있는 정丁씨네 집으로 뻗쳐서 현재 그 자손들은 상당한 양반의 세력을 가지고 있어 나날이 번창해 가고 있다 하였다.

이에 더 머뭇거리지 않고 그날로 여관서 삼십 리가 떨어진 이 마을을 향해 산(금봉산)을 바라보며 찾아들어 살게 되었던 것이다.

그 후 그는 이 꿈을 혼자서 무던히 아끼고 자기의 삶의 전부를 그것에다 의지해서 살아왔다. 그러기에 아내에게까지도 감히 꿈 이야기를 하지 않았다. 그러면서 한편 아내가 태기胎氣 없기를 또한 속을 은근히 조여가며 무던히 바랐다. 이러했기 때문에 혹시 자기가 그것을 알렸다가는 여태 산색産色 없던 아내가 아무래도 아이를 밸 것만 같았다. 그는 귀자貴子를 낳는 것보다는 우선 자기 대에 영화를 누렸으면 싶었다. 자기가 씻어 나면 후대 자손들은 자연히 힘 안 들이고 세상에 나설 것이라 생각되었다.

四

　세월은 끊임없이 흘렀다. 그러나 오늘 날에도 아직 그 꿈은 실현되지 않았다. 그에게 있어 그 동안이란 너무나 지루했던 것이다. 더욱이 십 년이 넘고 말았다는 데는 더 참을 수 없었다. 이렇게 되고 본다면 그 후 여태 노력하여 오던 보람도 없었을 뿐더러 지성至誠이면 감천感天이란 말도 맞지 않는 것 같았다. 그동안 별별 수단과 정력을 써 가며 이제껏 노려 오던 정 진사에게 비지 발광을 하다시피 하여 간신히 서울로 올라가게까지 되었던 것이었다.

　「망할 자식들 곤충이나 되어 버려라…….」

　그는 지금 다시 정 진사 부자父子에 대한 미움에 사로잡혀 흥분은 상투 끝까지 달하였다. 「임금 이상으로 놈들을 받들어 왔어도 그놈들은 나에게 정성精誠대신 도로혀 방해만 끼치다니?……」

　생각만 해도 이가 부득부득 갈렸다. 마음을 조여가며 근 2년 동안을 두고 발과 손이 닳토록 애를 써서 얻은 편지부터가 시원찮긴 하였다. 그 편지란 게 이를테면 곧 추천장이었는데 이것이 벌써 현재 지니고 있는 실망의 결과를 가져오게 한 것이다.

　황무영은 정 진사로부터 바로 그의 부친인 서울에서 떵떵 울리는 정 참판參判으로 가는 편지를 받아 쥐고 참말 흐뭇하였던 것이었다. 그때는 정 진사가 편지를 자기 아버지에게 써서 주겠노라 한 지 보름이 가까웠던 터라 그는 그동안 한 섬지기 가량 되는 땅에서 다섯 마지기를 벼채 팔아 넉넉히 노자路資를 장만한 후로 막상 길을 떠나게 된 때였다. 편지를 받아 쥐자마자 동리 사람들도 모르는 첫 닭이 울 무렵 그는 곧장 서울로 향하였던 것이다. 그러나 발길을 옮기면서도 그 편지에 무어라 자기를 소개하였는가에 대하여 궁금함을 억제할 수 없었다. 그리하여 날이 얼른 밝아지기를 기다려 동편이 희미하게 트일 때 그는 연해 걸음을 걸으면서 잘 보이지도 않는 것을 몇 번이고 눈을 씻어가며 읽었던 것이다. 그때 그는 실망하였다. 그 내용인즉 이 황무영은 모르실 사람으로 근자 십 년 전에 외처에서 같은 동리로 들어온 명색이 중인인데 하도 졸라대어 할 수 없이 올려 보내니 며칠쯤 유숙시키다 정당한 분부로 개심改心하도록 지시하여 돌려보내면 제 입장이 선다는 것이었다.

그는 그때부터 벌써 정 진사를 미워하기 시작하였다. 서울로 가도 별 수가 생기지 않을 것을 동시에 깨닫고 다시 길을 돌아서 집을 향해 걸으며 생각하니 또한 발이 움직이지 않았다. 이번엔 틀림없이 적어도 관을 쓰고 내려 올 것이라고, 어제 밤부터 정화수로 칠성七星께 기도를 드리는 아내에 대한 면목이 없었고, 밉든 나쁘든 정 진사가 또한 놀랄 것이 떠오르자 다음 그는 다시 서울로 향하였다. 어쨌든 이렇게 된 판이니 배은망덕하는 정 진사를 생각할 것 없이 직접 정 참판에게 애걸하는 것이 되든 안 되든 시원할 것 같았다.

그는 커다란 체구에 알맞지 않는 한숨을 가끔이 길에 퍼뜨리며 꼬박 며칠을 걸려 서울에 도착한 후 근 한 달 동안을 떼를 써 가면서 정 참판에게 졸랐으나 예상 그대로 거절이었다. 세상이 망해가기로니 중인의 천한 몸으로 양반을 넘어다보는 것은 역적과 다를 배 없다고 끝판에는 생호령으로 면회를 받지 않게까지 되었다. 그는 드디어 그곳 여러 청지기들한테서 등을 밀려 나왔다. 그와 함께 극도의 절망을 품었다. 그는 원래부터 정 진사와 같이 드센 술을 날마다 여관방에서 마셨다. 그것도 며칠 나중에는 청루青樓에까지 가는 것을 생 후 처음 알았다.

그런 중 이럭저럭 한 달이 지나 노자는 떨어지고 말았다. 그래도 그는 낯이 서질 않아 시골로는 그냥 내려오기가 싫은 터이라 생각 끝에 나라에서 한참 모집하는 군인이 되었다. 마침 전라도서부터 벌떼같이 일어나는 동학군과 접전을 하여야 될 무렵이었다. 그는 또 근 한 달이 넘도록 다니던 중 불현듯 혼자서 꼬박 기다리며 이런 줄은 모르고 그저 한 모양으로 칠성께 기도 드릴 아내가 그리워졌다. 또 한편 감투 써 보려고 온 자기가 그와는 정반대로 언제 팔자에 없는 죽음을 할지 모르는 총을 만져야 되다니 하는 서글픈 생각을 금치 못했다. 그는 드디어 그날 밤으로 영문營門을 도주하여 곧장 이렇게 돌아온 것이다.

五

생각 끝에 황무영은 벌떡 일어나 앉았다. 그리고는 긴 담뱃대를 힘껏 재떨이에 두드리며

「이놈들의 원수를 어떻게…….」

하고 속으로 부르짖었다. 그와 함께 넓적한 엄지손가락으로 담배를 꾹꾹 눌러 담다가 그 장죽이 눈에 거슬렸다. 담뱃대를 윗목 편으로 동댕이치고는

「저 곰방대 찾아와!」

하고 아내에게 커다란 소리로 외쳤다.

아내는 남편의 이러한 갑작스러운 짓에 눈을 휘둥그렇게 뜨고 있다. 웬 영문인지도 모르면서 일어나 벽장문을 열고 그 곰방대를 찾았다.

황무영은 눈을 쏘아 한 모양으로 던져진 장죽을 바라보았다. 그는 이것이 금세 싫어진 것이다. 양반 노릇을 하려고 일부러 장죽을 들고 다니며 피워대던 자기에 대한 미움이 일시에 복받쳐 올랐다.

「나는 중인이다…… 아니 그보다 상놈을 원한다…….」

하는 생각으로 곰방대 십 년 전 문경에서 가졌던 그것을 찾아오라는 것이었다.

한참 후 아내는

「왜 저것은 막혔수?」

하며 먼지가 뽀얗게 묻은 곰방대를 찾아 가지고 그것을 한참이나 종이에 씻고 또한 털며 몇 번이고 손수 입에 물고 품어 보더니 남편 앞에 놓았다. 그러면서 평시보다 달라진 그를 한동안 바라보더니

「퍽 피곤하신 모양인데 약이라도 잡수셔야 하잖우?」

하고 근심스럽게 말한다. 이와 동시에

「참 엊그제 당신 잘 자시는 구기자枸杞子열매를 몇 개 구해 둔 것

이 있지!」

하더니 또한 벽장문을 연 조금 뒤 빨간 열매를 내놓는다.

「어디 아흔아홉 아니라 구백구십까지라도 살아보자!」

그는 이러한 생각과 함께 그것을 한 입에 탁 털어 넣고 꿀떡 삼킨 후 담배를 퍽퍽 피워대며

「갈 길…… 나의 갈 길을 정해 놓아야 된다.」

하며 혼자 속으로 다졌다. 그는 또 드러누웠다. 그리고는 무엇 하나를 심각히 생각하였다.

어느 때인가 동학군의 뭇 공포 소리의 산울림은 또한 요란스럽게 모든 것을 와지직 흔들어 놓았다.

그는 또 벌떡 일어나 앉았다.

「오직 갈 길은 한 길밖에 없다.」

이렇게 내심으로 단정을 내린 황무영은 처음으로 이제까지의 자기에서 벗어날 수 있었다. 그는 드디어 일어서서 방문을 열었다.

六

「차라리 동학에나 뛰어들어…….」

황무영은 이런 비장한 생각과 함께 밖을 나서자마자 때마침 삽짝 안으로 들어오는 젊은 두 청년과 서로 눈이 마주쳤다. 철쇠와 봉출이었다. 그들은 수건을 이마에 질근 동이고 각기 방망이를 허리에 찬 동학군인이다.

황무영은 잠시 얼떨떨하다느니보다 놀라웠다. 그런 중이면서도

말로는

「너희들은 뭐냐?」

하였다. 청년들은 잠시 머뭇거리다가 다같이 겸연쩍은 웃음을 띠며 이구동성으로

「모시라고 해서 왔습니다」 한다.

「뭐?」

황무영은 머리를 옆으로 기우뚱하며 무엇을 따지는 듯한 태도였다. 혹시나 자기를 정 진사와 한 타령으로 취급하려는 것이 아닌가 하는 생각이 머리를 번개처럼 스쳤다. 그러나 전에 지내던 터수도 있고 하여 어찌 되던 용기를 내어

「이놈들 어른이 오래간만에 왔으면 인사래도 해야지 덮어 놓고 나를 모시러 왔어? 정 진사네 모양으로 때려 엎으러 왔느냐?」

하였다. 청년들은 한 동안 머뭇거리는 낯빛을 띠우다 철쇠가

「누가 때려 엎으러 왔나유?」

하는 말을 하자 황무영은 그제서야 안심할 수 있었다. 다음 이번엔 신이 좀 나서

「뭐 이놈 그러면?」

하고는 역시 뚝뚝한 마찬가지 어조로 얼굴에 웃음까지 띠며

「네 말마따나 그래 나를 왜 모시러 왔단 말이냐?…… 나 온지는 어떻게 알고…….」

하였다.

「지금 막 금봉산에서 연습하다 쉬는 시간이 되어 모여 앉았던 끝에 웃말 주서방 맘씀이 황 생원이 오셨단 이야기가 나서요……」

「음!」

「그래서……」

「그래 어쩌자고 나를……」

이때 철쇠는 철쇠대로 자기들의 말이 통하는 황무영의 이런 태도
에 어느 정도 마음이 후련한 나머지

「저희들로 말한다면 감히 이렇게 온 것이 안 된 일이지만유……
즈들 말 끝에 황 생원님이 역사力士라는 말이 있자 옆에 계신 박 총
령이 곧 만나야겠다고 모셔 오라 해서 왔으니 별로 노여워 마십시
요……」

하자 황무영은 무턱대고

「아따 이놈 그곳에 들더니 말주변까지 늘었구나…… 그래서 왔
어? 이놈들……」

하였다.

「예ㅡ.」

「이놈 예가 다 뭐냐? 그럼 날더러 금봉산까지 가자는 말이냐?」

「아니올시다. 박 총령께서 일부러 맞이시느라 먼점 저희들 몇 사람
과 같이 오시다 수도장서 기다리시겠다고 그곳으로 가셨습니다.」

황무영은 더 긴 말을 하지 않았다. 오직 의미 모를

「음!」

소리만을 하였다.

이러자 바로 즉시 그들 세 사람은 아무 말 없이 삽짝 밖으로 나서
서 동구 앞 쪽으로 멀찌감치 떨어져 있는 동학당 집을 향해 걸었다.

그들은 침묵을 서로 지키고 있었지만 생각만은 연방 머리를 지분

거렸다.

두 청년은 이 황무영이가 장차 어떻게 나갈 것인가 또한 늠난한 것 같이 보인 자기들을 황무영은 어떻게 여길 것인가 두려웠던 것이다.

한편 황무영은

「음 내가 역사?」

하고 혼자 중얼거렸다. 도적을 우연히 잡았다는데서 역사란 소리를 듣고 있다. 어느 해 집에 도적이 들었다.

해가 지고 모두가 잠들고 있는 틈을 타서 두 놈이 침입하였다. 그때는 잊히지도 않는 동짓달 보름께였더니 만큼 달이 삽짝으로 통한 문을 삼켜 방 안에까지도 환한 빛을 찌르고 있었다. 밤 중에 자기는 한잠이 깨여 역시 나중에 어떻게 될 것인가에 대하여 혼자 곰곰이 생각하고 또한 그 용꿈을 다시 한 번 눈 앞에 그리고 있을 때였다. 별안간 그 훤한 문에 흘깃 검은 그림자가 스치는가 하였더니 문이 슬며시 열림과 함께 그림자 둘이 또렷하게 방 안으로 숨어들었던 것이다.

그때 자기는 어떻게 되는 영문을 몰랐다. 부지중不知中 자기가 베고 있던 목침木枕이 그곳을 향해 날라 갔다. 그와 동시에

「아이고 난 죽는고나!……」

하는 생각과 자기의 급작스러운 행동에 실망하고 이불을 푹 뒤집어 쓰고 말았던 것이다. 다음의 일은 어찌 되었는지 몰랐다. 그 후 아내의 말에 의하면 벼락같은 소리와 함께 윗목 편에서 「아구구……」 하는 신음 소리가 귓결에 몹시 스쳐 깜짝 놀라 깨었는데 그즉 쿵하

고 무엇이 쓰러지는 것 같더니 검은 그림자 하나는 문을 박차고 달아났다는 것이다.

아내의 놀라움에 지친 날카로운 소리에 다시 정신을 차리고 둘이서 엉겁결에 밖으로 뛰어 나가 모여든 동리 사람과 같이 방 안으로 들어 왔을 때 윗목엔 호랑이 같은 웬 사나이가 피투성이가 된 머리로 죽어 나자빠진 것을 볼 수 있었다.

그 후 자기는 때 아닌 이러한 일로 말미암아 근동에서 역사라는 칭호를 받았다.

그는 지금도 연해 점잖이 걸어가며

「음 나는 역사?」

하고 다시 한 번 마음 속으로 따져 보았다.

七

박 총령이 마을로 내려 온 후에도 금봉산에서는 벌떼같은 장정들의 외침과 공포 소리는 여간해 그치지 않았다.

동학당 수도장 깊숙한 방에서는 지금 박 총령과 황무영이 단 둘이 마주 앉아 있었다. 박 총령은 얼굴에 긴장한 빛을 나타내이고 연해 열변을 토하였다.

「우리 한국韓國 평민들은 너머나 기가 약합니다. 우리 평민을 해치는 적은 수효의 놈들을 옆에 놓고도 감히 그것을 물리칠려 하지 못하니…… 이 어찌 서글픈 일이 아니겠소? 더욱이 그놈들은 오직 벼슬만 바라고 저희들만 먹고 살자고 당파로 하여금 나라의 정치를

망치고 싸우니 하늘인들 무심할 수가 없단 말이요. 더욱이 오랑캐
들의 외국 세력을 잡아 넣어 나라는 어떻게 되든 저희들 패만 이기
면 고만이라는 이 엉뚱하고 생각만 해도 기가 치이는 원통 답답한
이 처사를 우리 평민들은 그냥 보고만 있을 수는 없단 말이요. 그리
하야 우리는 일어난 것이오. 우리의 이 행동은 곧 하늘이 시킨 당연
한 이치에서 나온 것으로 이때 우리 평민들은 누구나 다 하늘의 이
치에 따라 첫째 우리들의 피를 빨아 먹는 소위 양반 놈들을 없애 버
리고 망해 가는 나라를 우리들 손으로 다시 세워야 할 것이 아니
오?……」

하더니 박 총령은 뒤이어

「지금 현재 우리 전봉준 장군全琫準 將軍께서는 이미 고부古阜 금
강錦江을 걸쳐 논산論山에까지 놈들(官軍과 日軍)과 같은 새로운 무기
도 없이 있대야 새총鳥銃으로도 이렇게 대승大勝하여 올러 오시는
중으로 이곳 우리도 며칠 후면 여러 곳 병정들과 합쳐 공주公州로
집결되여야 할 터인데, 그런데 참 해괴한 일이 많소. 그것은 우리
평민들이 너머나 용감치를 못하단 말이요…… 알겠소? 아직 하늘의
이치를 몰르는 편이 있소.」

아까부터 황무영은 아무 말도 하지 않았다. 박 총령 말에 오직 고
개만 끄덕끄덕 하였을 뿐 간간히 얼굴을 자기도 모르는 사이에 붉
히곤 하였다.

그러자 박 총령은 황무영의 손을 덥석 잡으며

「여보 당신도 우리와 같은 사람이오. 듣기엔 당신이 중인인 모양
이나 중인이란 게 있을 리 없거든…… 알겠소? 양반 놈이면 양반 놈

상놈이면 상놈이지 중인이라는 건 없다고 나는 생각하오. 중인이라면 역시 상놈과 마찬가지로 벼슬을 못한 것도 사실 또한 백성에게 못할 노릇을 한 것도 없을 것. 이만하면 우리는 죄 없는 평민이 아니오? 우리 평민 죄 없는 우리들은 다 같이 손을 이 때에 잡지 않으면 안 되오…… 더욱이 댁은 또한 우리가 가장 바라는 용맹스런 역사라니, 이 때 당신이 가지고 있는 힘 모두를 하늘에 바치잔 말이오…….」

하며 손을 더욱 굳세게 잡았다.

황무영도 한숨지었다. 웬일인지 그의 손에도 점점 더 생기가 돌았다.

「응? 어떻소?……」

박 총령은 잼처 이렇게 물었다. 그러면서 또한 말을 이어

「우리 중엔 용맹스러운 것 이것이 필요하단 말이요. 아까도 이야기 할려다 못한 것이지만 나도 이번 일로 해서 이 고장에 처음으로 들어왔기 때문에 이곳 사정을 잘 모르지만 글쎄 이렇단 말이오. 다름이 아니라 정 진사 놈인가 이놈의 집으로만 해도 그렇지…… 이놈의 그전 죄상을 단연 용서할 수는 없는 일이란 건 댁도 짐작하시오?……」

하고는 상대편을 바라보았다. 황무영은 여적 잠자코 있었던 자기로서 이번에도 그냥 묵묵히 넘겨버릴 수는 없다는 의식도 있었고, 또한 정 진사의 모양이 머릿속을 홱 스치자 덮어 놓고

「암 그렇구 말구요…….」

하였다. 이에 박 총령은

「내 그건들 알 수가 있었겠소. 이곳에 모이는 여러 동지들이 분개하면서 떠들어 대니깐 알았는데, 그래 나는 참다 못하야 그즉 그놈을 잡어오라고 영슈을 나렸는데 이게 웬일이오? 이놈들이 말은 하면서도 정작 원수를 갑자는 데는 고만 뒤 꽁문을 뺀단 말이오…….」

하고 박 총령은 더욱이 분개하는 빛을 얼굴에 나타내었다. 황무영도 이때 속으로부터 용솟음쳐 나오는 분개를 금치 못했다. 그리하여 그도 박 총령과 같이 얼굴을 험악하게 찌푸렸다.

「그것만도 아니오…… 황 노형! 나는 그때 실망한 나머지 요전에 그놈의 아들놈을 이리로 보내서 우리와 함께 나가자고 분부를 나려 간신히 그놈에게 제일 원한이 많은 철쇠를 호령하면서까지 보냈잖었겠소. 그런데 이놈이 가긴 간 모양인데 정가 놈은 꿈적도 안 한단 말이오. 오늘 들으니까 아들놈들 두 놈을 벌써 그날 밤 중에 제 할애비 있는 서울로 피신을 시켰다니 낸들 더 그냥 가만히 있을 수 없소…….」

하고는 주먹을 부르르 떨었다.

이때 황무영도 눈이 박 총령 주먹에 머무르자 자기도 손을 움켜쥐고 박 총령이 눈치 채도록 부르르 떨어 보였다.

「노형! 여보 나의 이런 태도가 글렀소? 똑똑이 이야기하시오. 황노형이 본 그놈 진사는 어떻습됫가?」

하고 박 총령은 떨던 손으로 다시 황무영의 떠는 손을 잡으면서 바라보았다.

이때 황무영은

「그런 놈은 욕을 보여야 합니다.」

「알았소. 우리 평민은 싸워야 합니다. 이제까지의 우리의 적敵은 모조리 없애버려야 합니다. 저에게 다 매끼시오…… 힘 있는 한 우리 죄 없는 평민들을 푸대접하는 그놈들을 물리칠 터이니까요…….」

하고는 놀고 있던 한편 손을 이번에는 자기가 먼저 움직여 박 총령의 손을 힘껏 잡았다.

八

「자식! 정가놈의 자식! 두고 보자 내일 새벽이면 내 손에…….」

한 시간쯤 후 동학당 수도장에서 나온 황무영은 집으로 향하여 길을 걸으며 혼자 중얼거렸다.

「나는 양반 놈이 아니다. 나는 박 총령 말대로 죄 없는 평민이다. 그리고 남들의 정평 있는 역사 하늘이 기다리고 있는 용맹지인勇猛之人이다…….」

하고는 길 위에 가래침을 한번 힘껏 뱉었다.

「자식 자식 두고 보자! 난 중인…… 아니 평민이다.」

그는 허리끈에 찼던 곰방대를 빼내어 담배를 피워 물었다. 생각하니 장죽보다 맛이 더 훌륭한 것 같았다. 그의 마음은 흥분 중에도 만사가 태평하였다. 그러자

「나는 과연 남들이 말하는 역사인가?……」

하는 의문이 또 들었다. 이와 함께

「우연이든 어쨌든 도적을 죽였다. 이만하면 몸 어느 구석에 나도

몰를 어름짱같은 힘이 숨어 있음이 확실하다. 그렇다 이 힘을 솟아
내어 첫째 정가 놈…… 그리고 평민을 못살게 하는 그놈 일파를 없
애 버리자…….」

하고 생각하니 동학군의 수령인 전봉준 장군이 보는 듯 역력히 머
리에 떠올랐다. 이와 동시에 그도 지금의 자기와 같으려니 여기니
더욱 신이 났다. 그는 불현듯 전봉준 장군의 입장이 부러웠다. 자기
가 관군 노릇을 할 때도 누구나 무서워하던 그 녹두綠豆장군이 바로
이 전봉준이가 아닌가 생각하였다. 말대로 그 조그만 자가 어쩌면
관군과 왜군을 막 물리치는가 곰곰이 따지니 보통 사람이 아닌 그
야말로 하늘이 낸 사람 …… 그리고 보면 반드시 용꿈을 꾸었을 것
이라 믿어졌다.

「나도 용꿈을 꾸었다…….」

황무영은 이렇게 혼자 또 외치자 그는 펄떡 뛰었다. 이곳 조그만
군졸과 같이 전쟁터로 나가는 것보다 차라리 직접 장군에게로 가서
공을 세우자는 욕심이 생겼다. 그러자 그 장군은 전에 중인이었던가
상놈이었던가 하는 생각이 들자 또한 펄떡 뛰었다. 지식으로 말해도
자기와 같으면 같았지 나을 건 없으리라 여겨졌기 때문이었다.

「황 장군!」

하고 중얼거려 보니 구미가 당긴다. 그는 또 한 번 길을 걷다 말고
날았다.

「황 장군이다…… 나는 황 장군이다…… 필연코 요즘 사태로 보
아 동학군이 이긴다. 그러면 없어질 양반 놈들이 시킨 시시한 초사
나부랭이에 대랴…… 뭐야 뭐? 참판 아니 판서…… 그보다 영의정

이 될지도 몰르는 내가 아닌가.」

그는 지금이라도 당장 논산으로 가고 싶었다. 그리하여

「오늘 밤으로 갈까?……」

하고 자문하여 보았다.

「아니 아니…… 원수를 먼점 갚고…….」

하는 마음이 뒤미쳐 들자

「자식 정가 놈의 자식! 내일이면 고만이다…….」

그는 이렇게 다시 외치고 또 한 번 침을 탁 뱉어 버리며 곰방대를 물고 걷기 시작하였다. 그러면서 자기가 여태 바라오던 그놈의 벼슬이 안 된 게 다행하였다. 그와 함께 관군이 되었다가 이렇게 탈출한 것이 또한 신기하였다.

九

그날 황무영은 집에 돌아와 저녁밥을 먹으면서 옆에 있는 아내에게 서울 갔다 온 후 비로소 전과 같은 명랑한 기분으로 이야기를 하였다.

「여보 정 진사 놈을 내가 죽여 버리고 말테요…… 우리가 그동안 얼마나 그놈을 받들었소? 지난 십 년 동안을 그놈의 술을 전부 대다시피 하였고, 또한 왜 몇 달 전에 우리들더러 팔라든 재 너머 다섯 마지기…… 그건 당신한테 이야기를 안 했지만 내 그것까지 그냥 가지라고 하였거든…… 그런데 이놈이 배은背恩하고 나에게 손해만 입힘으로 이러다간 나중엔 논전지 다 없어질 것이니 그냥 둘 수는 도저히 없어······.」

하며 커다란 뭉치의 밥이 얹힌 숟가락을 입을 딱 벌리고 넣는다.

　이러한 갑작스런 남편 태도에 아내는 어리벙벙하였다. 오직 눈을 휘둥그렇게 뜬 채 밥을 먹던 것을 멈추고 남편을 바라보았다.

　이때 삽짝 밖에서

　「황 생원님 계시나유?······」

하는 어린 계집아이의 음성이 들려왔다.

　황무영은 아내더러 나가 보라고 눈짓을 하였다.

　아내는 나갔다. 그러자

　「네가 웬일이냐?」

하는 말이 들려오고 뒤이어

　「어서 들어오렴······.」

하더니 바로 그들은 들어왔다. 보니 의외에도 정 진사 집에서 일을 해 주는 계집애 종이었다.

　「이 편지 진사가 주시드라는구먼요.」

하며 아내는 착착 접은 종이쪽을 남편에게 주었다.

　황무영은 아무 말 없이 그것을 펴 보았다. 그러자 그는 혼자 비웃음을 품더니 한 참 후

　「먼저 가라! 내 밥 먹고 갈 테니······.」

하며 계집아이에게 말하였다. 계집아이가 나간 후 그는 또 한 번 비웃으며 아내가 듣도록 「흥! 다 이럴 때가 있나 흐흥! 처음으로 편지까지 먼점 해가며 나를 만나고 싶다니?······」

하며 다시 「흐흥!」하며 그 편지를 손에 넣고 꾸겼다. 그러면서 어디

어떻게 하고 있는지 그 꼴이나 보자는 호기심이 났다. 그리고 오늘까지는 조금도 지금의 자기를 알리지 않고 비위가 상하긴 하지만 전과 같은 태도를 가짐이 재미날 것이라고 생각했다.

+

황무영은 그야말로 호기당당하였다. 점잖이 가래침을 몇 번이고 어두운 길에 던지며 정 진사네 집 마당엘 들어섰다. 이제부터는 전과 같은 어려움에 겨운 발자취로 변해 걸어야겠다는 마음에서 종종걸음을 치려 할 때, 그의 눈은 높다란 사랑문이 활짝 열린 것을 보았다. 그즉 또한 불빛 속으로 문턱에 앉아 있는 정 진사의 모양도 발견하였다. 그는 잠시 걸음을 멈추었다.

그러자 정 진사가 누구를 꾸짖는지

「너 이놈…… 네 자식 죄가 곧 네 죄이지. 자식 놈은 나를 해치려는데 너는 그놈의 다리깽이는 못 분질러 놓고 와 빈다고 다 되는 줄 아니? 응 이놈아!……」

하는 호통 소리가 나더니 잼처

「그래 그놈을 자식이라고 그냥 둔단 말이냐? 이놈 그래 내가 그놈 철쇠 놈의 처를 보았다손 치자…… 그래 그게 뭐가 원통하단 말이냐…… 양반에게 죽엄만 당하지 않으면 고만이지…… 이놈! 다 듣기 싫다 가!」

하였다.

황무영은 그즉 철쇠 아비에게 하는 말임을 깨달았다. 동시에 그는

「요놈의 정가놈 내일이면 죽는 줄도 모르고…… 그저 이놈을……」

하고 속으로 부르짖으며

「우리는 죄 없는 평민이다. 평민의 아내라고 마음대로 너희 놈들이 짓밟어……」

하고는 주먹을 불끈 쥐었다. 그러자

「아서라 오늘 밤만 더 참자……」

하는 마음이 들자 그는 잠시 지금 지니었던 자기의 흥분을 가라앉힌 후 다시 발을 옮겨 놓았다. 그리하여 정 진사가 앉아 있는 방 앞뜰 밑까지 가자, 그곳에서 허리를 굽히고 죽은 듯이 서 있던 철쇠아비가 힘 없이 물러가는 것을 보고

「이놈 세상이 망했기로 양반님네를 몰라 보다니…… 이놈 냉큼 못 물러가……」

하는 거짓말까지 할 수 있었다. 그러면서 층층대를 오르려 할 무렵 정 진사는

「아 자넨가…… 어서 들어오게!」

하고 마루로 급히 나왔다. 황무영은 어깨가 으쓱 올라갔다.

「이놈에게 처음으로 하게 소리까지 들어 본다.」

하는 생각이 들자 속으로 웃으며

「네- 소인이 너머 늦게 찾어 뵈러 와서 황송하옵니다……」

하며 뜨락으로 올라섰다. 정 진사는 그의 손목을 덥썩 잡으며

「자 어서 들어오게……」

하며 방 안으로 끌었다. 이어

「그래 자네 일은 어떻게 됐나?」

하고 편히 앉으라 몇 번이고 손수 앉히며 이렇게 물었다.

황무영은 아무런 말이 나오지 않았다. 그랬더니 정 진사는

「별 수 없었을 터이지…… 내 가친이 원래 인정이 별로 없는 분이라…… 가만 있게 좋은 때가 올 터이니…….」

하고는 다짜고짜로

「이 일을 그런데 어떻게 하여야 좋단 말인가?……」

하며 또한 그의 손목을 잡아 흔들었다. 황무영은 속으로

「이놈의 자식 잘도 논다…….」

하며

「글쎄요 저 없는 동안 아조 딴 세상이 되어버렸구먼요…… 것 참!」

「자네도 지금 내 사정을 대개 알 테지? 참 언제 왔지?」

「오기는 어제 밤 중에 왔는데 하도 고단해서 이렇게 늦었습니다.」

「응 그러면 부인께 대개 들었겠구먼…… 그래 고단하다고 이제 오다니…… 난 바로 저녁 때에서야 자네의 모양을 먼 빛으로 보았다는 사람이 있길래 그래 돌아온 줄만 알았지…… 에이 사람 난 그동안 자네만 얼른 오기를 손꼽아 기달렸는데…….」

하며 야속하다는 눈으로 바라보았다. 황무영은 또한 속으로

「부인자를 다 써가며 말한다.」

하고는

「그저 잘못했습니다.」

하며 고개를 숙였다.

「나는 지금 의지할 곳이라군 하나도 없네…… 알겠나? 자네도 짐

작하다시피 자네밖에는 의지 할 데가 또 어디 있나?……」

하며 정 진사는 애원하는 빛으로 쳐다보았다.

「글쎄요 전들 그것을 모를 리야 있겠습니까? 저의 처에게서 대강 듣고 그즉 뵈일려든 것이 노독路毒으로 앓다가 간신히 정신을 차려 문 밖으로 나서서 올려든 게 또한 저까지 동학당에서 호출이 있어 그곳에 붙들려 가노라…….」

「뭐 자네도 불렸나?」

「네…….」

「그래 어찌 됐나?……」

정 진사는 앉았던 자리에서 별안간 자기도 모르는 사이에 두 다리를 엉거주춤 세워 고쳐 앉으며 이렇게 물었다.

「그놈들 떼세가 어떻게 센지 어쩔 도리가 있습…….」

하다 황 무영은 말을 채 못 맺고 정 진사를 우선 한번 골려 주자는 생각이 치밀어 배창자를 움찔거리며

「그런데 이를 어쩌면 좋겠습니까. 저를 그놈들이 족치다 제가 죽어도 말을 안 들으니까 말 끝에 아 나리를 내일 새벽 개천 둑에서 돌풀매질로 돌아가시게 한다면서 저에게 너도 그렇게 당해야 좋겠는가고 위협을 하겠지요…… 이거 아무래도 큰일 났습니다. 어떻거면 좋겠습니까?」

하였다.

「뭣?……」

하고 놀란 정 진사는 그만 얼굴빛이 파랗게 질렸다. 그는 안절부절 못하면서 떨리는 가느다란 음성으로

「그렇고……이를 어찌해야 한담! 관군이 오자면…… 언제나 올까…….」

하고 혼자 나대었다. 그러자

「올 때는 되었는데…… 자네 서울 갈 때 며칠이나 걸렸지?」

한다. 황무영은

「요놈이 저이 자식들 도망처 보내는 김에 위태로우니까 관군까지 불렀구나…….」

생각하며

「갈 때는 사흘 걸렸지만 올 때는 엿새나 걸렸습니다…….」

하였다.

드디어 정 진사는 맥이 탁 풀려 주저 물러앉으며

「밤중에 몰래 도망가면 안 되겠나?」

하고 물었다. 이때 황무영은 어느 정도 살기를 띠워

「안 됩니다. 더 큰일 납니다. 댁 도령들이 떠난 후부터는 날마다 사방에서 지킨답니다.」

하는 말을 생각나는 대로 토하였다.

「음 옳아! 자네니깐 이런 말을 다 해 주지 난 이렇게 앉아도 통 속이야…… 그런데 어떻거면 살 수 있단 말인가? 여보게!……」

정 진사는 울다시피 이렇게 중얼대며

「저희 놈들이 얼마나 기를 쓰나 보자! 내 명은 이렇게 된 바에야 헐 수 없지만 저희 놈들이 관군도 관군이려니와 여러 타국 나라 병정도 휩쓴단 말인가? 한 놈이 백 사람 천 사람을 당해. 안 되지 안 돼…… 대국도 가만히 있지 않을 것…… 나중에 진짜로 능지처참을 당할 놈들이 꺼죽대다니. 으흐흐…….」

하며 정 진사는 주먹으로 땅바닥을 연거푸 몇 번이고 치자 이번엔 수염을 위로 바짝 솟아 올림과 함께 입을 앙승그려 물더니 열이 넘친 시선으로 황무영을 뚫어지게 바라본다. 그러더니 또 뒤풀이하여

「나 한 몸 죽는 것은 일 없어! 서울서 대군大軍이 닥치는 당장엔 나를 죽인 놈들의 삼족(三族=親家, 外家, 妻家)은 모조리 능지처참을 당할 껄 알아야지.」

하고는 한사코 시선을 옮기지 않았다.

이때 황무영은 웬일인지 부지중 그의 눈을 피하였다. 가슴 속이 화끈 달아오름을 느꼈던 것이다. 동시에

「그야 그렇습지요.」

하는 말이 새어 나왔다.

「생각해 보게 사실이 그렇잖은가?」

박 총령은 역시 한 모양으로 이렇게 물었다.

「그렇구 말고요…….」

황무영의 대답은 자기도 모르는 중에 힘이 없었다. 정 진사는 황무영의 말이 떨어지자

「어찌됐든 자네가 날 어떻게든 살려 주게. 살려만 준다면 내 죽어 백골이 된대도 잊지 않으리…… 그렇게만 될 수 있다면 나하고 같이 올러 가세…… 서울 가친에게 이런 말 여쭈면 자식인 나를 생각한다면 인정 없다 한들 적어도 골사리쯤은 문제 없네…… 내가 구양을 간다 치드래도 벼락 감투 아니 정당한 것을 자네가 쓰도록 아조 맹세하네……」

하며 이번엔 눈물까지 뚝뚝 떨어뜨렸다. 그리고는 다시 두 손으로
에워싸며

「어떻게 해야 좋담……응? 여보게!」
하며 대들었던 것이다.

이때 황무영은 공연히 숨이 가빴다. 이러한 정 진사를 보지 말자
고 피하려 하였으나 돌아앉기 전에는 그럴 수도 없어 오직 눈을 감
아버렸다. 그러는 동안 그 방울과 같은 굵은 정 진사의 눈물이 자기
손등에 떨어지는 감촉을 느끼자 그의 눈도 웬일인지 뜨거워짐을 자
신 느꼈다. 동시에 그는

「이놈은 내 손에 죽어질 놈이다.」
하는 야무진 생각을 억지 쓰듯 떠올리려 애쓰며 이 알 수도 없는 자
기의 현재의 심경을 억제하려 애썼다.

十一

얼마 지나지 않아 황무영은 달아나다시피 정 진사에게서 자기의
몸을 빼내었던 것이다.

그믐께가 가까운 밤은 달빛이 있을 리 없었다.

그는 걸으면서 이제까지 참고 억누르던 눈물을 펑펑 내쏟았다.

앞으로 다가오는 길, 자기가 지금 거닐고 있는 길이 어디가 어딘
지 분간조차 할 수 없었다. 그러나 그는 잠시인들 한 자리에 머물러
있고 싶지는 않았다. 무턱대고 아무 데든 가릴 것 없이 마구 발을
옮겨 놓았다.

이러면서도 그는 박 총령을 마음 속으로 그리기에 온갖 노력을 다 하였다. 하지만 떠오르는 것은 얼굴도 잘 짐작이나마 할 수 없는 꿈 속에서 대하는 부처와도 같은 희미한 영상에 불과한 것이었다. 그는 박 총령의 뚜렷한 그 야무졌던 인상을 왜 똑바로 외이지 않았던가 하고 자기를 스스로 미워하였다.

그는 어쩌면 그러한 박 총령의 모양을 지금 자꾸만 파묻혀 버리는 자기의 생각 속에서 찾아 낼 수 있을 것이냐고 애를 부등부등 쓰며

「어쨌든 정가 놈은 그냥 둘 수 없다.」

하고 또한 단정을 내렸다.

이와 함께 정 진사의 모양이 떠올랐다. 그것은 너무나 확실하였다. 바로 전 자기에 대한 언어 동작 전부가 낱낱이 치밀었다. 장면 장면의 일거일동이 바늘 끝과도 같은 강열한 세력으로 자기를 흡수하여 버리는 것이다.

그는 골이 아프도록 머리를 되게 흔들어 대며

「놈은 죽은 놈이다……」

하고 부르짖으려 하였다. 허나 목이 잔뜩 가라앉아 있음을 트여 버릴 수는 없었다. 그러자 자신의 뺨을 철썩 후려갈기며

「놈은 죽은 놈이다……」

하고 소리를 애써 마구 터뜨려 놓았던 것이다. 그러면서 어ㅡ. 어ㅡ. 소리를 높여 울었다.

그는 떨었다. 자기의 이러한 곡성에 이번엔 무서움을 느꼈다. 그러자 이어

「난 역사가 아닌가?」

자문하여 보았다. 순간 그는 지금의 이러한 자기 태도를 옳고 그르다는 판정 이외의 입장에서 무턱대고 저주하며

「난 틀림없는 역사다.」

하고 부르짖을 수 있었다. 이와 동시에 문득

「그보다도 나에겐 살인殺人煞 끼어 있는지도 모른다…… 어찌 됐든 내 손에 어떤 놈이든 한 놈 죽어 없어져야만…….」

하는 생각이 부지중 뒤를 이어 치밀은 후에야 그는 비로소 마음이 후련하여짐을 깨달을 수 있었다.

十二

정 진사가 죽는다는 이튿날은 여유 없이 닥쳐왔다. 닭이 두 홰가 울기 조금 전 횃불이 춤을 추는 동학당 수도장에서는 백여 명의 군인들이 모여 앉아 아침의 기도를 올리려 하였다. 그들은 박 총령과 나란히 앉아 있는 황무영의 모양을 발견하고 신기한 시선을 쏘고 있었다.

기도를 올리기 바로 전 박 총령은 황무영 역사는 이제부터 하늘의 이치에 따라 이곳 부 총령으로서 우리들과 손잡고 일을 하게 되었다고 소개 겸 선언을 하고 기다란 칼과 방망이를 주었다. 그러자 그들은 일제히 환영한다는 의미에서 「와ㅡ」 소리를 질렀던 것이다. 황무영은 그것을 받아 자기 옆에 놓은 다음 잠자코 있었다.

그러자 또한 박 총령은 앉은 채로 말을 이어

「그런데……당신들의 피를 빨아 먹던 즉 우리 평민에게 수많은

억울함을 줘 오던 정가에 대하여는 드디어 오늘로서 최후의 결단을 내리기로 하였습니다. 이는 부 총령의 결의에 의한 것이니 지금 기도가 끝나면 전원은 즉시 조금도 주저치 말고 나의 지시에 의하여 무기를 들고 이 부 총령과 출동해서 잡아 올 것입니다…….」

하자 그들 중에서는

「황 역사! 우리 부 총령 와─만세萬歲.」

하는 소리가 군데군데서 일어났다.

그러나 황무영의 귀엔 그 소리가 죽어가는 모기 소리만큼도 잘 들리지 않았다. 오직 그는 무슨 열병에나 걸린 것 같이 몸이 자지러들을 뿐이었다.

「그러면 기도를 드립시다.」

박 총령은 엎드려 머리를 숙이자 전원은 다함께 따라 상반신을 꾸부렸다. 황무영도 따라 하였다.

「하늘이 시키신 바요…… 신명이 도와주신 바로…….」

하는 박 총령의 발언이 있자 여러 군인 전부는 이에 다 같이 따라 외쳤다. 이에 황무영도 따라 소리를 힘껏 지르려 하였으나 웬일인지 목이 답답하기만 했다.

다음 군인들의 소리가 끝나자 박 총령은

「다 같이 이 세상에 태어난 우리 인간들은 살아 나가는데 다 함께 평등하여야 하고…….」

이때다. 어디서인지 멀리서

「탕!」

하는 총소리가 났다, 이어 또

「탕! 탕!」

전원은 깜짝 놀랐다. 박 총령은

「무슨 소리냐? 관군 아니냐?」

하며 벌떡 일어나려던 바로 전이었다.

황무영의 머릿속엔 번개가 홱 스쳤다. 그 총 소리는 너무나 귀에
익은 것이었기 때문에 그의 몸은 떨렸다.

이와 함께 박 총령의 호된 야무진 음성이 떨어지자 순간

「퍽!」

소리와 함께 박 총령 그는

「으윽!」

하는 비명을 내며 그 자리에 그만 쓰러지고 말았다.

황무영은 솟았다. 다시 한 번 날았다. 그의 손엔 언제부터인지 피
묻은 방망이가 뛰고 있었다. 그의 마음은 자기도 몰랐다. 오직 「나
에겐 용꿈이 있다」는 생각을 억지 쓰듯 소생시키려 애쓰며 미친 듯
날뛰었다.

「이놈들!…… 내가 누군줄 아늬? 응? 너희들 명이 아깝거든 꼼짝
말라!」

하고는 뒤이어

「나에게 뺏나갈려는 놈은 당장 일어서 보랏!……」

하며 또한 솟아오르며 다리를 굴렸다.

일어나는 사람은 없었다. 다만 그들의 검은 머리는 그저 숙여진
채 있었고 그 머리끝에 달려 있는 조그만 상투만이 유난스레 마구
흔들렸다. 그러나 당황히 꼬리 치는 횃불은 그것을 그대로 드러내

어 밝히지는 못 하였다.

「탕! 탕!」

총소리는 점점 가까워졌다.

얼마 되지 않아 관군은 닥쳤다. 그리하여 정 진사가 죽어야할 두 번째 닭이 울은 얼마 후 이곳 동구에서 멀찌감치 있는 장터로 뚫린 큰 길 옆 개천 둑에서는 때 아닌 요란스러운 잡음이 근방 일대를 진동하였다. 이 소동은 때가 자꾸만 지나도 여간해 그치지 않았다.

이윽고 금봉산 봉우리 위에 낫 동강이 같은 달이 걸리자, 그것은 박 총령의 시체가 여러 동학군들의 돌팔매질로 묻히고 있었다.

十三

십여 년이 헐 쓱 지난 어느 해 가을이었다. 그때도 역시 농촌은 연 중에 제일 바빠야 될 추수기를 맞이하여 나날이 무르익어 가는 햇곡식을 거둬들이기에 사람들은 눈코 뜰 새 없었다. 논과 밭에는 상상하던 그대로 힘찬 청장년들이 움직이고 있었다. 여인들은 겨울 준비의 집안일로 밖의 출동이 드물었고, 혹간 있어야 그들은 들에서 일하는 남자들의 밥을 이고 가는 모양이 나타났다.

어느 날 아침 이곳 동구에서 멀찌감치 떨어져 장터로 통한 큰 길 위엔 두 사람의 모양이 나란히 보였다. 그것은 환갑이 가까워 가는 남자 노인과 불과 팔구 세가량 되어 보이는 역시 사나이 어린이었다.

이때 소년은

「아버지 저게 뭐야?」

하며 길 옆 돌더미를 가리키며 그 위에 수많이도 널려 있는 조그마
하고도 밝은 열매가 보기 좋게 널려 있는 것을 보고 물었다.

　그와 함께 노인의 시선은 그곳으로 옮겨졌다. 그러나 그 즉시

　「아무것도 아니다.」

하며 다시 외면을 하였다.

　「저 빨간 열매 말여?」

하고 소년이 궁금한 안색으로 재차 물으며

　「저거 우리 뒤란에도 있는 구기자 아니여?」

하자 노인은 약간 이번엔 상을 찡그리며

　「그래 구기자다.」

하였다.

　「아버지 좋아하는 거지? 저걸 먹으면 오래 산다고 좋아하는 거
지? 내 따올까?」

　이러한 소년의 말이 나오자 노인은 이번엔 놀란 듯이 허둥지둥

　「에이 지지! 고만 둬!」

하고는 더욱 외면을 하며 걸었다. 그러면서 다시 아들의 의아한 눈
과 마주치자 그는

　「저것은 드러운 거다…… 저기에 우리나라 도적놈이 묻혀진 데
다.」

하였다.

　「나라 도적놈?」

　「글쎄 그만침만 알어 둬…….」

　노인의 마음은 심상치 않았다.

그는 곧 황무영이었다. 그는 다시 지난날의 자기와 관련된 역사를 그때 자연히 회상하며 심중한 생각에 잠겼다. 그는 현재 이렇게 살고 있는 것을 깨닫자 자기가 만약 그때에 동학군이 되었다면 역시 박 총령 같이 죽어 없어져 고혼이 되어버렸을 것이 아닌가 하고 또한 깨달아졌다. 생각만 해도 참으로 섬뜩한 일이었다. 그때의 일을 못 보고 죽었을 것이다.

「이게 다 마련이지……。」

그는 이렇게 혼자 속으로 중얼거렸다. 순간 또한 잊으려 해도 잊을 수 없는 자기의 용꿈이 생각나지자

「이렇게 살고 있는 것이 바로 그 꿈 덕택인가?」

하고 자문하여 보았다. 그러나 아무리 따져 보아도 그것은 장수長壽에는 상관 없는 꿈이었다.

그는 과연 자기가 그렇게까지 바라 오던 벼슬은 못하고 말았던 것이다. 현재 자기가 하고 있는 동리 구장은 벼슬이 아닌 것만은 너무도 잘 알고 있었다. 동학군이 패망한 후 벼슬이 되려던 적도 있었으나 그것이 성취되기 전 나라는 일본에게 먹히고 말았다. 그러자 그는 일본 말도 모르는 자기를 돌보자 벼슬에 대한 의욕은 자연히 청산할 수밖에 없었다.

그리하여 자기의 입신출세는 그만 단념하고 젊은 첩을 두어 이렇게 아들을 낳았던 것이다.

지금 황무영은 이러한 생각 끝이면 종종 하는 말로

「애 접용接龍아! 네가 어째 접용인지 아니!……」

하고 물었다.

「뭐 아버지가 용꿈 꾸고 낳았대서 그렇지…….」

「옳지 아아무렴…….」

노인 황무영은 아들의 말이 한없이 대견하였다. 이럴 때면 또한 그냥 있을 수 없는 버릇으로 말을 이었다.

「넌 나중에 크게 될 사람이다. 알았니? 접용아! 넌 꼭 크게 돼…….」

嘆息

R은 바로 전 K에 대한 자기의 미약한 태도에 대하여 기분이 좋지
못했다. 그렇게까지 앞으로는 K와 아주 일전 한 푼의 돈 상관이나
말도 하지 말자던 요즈음의 결심이 허무하게도 수포로 돌아가고야
마는데 그는 적잖게 스스로 자기를 미워하지 않을 수 없었다.

「나의 마음을 내가 조정치 못한데서야 어디 앞날을 기대할 수 있
을까?……」

그는 이렇게 자문自問하며, 한숨을 들이쉬고 내쉬었다. 그러자 과
거에 있어서의 K와 자기와의 관계가 자연 연상되었으나 그는 즉시
머리를 마구 뒤흔들어 그런 생각을 물리치려고 애썼다. 그와 함께

「과거가 소용될 배 뭐 있느냐? 현재 나에게 K는 해독을 끼치는
존재에 불과하다.」

하고 이렇게 혼자서 부르짖었다.

그러자 그는 또한 한숨을 내쉬었다.

R은 모리배였다. 불과 일 년 전만 하더라도 점심 한 끼 얻어먹기에 K와 동일하게 힘이 들었던 빈곤한 처지에 있던 그는, 재운財運이 뻗쳤다 할까 현재에 있어서는 오백여만 원의 거액이 그의 수중에서 놀고 있었다. 그는 현재 밀수출 기능자技能者의 한 사람이었다. 북조선으로 쌀을 몰래 가져갔다. 광목도 가져갔다. 또 인삼도 그리고 그곳에서는 해산물, 종이 등을 가져왔다. 이러기를 몇 달 동안 하고 보니, 그의 재력은 나날이 늘어갈 수밖에 없었다. 이와 같이 이에 따라 돈에 대한 착심도 나날이 높아갔다. 어떻게 하면 백만 원을 채울까, 어떻게 하면 오백만 원을 채워볼 수 있을까, 이런 초조로움은 그동안 그의 고민 전부였다. 이로 말미암아 현재의 고민은 어떻게 하면 좀 더 큼지막한 토대를 잡아온 시기에 거액을 한몫 쥘 수 있을까 하는 것이었다.

*

R과 K는 지극히 친밀한 친구였다. 어렸을 때부터 그들의 언어 행동은 한 몸 같았다. 그러기에 R은 자기가 돈을 처음으로 벌게 되었을 때 K에게 「우리의 경제적 해결은 이제야 되는가 보이」 하였다. 그 후 참으로 돈이 그의 수중에 들어왔을 때 그는 K에게 일류 요리점에서 한 턱을 냈다. 그리고 K가 만류하는데도 불구하고 삼천 원을 손에 쥐어주며 생활에 보태 쓰라 하였다. 그 후 며칠 안 되어 이천 원을 또 쥐어 주었다. 이십 여 일 후엔 K가 R을 찾아와서 배급 탈 돈

이 없어 이틀째나 못 팔았다. 생각하다 못해 왔다, 하여 힘이 있는 한 성의껏 진력할 터이니 자기를 써 달라고 청하였다. 이때 R은 돈 천 원을 주며 일자리는 좀 더 참아 주면 사업이 확대되는 대로 생각하겠노라 하였다. 그 후 K는 두서너 번 R에게 청하여 몇 백 원씩 가져갔다. 그럴 때마다 그는 늘 미안한 태도를 지었다. 그러면서 어서 일자리만 안정되면 이 신세를 갚겠노라 하였다.

　R은 날이 지나고 달이 갈수록 부쩍부쩍 재력이 융성하였다. 그리하여 현재엔 각 방면의 고급 인물들과도 교제를 하게 되었고 이에 따라 이후부터는 국외를 상대로 모리를 할 계획 중에 있었다. 그러나 이즈음을 와서는 찾아오는 K가 이상하게도 보기 싫어졌다. 그는 K를 생각할 적마다 머리를 절레절레 흔들 만큼 그를 비참하고도 무능한 인물로 인정하고야 말았다. 그보다 K에게 동정을 실연하는 것이 자기로서 할 의무가 어디 있느냐 싶었다. 일도 같이 할 수 있는 처지인데다가 그의 생활을 보조함은 무의미한 일이었다. 이럴 적마다 R은 탄식하였다. 그것은 자기의 남을 동정하는 현재의 마음을 없애지 않으면 어떻게 돈을 벌 수 있을까, 그것도 나중에 자기가 이(이득) 될 것 같다면 또 모르겠다.

　「티끌이 모여 태산이 된다」고 전해오는 말은 혼자 마음 속에서 때론 긍정하게끔 된 그는 앞으로 K가 돈을 구하러 올 때는 이것을 어떻게 물리치리라 생각하고 굳게 맹세하였다. 그런데 바로 전 K가 와서 삼백 원만 돌려주었으면 감사하겠노라 하였을 때 주저주저하다가 결국에 되어서는 자진하여 내놓고 마는 것이다. 그는 지금 다시 한 번 탄식을 하였다, 그럴수록 K만 생각해도 기분이 나빠졌다.

「K는 어쨌든 비굴한 존재다. 동정도 한두 번이지.」그는 다시 이제부터는 어떤 경우에 부딪치더라도 절대 용납하지 않으리란 마음을 더욱 굳게굳게 뭉쳤다.

＊

십여 일 후였다. K가 또 찾아왔다. R은 몸이 불편한 양 드러누워 마음을 단단히 도사렸다. K는 R에게 일을 또한 독촉하였다. 이에 R은 아직 잘 되지 않는다 대답하였다. 그는 초조로웠다. 조금 뒤 K는 머뭇머뭇하다 어린아이의 병으로 급히 돈 삼백 원이 필요하니 어쩌면 좋겠느냐 하였다. 자기도 모르게 「가만있어!」소리가 나왔다. 그리고는 조금 뒤 마음을 안정시킨 후 요즈음엔 사업에 돈을 전부 들이밀어 한 푼 없노라 얼굴을 몇 번이나 붉히며 간신히 거절하였다.

K가 물러간 후 R은 안심한 나머지 한숨을 토하였다. 그리고 그때의 자기태도가 부자연했던 것을 생각해 내자 「그까지 일쯤을 이렇게 힘을 들려야 되다니…… 어쨌든 나는 돈 벌 놈이 못 된다…… 으흐흐…….」그는 또 탄식을 하였다.

爆笑

그들 부부는 막 조반朝飯을 마쳤다. 날은 역시 무더워 햇볕은 열어젖힌 창을 통하여 조그만 한 칸 방을 온통 흡수하였다.

남편 되는 범규는 부채질을 하며 책상에 기대어 앉아 앞에 쌓인 책을 바라보고 있다. 아내 되는 란은 바로 방에 붙은 문간에서 자기들이 치루고 난 밥상을 치우고 있었다. 그러면서 흘끔흘끔 남편 쪽으로 시선을 몇 번이나 돌린다.

「오늘은 또 무슨 책이 행차를 하나요?」

쾌활한 음성은 아니었다.

범규는 잠자코 있었다.

란은 일 년 가야 한 장의 독서나마도 안 하면서 날이 갈수록 책이 줄어드는 데는 섭섭한 모양이었다. 그는 남편의 월급만으로는 도저히 생활할 수 없다는 것을 알아차렸다. 그러면서도 범규가 가끔가다 밤을 새우며 원고지와 씨름을 하면 그는 남편에 대한 어려움이 가실 때마다 병이 날까 무섭다고 한사코 말리는 것이다. 이에 범규는

「가만 있어, 돈이 생길 터이니…….」

하면, 란은 어느 정도 비웃는 낯으로

「돈이고 뭐고 다 싫으니 제발 고만 둬요. 난 여지껏 원고 써서 가져 왔다는 돈은 보지도 못했지만 바라지도 않아요. 언제나 쓸 때는 돈이 금방 들어 올 것 같이 서둘러대지만, 써 놓은 건 양편 서랍에 첩첩이 쌓였으면서도 무엇이 하나나 발표된 것도 없으면서…….」

하는 것이었다.

그럴 때면 범규는 화가 벌컥 치밀어 한참 놀리는 펜을 멈추는 것이다. 그저 아내의 말이 옳음을 느끼지 않을 수 없었다. 사실 그는 이제껏 아내를 속여 온 셈이다. 원고를 쓸 때 그는 고료稿料를 목표로 쓴 적은 거의 없으면서도 시골 있을 때 구차한 살림을 안 했던 아내가 서울로 따라 올라와 점심도 제대로 먹지 못하는 처지에 있기 때문에 조금이라도 위안이나마 해주자는 데서 그런 말을 내놓게 된 것이었다.

이렇게 범규가 가만히 앉아 있으려면 란은 바로 전 자기가 한 말에 대하여 후회를 하였다. 남편의 성미가 날카로움을 그제서야 깨달은 것이다.

그들이 시골서 같이 지낼 때에는 둘 사이에 지극한 애정은 불행히도 가져 보지 못했었다. 그보다 남편은 곧잘 아내에게 이별을 청하여도 보았고 때로는 강요도 하여 보았다. 그러자 해방이 되고 남편은 혼자서 서울로 올라 와 취직을 하고 일 년 동안이나 자취 생활

을 하였다. 그간 시골에 남아 있는 아내 측에서는 비난이 자자하였다. 그것은 누구의 입에서 나왔는지는 모르나 현재 범규는 어떤 조그마한 여자와 살림을 시작하고 있는 중이라는 소문이 돌았기 때문이었다.

이와 함께 그의 처자와는 일 년 내 통신이 두절되고 말았다. 물론 란에게서도 오직 한 번 인편에 근무처로 인삼 한 재를 보냈을 뿐 편지 조각 한 장 없었다. 범규는 범규대로 이런 헛소문으로 이루어진 험악한 처지에 대하여 과히 불안을 느끼지도 않았다. 그보다 일종의 상쾌함을 맛보며 아무런 연락도 없이 혼자 웃고 지냈던 것이다.

그때의 그는 사실 숙원이 달성된 것 같은 승리감을 가졌고 이에 따라 풍설대로 조그만 여자와 동거 생활을 하고 있거니 하는 태도를 지니고 있었다.

그러자 봄도 여름도 지나고 또한 가을도 지났다. 엄동이 닥쳐왔다.

범규는 혼자서 어쩔 줄을 몰랐다. 그는 아침, 저녁을 하여 먹기에 혼자서 짜증을 내기 시작하였다. 근무처에서 어두워질 무렵 벌벌 떨면서 거처하는 곳이라 찾아들어 방문을 열라치면 무슨 마굴을 연상하리만큼 음울하였고 한산하였다. 그러면서도 그는 불도 때지 않았다. 있는 대로 셔츠거니 외투거니 이불과 요에다 겹쳐 깔고 잠을 잤다. 위에 덮여진 것이 너무나 무거워 가슴이 갑갑하였다. 그러나 덜덜 떨리는 것만은 밤새도록 가시지 않았다. 간신히 몇 시간 눈을 붙였다. 아침에 깨면 바로 근무처의 난로가 그리움을 물리칠 수 없었다.

그는 아침도 안 해 먹고 곧장 십여 리가 넘는 근무처로 달렸다.

그곳에서 물을 데워 세수를 하였다. 그리고는 외상 주는 식당에서 식사를 하였다. 이러기를 월여 간 월급은 고스란히 식당으로 날아갔다. 다 가고도 부족이다. 그는 자취를 한다 해도 무엇으로 당면한 한 달을 지나는지 모르는 경제적 곤궁에 부딪치고 말았다. 그러나 본집으로 돈 보내라고 청할 수는 없었다. 그는 고집이 센 편이었다. 그는 열네 살 적부터 해방 직전까지 사뭇 낭비를 하여 왔다. 집 어른들은 비용을 요구할 때마다 강경한 태도로 나왔다. 그러면 어릴 적에는 몸부림을 쳤고 따로 살림할 때에는 반은 절교를 하다시피 한 달이 지나도록 지적인 집에를 찾지 않았다. 이럴라치면 드디어 할머니가 돈을 갖다 쥐여 주며 금시 아버지가 주어서 가져 왔다는 말대신 자기가 몰래 가져 왔노라 하였다.

해방 후 그는 굳게 결심하였다. 과거의 난잡한 행동에 대하여 회개를 하였다. 그리하여 서울로 올라온 후 직업을 갖게 되면서부터 일체 경제적 요구를 집에 안 하기로 작정하였다.

이런 중이라 그는 갖은 고초를 받으면서 추위와 싸우지 않을 수 없었다.

음력 섣달이 닥쳐왔다. 범규는 할 수 없이 어떤 선배의 후의를 입어야 되었다. 그리하여 식사는 그 선배 집에서 신세를 지기로 되었다. 한편 선배에 대한 미안한 감은 나날이 높아갔다. 그는 또한 불안하였다. 이러한 때 뜻하지 않게 시골 본집에서 참말 의외에도 전보가 왔다. 그것은 그의 아버지로부터였다.

「…… 오는 ○○날 네 처자를 보낸다……」

그는 당황하였다. 너무나 아버지의 태도가 급격적이었다. 그러나 이에 항거할 수는 도저히 없게 되었다. 그는 얼떨결에 살림할 방을 얻을 터이니 조금만 기다리라는 전보를 쳤다.

그러자 며칠 후 또한 뜻밖에 처가에서 봉송 한 뭉치가 당도하였다.

그는 쓴웃음을 맛보지 않을 수 없었다. 그와 함께 현재 자기의 처지가 너무나 가련함을 느꼈다.

그는 드디어 얼마 후 살림을 시작하였다. 이와 함께 집에서 월급으로 살림을 할 수 있느냐는 문의가 왔다. 이에 그는 살림할 수 없으면 어떻게 하겠느냐고 반문하였다. 그랬더니 살림하는 이상 집에서는 굶을지언정 조금이나마 보조할 의사가 있다 한다. 그는 자기로 인하여 집에서 전과 같은 생활체계를 세우지 못함을 다시금 잊을 도리는 없어 염려 말라고 하였다.

이래서 겨울을 나고 봄 한철을 지났다. 그들은 궁색함을 겪지 않을 수 없었다. 란이가 한 달이 못 가서부터 완연하게 쇠약해감을 그는 깨달을 수 있었다. 살림하기 시작한 초등에 그는 란에게 별반 이야기를 하고 지나지 않았다. 이에 따라 란도 범규의 눈치만 살피기에 여념이 없었다. 그러면서도 어딘지 모르게 안심하는 빛을 그의 얼굴에서 찾아 볼 수 있었다.

어느 때인가 범규는 술이 얼근히 취해서

「감상이 어때?」

하고 물어 보았다.

「……」

그랬더니 한참만에

「좋지요 뭐……」

어색한 어조로 이렇게 대답하였다.

「이렇게 고생을 하면서도……」

「고생은 해도 마음은 전보다 편하니까요.」

하며 가늘게 웃었다. 그런 조금 후 란의 얼굴엔 눈물이 어리었다. 범규는 처음으로, 가다 처음으로 아무 말 없이 손으로 눈물을 씻어 주었다.

이런 후부터 란은 훨씬 쾌활하여졌다. 범규가 말을 하지 않고 있어도 곧잘 먼저 말을 걸었다. 그리고 전 같으면 감히 하지도 못할 남편에 대한 불평도 말하며 좋아하였다.

「당신은 아마 재주가 한 푼어치도 없는가봐…… 원고를 그렇게 많이 쓰면서도 발표를 못 하는 것 보면 머리가 아주 맹탕인가봐……」

또는

「그런데 시골에 있을 때는 어데를 가나 당신이 제일 잘 생긴 줄만 알었드니 서울 와 보니까 당신보다 갑절 더 잘생긴 이가 드그르르 하구면요.」

또

「당신도 진작 기자 좀 그만 두고 우리 아버지 같이 군수 노릇이나 했으면 좋겠어…… 나 호강 좀 하게……」

그리고는

「참 당신 집도 딱하긴 하우, 아들이 둘인가 셋인가 오직 하나 당신밖에 없는데 글쎄 그만 두라 했다고 고추가루 한 봉지나마도 안 보내니…….」

이런 말을 간간히 늘어놓았다.

이럴 때 범규는 자신도 모르게 불쾌감을 금치 못하는 것이었다. 그는 금시에 란이가 보기도 싫어진다. 따라 자연히 과거와 같은 태도로 변하지 않을 수 없었다. 그리하여 자연 불쾌한 눈초리가 상대편 온몸에 덮여지는 것이나, 란의 후회하는 초조로운 안색과 먹고 살기에 쪼들린 야윈 모양에 그는 현재 지니고 있는 심정을 청산하고야 말게 된다. 이럴 때면 그는 반드시 자신도 모르는 사이에 한숨을 토하였고 억지로나마 아내에게 정다움을 주려고 노력 하는 것이었다.

밥상을 치루고 난 란은 책을 또 팔아야 한다는 데는 섭섭한 모양이었으나, 친정아버지에게 사위로서 편지를 한 번쯤은 하여야 된다고 남편의 기색이 괜찮을 때마다 몇 달째 틈틈이 졸라 오던 것이 성취되었다는 데서 쾌활하여진 중이었다. 그러나 이 쾌활은 범규의 거짓말로 인하여 생겨진 것이다. 그는 너무나 아내가 부탁하는 까닭에 할 수 없이 쓰지 않은 편지를 어제 부쳤노라 하였다. 그러나 란은 그것을 믿었다. 이런 중이라,

「그래 오늘은 무슨 책이요?」

하면서 서슴지 않고 범규의 옆에 앉더니

「사나이가 딸린 식구 입구입도 못 시켜 책을 팔면 어찌 돼요…….」

한다.

이때 그는 또한 터져 나오는 분격을 참지 못했다. 이러한 란의 언사와 전에 보지 못하던 당돌한 행동이 미웠다. 이와 동시에 그는 옆

으로 머리를 홱 돌려 정면으로 란을 뚫어지게 쏘아 보았다. 란은 그적 당황하여졌다. 그러면서 그곳을 피하여 일어서는 것이다.

그러나 오늘따라 범규는 이러한 란의 태도 전부가 미워짐을 참지 못했다.

그와 함께 살림 후 여적 지니어 오던 란에 대한 자기의 태도를 후회하는 한편 또한 살림한데 대한 환멸을 느낀 순간, 부지중 움켜쥐어진 두 주먹을 떨며 후다닥 일어서려 하였다.

이때다. 문간이 찌르르 열리는 것과 함께 인기척이 나고 이어 방문이 활짝 열린 사이로 처음 보는 십사오十四五 세쯤 되어 보이는 소녀가 나타난 것이다. 범규와 란은 잠시 놀랐다. 그 소녀 손에는 커다란 바가지가 쥐여 있었다.

「밥 좀 주세요…… 이북서 온 전재민이에요…….」

가느다란 음성이나 또렷또렷하였다.

그들 부부는 잠시 그냥 있었다. 그랬더니 소녀는 의외에도

「야?…… 밥 좀 주세요…… 야?…… 밥 좀 주세요…… 야?……좀 주세요…… 야?……밥 좀 주세요……야?……」

하는 구걸의 소리를 수 없이 열 번이고 스무 번이고 연달아 중얼거리는 것이다.

범규는 당황하지 않을 수 없었다. 란도 잠시는 남편과 마찬가지로 역시 당황한 태도로

「글쎄 밥이 있으면 좋겠으나 원래 우리는 점심을 안 먹고 아침도 지금 다 먹고 난 후인데…….」

하고 말을 하였으나 소녀는 들었는지 말았는지 거의 무표정으로

역시

「네?…… 밥 좀 주세요……네?…… 밥 좀 주세요……네?……」

쉴 사이 없이 한 모양으로 연다는 것이다.

범규는 가만히 앉아 소녀만 바라보고 있었다. 란도 넋을 잃고 바라보며 어쩔 줄을 몰랐다.

이러기를 근 오 분이 지나 십 분이 가깝게 될 무렵 소녀는 눈을 내려 뜬 채 방 안과 문간을 슬그머니 살피더니 그 지루하게도 무턱대고 연달던 소리를 똑 그치자 생긋 웃음을 입가에 품는가 하였더니 곧장 문밖으로 달아나다시피 나가는 것이다.

범규는 알지 못하는 사이 살림한 이후 가다 처음으로 웃음을 참지 못하였다. 그는 급기야 배창수에 온 힘을 주어가며

「하하하하하……」

마구 연달아 토하였다.

정신없이 소녀에게 마음을 빼앗기고 앉았던 란은 별안간 터진 남편의 폭소에 깜짝 놀라 금방 울상으로 변한다.

범규는 아내의 그 울상이 또한 신기하였다.

그리하여 이어

「하하하……」

그는 더욱 커다란 음성으로 웃어젖혔다.

아내는 더욱이 당황하면서도

「오늘따라 무엇이 그렇게 좋와요?」

남편의 처음 웃는 웃음소리에 란은 무서운 한편 즐거운 것 같기도 해서 이렇게 물으며 웃음까지 띠웠다, 그러면서

「그 여자가 그렇게 좋게 보여요?」

한다.

「아암, 그보다 당신의 웃음이 그 여자와 아조 똑같구먼……」

　범규는 다시 웃어젖혔다. 그와 함께 그는 란의 손을 잡아 당겨 부들부들 떨리는 두 손가락 위에 소중히 올려놓으려 애썼다. ✦

홍구범 단편소설의 문학적 효과

권희돈(교수 · 평론가)

1) 홍구범 작품 활동 시기와 독자의 반응

홍구범은 1923년 충북 중원군 신니면 원평리에서 태어나, 1950
년 8월 행방불명(납북 아니면 피살 된 것으로 추정)된 작가이다. 그
가 주로 작가로서 활동한 시기는 1946년부터 1950년 한국전쟁 발
발 직전까지 즉 광복기[1]이다. 〈민주일보〉와 〈민중일보〉 등의 기자
직을 역임하였고, 모윤숙, 김동리, 조연현과 함께 문예지 《문예》를
창간하였으며, 우익 진영의 청년문학가협회 중심회원으로 활동하
였다. 그의 작품 활동은 화제작 제조기란 별명을 얻었을 만큼 뛰어
났다. 소설, 수필, 평론, 꽁트, 시나리오, 동화 등 짧은 기간에 다양
한 장르를 열정적으로 생산해냈다. 그중 단편소설의 창작이 뛰어났
으며, 그의 수필 「작가일기」는 교과서에 실린 바 있다.

그러니 그의 작품 대부분이 당시의 잡지들에 산게되어 있고, 그

잡지들이 소실되었거나 훼손이 심하여 그의 작품을 찾아내기가 어려운 실정이다. 이런 까닭으로 이번 작품집에서는 해독이 가능한 단편소설만을 모아서 묶어낸다.

광복기는 일제 강점기의 문화유산 청산과, 새로운 국가 건설이 절실히 요청되던 시기였다. 그럼에도 좌·우 이념의 대립이 노골화되면서 두 개의 국가로 양분되어 마침내 민족분단의 비극을 낳고 말았다. 문단의 경우도 이와같이 치열한 대립과 냉혹한 분리의 과정을 거친다.

시대의 불행한 흐름 속에서도 문학 특히 소설은 상당한 성과를 거두었다. 이태준의 「해방전후」, 김영수의 「혈맥」, 염상섭의 「삼팔선」, 김동리의 「역마」, 황순원의 「목넘이 마을의 개」, 허준의 「잔등」 등은 이 시기의 작품으로 안정적인 평가를 받아오고 있다. 이들 작품 외에 일제 강점기 치하의 체험을 회한의 심경이나 속죄의 관점에서 쓴 고백체 소설은 이 시기의 특기할 만한 소설적 지형이다. 이광수의 「나」, 「나의 고백」, 김동인의 「반역자」, 「망국일기」, 채만식의 「민족의 죄인」 등이 그 예이다. 이들에 비하면 홍구범은 이제 막 문단에 나온 당시의 신세대 작가였다.

뒤에 살펴보겠지만, 그의 단편소설은 치밀한 구성을 중시하는 예술성 높은 작품들이다. 그는 단편소설의 예술성을 살리는 데 창작가로서의 정신을 집중하고 있었던 것으로 보인다. 가장 왕성하게 작품을 발표했던 1949년, 문인들의 '송년단상'의 면을 보면 그는 짧은 지면에도 '구성공부構成工夫'[2]를 했다는 내용을 적고 있었으며, 장편소설에서도 작가가 독자에게 직접 말을 걸어 자신의 작품이

스토리 중심이 아닌 플롯 중심의 소설임을 알려주고 있다. 이를 보면 그가 얼마나 소설의 구성에 대하여, 즉 소설의 예술성에 대하여 깊은 관심을 가진 작가였는가를 미루어 짐작할 수 있다.

홍구범 소설에 대한 당대의 반응도 대체로 이러한 점에 초점이 맞추어져 기술되고 있음을 알 수 있다. 가령 1949년의 상반기 혹은 상하반기 문단을 정리하는 글을 보자.

"상반기의 작단에서 기억되는 작품들에 대하여 언급하겠다 ······ 홍구범씨의 「창고근처 사람들」, 「서울길」, 「귀거래」 3편은 모두 역작이다. 그 치밀한 객관묘사에 있어서나 대화의 리얼리티에 있어서나 주제의 심도에 있어서나 작가적 역량으로는 의심받을 여지가 없다. 특히 「창고근처 사람들」에서 볼 수 있는 그 정확한 산문정신이 종래와 같은 객관묘사에 그치지 않고 주체에 대한 농후한 의욕을 보여 준 점에 있어 민촌·남천·설야에서 분명히 일보를 전진시켰다."[3]

김동리는 홍구범의 세 작품을 치밀한 묘사와 현실감 있는 대화 그리고 심도 있는 주제를 살린 역작이라고 평가한다. 그리고 나서 「창고근처 사람들」의 경우는 이기영, 김남천, 한설야의 소설을 뛰어넘는 산문정신을 구현했다고 평하고 있다.

당시 비평을 주로 담당했던 조연현의 경우에는 홍구범 소설에 대한 평가의 횟수도 많을 뿐더러 평가도 보다 구체적이다.

"······금년도에 들어서 홍구범씨가 「서울길」, 「창고근처 사람들」, 「귀거래」, 「농민」, 「전설」 등 모두 백 매가 훨씬 초월하는 다섯 편의 역작을 연속으로 내 놓았다 ······ 금년도의 창작계에 가장 무게 있는 작품 활동을 연속한 유일한 작가다. 이 작가의 객관묘사와 인물에 대한 흥미는 이미 정평이 있는 것이며, 대화의 독특한 활용도 이 작가의 주목할 장점의 하나가 되어 있다……"4)

"……홍구범씨는 작품을 발표하기 전에 이미 김동리씨로부터 '장차 조선의 발작'이 될 것이다, 란 평가를 받은 작가다 …… 평범하고 상식적인 사물 속에서 비범하고 상식을 초월한 인간의 윤리 문제를 취급……"5)

"……그러나 이것은 그의 지적 우월에서 나오는 포오즈가 아니라 그의 생리적인 선천적 자세인 것이다. 그의 싱겁게 넓다란 얼굴과 함께 나의 반발만을 도발시키는 이 작가의 이러한 범용한 평범성이 나에게 새로운 의미를 갖게 한 것은 삶의 의의나 근대정신이 가지는 모든 문제에 대한 이 작가의 철저한 무관심이 그러한 것과 반드시 무관계한 것이 아니라는 것을 새로이 느낄 수 있었던 때부터였다……"6)

인용문 3)에서 보는 바와 같이 조연현은 홍구범이 1949년도에 가장 무게 있는 작품을 내 놓았으며, 그의 작품은 객관묘사와 인물묘사에서는 이미 유일하게 정평이 나 있다는 정보를 제공하고 있다. 그리고 다른 잡지에서는 인용문 4)의 경우처럼 그의 작품이 평범 속의 비범함을 발견함으로써 홍구범 소설의 깊이 있는 이해를 갖기 시작한다. 이와 같이 조연현이 결정적으로 홍구범 문학을 바로 보기 시작한 것은 인용문 5), 즉 〈홍구범의 인간과 문학〉을 쓰면서부터가 아닌가 한다. 홍구범의 소설들이 인생문제나 근대정신에 무관심한 것 같으면서도 범용한 평범성 속에 모두 담고 있음을 새롭게 깨닫기 시작했다는 의미인 셈이다.

정리하여 말하면, 홍구범은 1949년 가장 무게 있는 작품을 다수 발표하였으며, 객관적 묘사와 인물묘사가 탁월했고 심도 있는 주제와 독특한 대화를 효과적으로 구사하는 작가였다. 뿐만 아니라 장차 한국의 발자끄로 대성할 재목인 동시에 평범함 속에 비범함을 담을 줄 아는 재능을 지닌 작가였음에 틀림없다. 물론 당시에는 신세대 작가로서 신인 취급을 받은 것이 사실이지만, 작품의 양으로나 질적인 면에서 어느 작가에 못지않는 역량을 발휘하였다.

그럼에도 불구하고 그 이후에는 그의 작품에 대한 반응의 기록을 찾아 보기 어렵다. 특히 1988년, 분단 45년 만에 납·월북 작가들의 작품이 해금되자 그들의 작품은 물론 광복기문단의 작품에 관심을 갖기 시작하였지만, 홍구범의 소설에 관한 연구는 아주 초보적인 단계에 머물러 있다. 그의 소설을 쉽게 구해서 읽을 수 없는 것이 가장 큰 원인이라 생각하여, 단편소설 열두 편을 모아보았다. 연구자뿐만 아니라 불특정다수의 독서대중이 관심을 갖고 독서의 대상으로 삼았으면 하는 바람이다. 아울러 문학사에 당당히 그의 이름이 올려지기를 또한 기대해 본다.

2) 홍구범 단편소설의 문학적 효과

(1) 역설의 효과

역설은 문학작품에서 가장 보편적으로 쓰이는 기법이다. 표면적으로는 불합리하고 모순적으로 보이지만, 이면적으로는 진실을 담고 있기 때문에 효과적인 기법으로 작가들이 즐겨 쓴다. 루카치가

'소설은 여행이 끝나자 길이 다시 시작되는 형식'이라고 단정할 만큼 소설에서의 역설적 효과는 거의 절대적이다. 이는 인생, 특히 타인에게 감동을 주는 인생이 역설적인 것과도 같다.

홍구범의 소설에서도 역설적 기법은 그의 모든 작품에서 첫눈에 들어올 정도로 지배적인 효과로 작용한다. 그의 등단 작품인 「봄이 오면」도 전적으로 역설적 형식(이하 구조로 칭한다)에 의존한 작품이다. 현진건의 「운수 좋은 날」의 역설적 구조와 닮아 있다.

초점인물인 순녀(13세)가 부모의 힘을 덜어주기 위하여 가게를 보고 있다. 그날 따라 손님은 오지 않고, 어머니는 학교를 보내달라고 떼를 쓰는 언니(순희)에게 매질을 한다. 광복이 왔다고 간도에서 조국을 찾아왔건만, 쌀 배급조차 나오지 않는 극도의 궁핍한 현실에서 학교에 간다는 것은 언감생심이다. 한참만에 어머니가 숙이의 어머니와 함께 배급받으러 갈 때까지 이와 같은 그악스런 광경이 펼쳐진다. 그런데 돌연 한 신사가 들어와 오징어 다섯 마리를 사가는 횡재를 한다. 순녀는 자신의 꾀로 오징어를 팔았다고 생각하며, 부모님이 들어오기를 기다린다. 그리고 봄이 오면 자기도 이웃집 숙희처럼 거리로 나가서 드롭프스를 팔아 부모님을 기쁘게 해 드리겠다고 다짐한다.

이 대목에 이르러서 독자는 일말의 불안을 갖게 된다. 초점화자인 순녀의 생각대로 봄이 오면 어떤 희망이 찾아오는 것이 아니라 오히려 불행이 찾아 올 것만 같은 불안이다. 물론 독자는 그렇게 사건이 진행되지 않고 희망적으로 전개되기를 바란다. 그러나 아무래도 순녀에게 횡재를 안겨 준 그 신사의 수상쩍은 행동거지와 아무 말 없이 들어온 아버지가 어머니와 은밀한 대화를 나누는 장면에 이르러, 그 불안의 정체가 밝혀진다.

"그럼 술 파는 계집애로 간단 말이오?"
"……그렇다고는 할 수 없지 …… 이름은 선술집이라 해도 식사도 겸해 영업하는 데니까……"

－「봄이 오면」의 하반부

순녀는 이 말은 귀에 들어오지 않고, 혹시 자기에 대한 칭찬의 말이 나오기만을 기다린다. 나중에 꼭 아버지에게 오늘 있었던 얘기를 할 것이라 생각하고는, 봄이 오면 숙이처럼 담배, 껌, 드롭프스, 사탕, 비누, 라이터 등을 들고 장사를 해서 부모님을 기쁘게 해 드리겠다고 몇 번이나 다짐하는 것으로 끝이 난다.

여행이 끝난 것이다. 이제 다시 시작되는 길은 독자의 몫이다. 봄이 오면 희망이 찾아오리라는 가설은 전폭적으로 전도된다. 봄이 오면 희망이 찾아오는 게 아니라 불행이 찾아온다는 사실을 알고 있는 독자의 가슴은 짓찧인다. 철부지 순녀가 '봄이 오면'을 반복하여 다짐할수록 독자의 아픈 마음은 더욱 고양된다. 그리고 삶이 곤궁하다 해서 자기 딸을 술집에 팔아 넘겨버리는 아버지와 어머니에 대해서 윤리적 책임을 묻게 된다. 더구나 그 딸은 그렇게도 학교에 다니고 싶어 하는 딸이 아니던가. 그렇게 학교에 보내 달란다고 해서 죽도록 매질을 하던 어머니가 아니던가. 또한 생존의 고됨에 처해 있는 인간세계의 비정함도 함께 체험한다. 이처럼 비정한 삶의 공간을 제공한 광복기, 뿌리 뽑힌 자(국가, 민족, 개인)의 삶이 또한 얼마나 비인간적인 수모를 당하면서 살아야 하는가를 상기시켜 준다. 독자에 따라서는 이러한 궁핍의 원인을 사회구조의 모순과 일제의 식민지 정치적 대립 등에서 찾아 작품이 남겨 준 길을 따라갈 수도 있을 것이다.

「봄이 오면」은 갈등 구조가 표면화되어 있지 않다. 큰딸과 어머니는 갈등을 일으키고는 있지만, 작품 내에서 해결되지 않는다. 그것을 작가는 그대로 독자에게 맡겨 버린다. 이 작품을 읽고 난 뒤의 통증이 그토록 심한 이유는 바로 갈등에 대한 해소를 독자 스스로 감당해야 하기 때문이다.

1948년 1월에 발표한 「폭소」도 역설적 구조를 잘 살려 효과를 본 작품이다. 이 작품은 제목에서 암시하는 바와 같이 역설적인 웃음이라고 해도 무관하다.

작가인 범규는 책을 팔아 끼니를 이어간다. 아내는 호구지책도 못하는 주제에 책을 팔면 어떡하느냐고 핀잔이다. 거기에다가 시골 살 때는 남편이 제일 잘난 줄 알았더니, 서울에 와보니까 남편보다 잘난 남자들이 수두룩하다고 부아를 돋군다. 현실에 대한 막막함과 아내에 대한 미움이 뒤섞여 주먹을 부르르 떨며 일어서려던 순간이었다. 이때 돌연히 이북에서 내려왔다는 소녀거지가 들어와서 십여 분 동안이나 막무가내로 밥을 달라고 구걸하다가는 방과 현관을 두루 살피더니 소리를 뚝 그치고 싱긋 웃으며 나간다. 범규는 갑자기 폭소를 터뜨렸다. 그 여자가 그렇게도 좋아 보이느냐고 놀란 아내도 웃음을 띠고 묻는다. 범규는 그보다 아내의 웃음이 소녀의 웃음과 똑같다고 하면서 다시 웃어젖힌다. 그리고 떨리는 손으로 아내의 손을 잡는다.

대체로 이러한 뼈대를 갖고 있는 「폭소」의 웃음에 담긴 의미망이 역설적 공간으로 자리한다. 즉 거지소녀의 웃음과 범규의 웃음 그리고 아내의 웃음이 모두 휑한 공간으로 남는 것이다.

첫째로 거지소녀의 웃음이다. 십여 분 가까이 구걸하다 정신 차리고 살림꼴을 보니 자신이 도와줘야 할 만큼 남루한 살림살이인지라 겸연쩍어서 웃는 웃음인 것이다. 이른 바 이상의 수필에 나오는 도적이 도심盜心을 잃어버릴 지경으로 가난한 집이었다고 판단된 집에 와서 구걸을 한 자신이 우습다고 느껴졌던 모양이다.

둘째로 범규의 웃음이다. 그는 자신의 현실적인 상황으로 보아 웃을 처지가 아니다. 지금까지의 아내의 말이나 현실적인 고통 때문에 큰 소리로 울어야 할 처지이다. 그런 상황에서 거지의 웃음에 비친 거울로 자신의 누추한 삶을 들여다보고는 너무도 기가 막혀 폭소를 터뜨린 것이다. 그리고 아내의 웃음을 거지의 웃음과 동일시한 것은 아내도 거지도 다같이 나를 보는 시선이 연민으로 가득 찼다는 의미일 것이다. 그래도 자신은 소설을 쓰네 하는 사람인데, 거지에게까지 웃음거리가 된다고 생각하니 더욱 기가 막힌 웃음이 나오는 것이다. 그러나 실제로 아내의 웃음은 갑자기 폭소를 터뜨린 상황에서 자신도 모르게 나온 웃음이다. 이렇게 「폭소」의 웃음을 밝힌 독자 또한 내내 웃음이 나온다. 울어도 시원찮은 상황을 웃음으로 역전시킴으로써 무거움을 가볍고 상쾌하게 처리하여, 독자에게 고통을 웃음으로 승화시켜 갈 수 있는 여유를 제공하는 소설이다.

「봄이 오면」과 「폭소」 외에 모든 작품에서 역설적 구조를 효과적

으로 살려내고 있다. 특히 해방 후 자위대 총무부장이 자신의 의도
와는 다르게 어머니의 장례를 치르는 「구일장」은 역설의 효과가 빛
을 발한 작품이다.

(2) 기대의 배반

소설은 독자를 기대케 했다가 배반하는 생리를 지닌다. 배반을
당하면서도 즐거운 것은 이 세상에 소설밖에 없다. 홍구범의 소설
들은 이러한 소설의 속성을 탁월하게 구사하였다. 즉 독자 속이기
의 솜씨가 능란하다는 말이 되겠다. 1949년 8월에 발표한 「노리개」
와 1950년 2월에 발표한 「어떤 부자」는 독자 속이기의 효과를 높인
작품들에 속한다. 먼저 「노리개」를 살펴보자.

남규는 누나 둘과 여동생 하나를 둔 외아들이다. 조부모와 부모
의 귀여움을 독차지한다. 그래서 요즘말로 하면 마마보이가 되었
다. 누이들과 여동생을 쥐잡듯이 하나 집안 어른들은 모두 남규의
역성을 든다. 그러나 울 밖을 나가면 아이들의 노리개감이다. 여기
까지가 「노리개」의 전반부이다.

독자는 정서적으로 남규에 대해 부정적인 감정을 갖게 된다. 너
무도 유약하고 자기중심적인 성격이기 때문이다. 그래서 전통적인
가부장제의 모순을 폭로하기 위한 폭로소설인가 하는 기대를 갖는
다. 즉 집안에서는 어른들의 사랑을 독차지하였지만, 밖에 나가서
는 사람 구실을 못하는 남규를 통해서, 가부장제가 법적 정서적 권
리를 사내에게만 부여하는 전통적인 가치관의 모순을 전개해 가리

라는 기대 말이다. 아니면 적어도 아들의 귀여움에 가려 구박만을 받던 딸들이 오히려 인생을 값지게 살아가게 함으로써 독자들에게 어떤 깨우침을 주려 한다는 기대이다.

그런데 독자의 그런 기대는 후반으로 갈수록 무너지고 만다. 남규는 자기를 노리개감으로 놀려대던 아이와 감히 대거리로 싸우기도 하면서, 점차 남규가 사회에 동화해서 꿋꿋하게 살아갈 수 있으리란 기대를 가능케 한다. 왜 이런 일이 가능했는가. 놀랍게도 유일하게 우정을 느꼈던 친구(영수)가 전학을 가면서부터 일어난 변화 때문이었다.

지금까지 남규는 사랑을 받을 줄만 알았지, 사랑을 줄 줄은 몰랐었다. 사랑을 받을 줄만 알았을 때의 남규는 남의 노리개감이 될 정도로 나약하고 어리석고 못된 성격의 소유자이었지만, 사랑을 주어본 경험을 갖게 되었을 때, 비로소 그는 사회의 한 구성원으로 자랄 수 있는 심적 바탕이 마련된 것이다. 받는 사랑보다는 주는 사랑이 한 인간을 얼마나 성장시키는가를 보여주는 작품이다.

「어떤 부자」도 독자들의 기대를 교묘하게 배반시키면서 효과를 거둔 작품이다. 필자가 '교묘하게' 라는 부사어를 사용한 이유는 이렇다. 이 작품은 윗물이 맑아야 아랫물이 맑다는 교훈적이고 모범적인 주제를 살리고자 한 소설이다. 이처럼 작가가 노골적으로 교훈성을 주제로 삼고자 하는 소설은 대체로 실패하기 쉽다. 윤리교과서나 일상에서 너무도 흔히 체험하는 내용이기 때문에, 좀처럼 새로운 인식세계를 열어주기가 힘들다. 그럼에도 불구하고 「어떤 부자」가 진부의 나락으로 떨어지지 않은 것은 독자 속이기의 기법이 효과적으로 작용했기 때문이다.

술주정뱅이인 아버지, 영근은 아버지가 싫다. 할아버지와 똑같은 감정으로 아버지를 대한다. 할아버지가 '이놈 너 죽고 나 죽자' 하면 따라서 '이놈 너 죽고 나 죽자' 할 만큼 아버지를 그런 존재로 생각한다. 이러던 중, 중학생이 되어 서울로 갔다. 그 후 채 석 달이 안 되어 할아버지가 세상을 떠났다. 외로움 때문에 울음으로 서울 생활을 하던 영근은 방학을 맞아 형편 없는 성적표를 받아보고 낙망한다. 아버지의 호통이 걱정이다. 서울서 머뭇거리다가 전보를 받아 집으로 왔다.

독자는 그 호통이 언제 떨어질까 영근이만큼 걱정을 하게 되어 있다. 그러나 독자의 기대와는 다르게 아버지는 침묵만을 지킬 뿐이다. 지금까지의 아버지에 대한 독자들의 사전 지식으로는 아버지는 아들의 성적표를 보는 순간 당연히 소리치고 고함을 질렀어야 했다. 그러나 며칠이 지난 후 어머니를 통해서 아버지가 통지표를 달라고 한다. 독자는 이제야 호통을 치려는가 생각한다. 역시 독자의 기대는 들어맞지 않고, 긴장감은 계속된다. 영근의 귀에는 아버지의 무서운 소리가 환청처럼 들린다. 그런데도 아버지는 어쩌다 마주쳐도 말이 없다. 이번엔 누이를 시켜서 산소에 가자고 한다. 영근이가 따라나섰다. 역시 침묵은 계속되는데, 갑자기 호통을 친다. 한숨을 쉬는 영근에게 '어린애가 벌써부터 한숨을 쉬면 되니?' 하면서 호통을 계속한다.

아버지의 호통은 여기서 끝나고, 독자들 또한 작가의 책략을 모두 알아차렸지만, 마지막 장면은 너무도 감동적이어서 인용해 본다. 피곤해 하는 아들과 함께 산골물이 흐르는 도랑가에 앉아서 아들에게 몇 마디 얘기를 들려준다.

> "……나 때문에 할아버지는 고생만 하시다 가셨다. 그렇지만 내가 지금 너 같았을 어릴 적엔 할아버지는 퍽 기대가 크셨지……"
> "우리 집안은 세칭 재주 있는 가문이라고까지 하는 것을 잊어서는 안 된다. 정신차려야지."
> "그리 덥지도 않은데 웬 땀이 그렇게 흐르느냐?"
> 이렇게 말을 한 아버지는 옷소매를 걷고 바로 눈 앞에서 흐르는 맑은 물에 손을 담거 가지고 아들의 낯을 씻어주는 것이다 …… 조금 뒤 아버지는 앞에서, 아들은 뒤에서 또 걸어가기 시작하였다. 얼마쯤 가다 아들은 불현듯 "아버지"하고 생후 처음으로 힘 있게 소리를 내었다. 아버지는 말 없이 아들을 돌아본다.
>
> – 「어떤 부자」의 말미 부분

아버지의 실추된 모습이 분명하게 회복되는 순간이다. 그리고 부자간의 정체성도 찾는다. 자신의 실추된 모습은 남에게도 실추된 모습으로 비친다. 아버지가 정체성을 찾았을 때 아들 또한 아버지로부터 위엄을 느낀다. 소리치고 고함지르는 흔들리는 아버지로부터는 두려움과 증오심을 느꼈지만, 자아를 찾은 아버지로부터는 따뜻함과 위엄을 느낀 것이다. 부자가 화해한 관계로 할아버지 무덤을 찾는 모습은 아름다워 보인다. 그리고 이 세상을 떠났지만, 살아남은 아들과 손자의 삶의 세계에 말없이 관여하는 할아버지의 침묵도 아름답다. 한국적 가족구조의 안정된 모습을 정감 있게 보여주는 장면이다. 「서울 길」, 「쌀과 달」 과 같은 작품의 경우도 독자 속이기의 소설적 전략으로 탁월한 효과를 보았다.

(3) 되돌아보기 혹은 내다보기

인간은 반성하는 동물이다. 반성하기 때문에 인간이다. 반성의
자리엔 언제나 전망이 새롭게 탄생한다. 따라서 반성하는 인간은
새로운 인간으로 거듭난다.

소설은 지나간 것과 실현되지 않은 것을 충만하게 표현하는 이중
성을 지닌 장르이다. 그런 점에서 반성을 크게 권장하고 미래에 대
한 자유를 얻기 바라는 속성을 갖고 있다. 이러한 이중성은 소설에
서 보이지 않는 강력한 구조적 원리로 작용한다. 이 원리 때문에 작
가는 소설을 창작함으로써 자신을 제 2의 자아로 창조하고, 마찬가
지로 독자는 소설을 통하여 새로운 자아로 탄생된다.

1949년 3월에 발표한 「귀거래」를 보자. 이 작품은 열세 번을 이
사한 순구의 이야기다. 열한 번은 서울에서 이사를 하고, 서울에서
견디다 못해 시골로 이사한 것이 열두 번째, 마지막 이사는 다시 서
울로 이사한다. 그러니까 열한 번째 이사까지의 서울생활과 열세
번째의 재상경이라는 겉이야기에 열두 번째의 시골생활이 속이야
기로 꾸며진 액자구조인 셈이다. 속이야기는 친척의 도움으로 석
달남짓 양조장 일을 맡으면서 겪는 내용으로 채워져 있다. 서울에
서 시골로 내려 올 때는 생활의 곤궁함 때문이었으나, 서울로의 재
상경은 곤궁함도 벗고 인생에 대한 새로운 깨달음을 얻고 떠난다.

액자소설은 객관적인 효과와 주관적인 효과를 통합하여 종합적

인 효과를 내는 특징이 있다. 겉이야기가 객관적이라면 속이야기는 주관적이다. 겉이야기의 시작은 관찰자의 얘기로 출발하여 속이야기의 인물(초점인물)을 소개하고 끝난다. 이때 속이야기의 초점인물에 대한 호기심은 독자를 소설의 끝까지 끌고 가는 힘으로 작용한다. 물론 소설의 끝에 가서는 관찰자의 이야기로 다시 나오지만 두 개의 강물이 합류하듯 관찰자와 초점인물이 합쳐지는 곳이다.

「귀거래」는 이러한 액자소설의 효과를 잘 살린 작품이다. 특히 관찰자인 순구가 초점인물인 박성달을 반성의 거울로 삼았다는 점은 액자소설의 정석을 밟고 있으면서도 홍구범만이 가질 수 있는 독특한 개성이며, 이 개성이 이 작품의 효과를 극대화시켰다. 즉 서울에서 내려 온 순구가 시골의 순박하기 그지없는 박성달이라는 거울을 통하여 새로운 자아로 거듭난다는 점에서, 독자에게도 반성하는 계기를 마련해 준다. 반성하는 독자(이상적인 독자) 또한 창조적 자아로 변화한다.

「귀거래」가 이처럼 반성의 자리를 마련함으로써 독자를 거듭난 자아로 변화시킨다면, 그의 다른 소설 「농민」은 반성의 공간을 개인의 차원을 넘어서 사회적 차원으로 확대시킨다.

「농민」은 순만의 비참한 일생을 그린 작품이다. 두 살 때 아버지를 잃고 계부 밑으로 들어갔으나 어머니가 죽자 거지가 된다. 순만이 일곱 살 되던 해다. 열다섯에 주막 심부름을 하다가 열여덟 살에 구장 집 머슴으로 들어갔다가 쫓겨나고 버들골 중늙은이 집에 들어가 일을 하다가 그집 딸과 함께 충주 근처에 와서 대장간을 차리고 함께 둥지를 틀었다. 그 마을이 양씨라는 사람에게 잘못 보여 양씨의 친척대신 순만이가 징용에 끌려간다. 징용에서 돌아와 보니 대장간은 상여집으로 변했고 아내는 죽고 없었다. 양씨의 이마에 재떨이를 던지고 나서는 그가 죽은 줄 알고 달아나 대장간 대들보에 목을 매고 죽는다는 이야기다.

농민소설은 반드시 역사전망을 제시해야만 된다는 해석을 할 수도 있다. 그러나 문학은 속성적으로 인간의 미래와 전망을 일일이 기록하는 것이 아니라는 점을 기억한다면, 이러한 해석은 해석자의 고정관념이 작품의 리얼리티를 오히려 해치는 경우라고 본다. 꿋꿋이 살아가는 인물을 그릴 수도 있고 순구와 같은 인물을 그릴 수도 있으며, 지주계급에 대항하는 인물을 그릴 수도 있다. 그렇다고 해서 투쟁적이고 변혁적인 인물만을 그려야 전망이 잘 나타난 좋은 소설이라고 말할 수 없다. 문학작품은 표면적으로 반성의 기술에서 끝나야지 전망을 기술하면 이미 문학의 영역을 벗어날 우려가 있다. 의도의 과잉으로 인하여 도식화의 함정으로 빠질 우려 말이다. 전망은 반성된 자리에 함축되어 있기 때문에 독자가 찾아내야 한다.

초점인물인 순구는 평균적인 농민의 상이 아니다. 타인의 보호가 요구되는 인물이다. 그런데도 순구를 둘러싼 환경은 그를 한 정상적인 존재로 보지 않고, 그의 순수함을 이용만 하는 타락한 사람들 뿐이다. 그의 계부, 주막집 주인, 구장, 중늙은이 부부, 양씨 등 모두가 교환가치의 지배를 받고 있어 의식이 물화된 인간들인 것이다. 자연에 가까운 심성을 가진 참으로 인간다운 인간이 폭력적이고 타락한 세계에서 견디지 못한다는 비극적인 세계관을 연출한 작품이다. 이런 점에서 「쌀과 달」, 「서울길」은 「농민」과 흡사한 구조로 표현되어 있다.

다만 소설 속에 담아 낸 현실의 구조적 모순이 크고 작게 담겨 있다는 차이가 있다. 「쌀과 달」, 「서울길」이 해방 직후의 궁핍한 상황을 배경으로 하고 있는 데 비하여, 「농민」은 식민지 시대를 배경으로 삼고 있어서 농민의 민중적 삶이 더 고통스럽다. 여기서 독자는 한 개인의 굴종적인 삶에 대한 비극적 체험보다 민족적인 굴욕감을 체험하는 동시에 권력에 편승하여 교활하게 살아간 인간들에 대한 분노심을 갖게 된다. 그러한 굴욕감과 분노심은 독자로 하여금 새로운 사회적 자아로 탄생케 한다. 독자에게 반성을 허용하는 범위에 있어서 「창고근처 사람들」, 「전설」 등은 같은 맥락에 속한다.

소설은 사회를 단순히 반영하는 것이 아니라 사회를 관찰하는 수단이다. 달리 말하면 소설의 현실은 실제 삶의 한 단면이 아니라 삶의 단면을 관찰하고 인식하는 수단인 것이다. 그러한 한 과거의 소설이 묘사한 사회가 이제 역사적인 관심거리로만 남아 있는 것이 아니라, 당대와 마찬가지로 오늘에 있어서도 여전히 현실적인 것으로 남아 있다. 왜냐하면 과거라 할지라도 현재 우리들 삶에 깊숙이 관여하는 과거라면 잊혀지지 않는 과거이며, 또한 우리의 미래와도 전혀 무관한 것이 아니기 때문이다.

(4) 반어적 암시

「탄식」은 소설이 삶의 단면을 관찰하는 수단이라는 명제에 잘 어울리는 작품이다. 2쪽짜리의 짧은 소설이지만, 반어적 암시의 수법을 써서 효과를 보았다. 반어적 암시의 수법이란 아이러니의 수법이다. 즉 외형적으로 진술된 내용과는 상반되는 의미를 제시하는 화술의 한 유형이다.

K는 R의 어릴 적 친구다. 그러나 현재는 자신에게 이로움을 주기는 커녕 해로움을 주는 친구로 인식된다. 그래서 K가 도움을 청해도 박절하게 끊지 못하는 것을 탄식한다. 도움을 청할 때마다 거절하지 못하고 K가 간 뒤에 또 탄식을 한다. 도움을 청하고 ─거기에 응해주고─ 탄식하는 패턴이 점층적으로 전개된다. 마침내 어떤 경우에도 절대 도와주지 않겠다고 다짐한다. 십여 일 후 또 K가 도움을 청하러 왔을 때, 얼굴을 붉히며 간신히 거절했다. K가 간 다음 그까짓 거절을 하는데 얼굴을 붉혔느냐면서 또다시 탄식한다는 내용이다.

이와같이 「탄식」의 외형적인 진술 내용은 탄식으로 점철되어 있다. 그러나 그 아이러니의 이면에 자리한 공란에는 「탄식」과는 정반대의 의미가 담겨져 있다. 그의 탄식 횟수에 비례하여 인간성을 상실해 가는 타락한 모습이 점차 눈사람처럼 커진다. 또한 인간과 인간 사이를 연결하던 사랑과 우정의 자리에 화폐가 들어서면서 진정한 인간관계의 사슬이 끊어지는 삶의 비극적인 단면이 예리하게 도사리고 있다. 오늘날 우리들의 삶이 단절과 불신과 소외의 연속이란 점을 이해한다면, 40년대 정치적 혼란과 시장경제의 발아조차 힘들었던 시대에 이만한 통찰력을 보여준 점은 홍구범의 자랑이다.

그의 세상 읽기의 통찰력은 작중인물을 고유명사로 처리하지 않고 R · K 등으로 표기하고 있는 점에서 잘 나타난다. 그런 점에서 이 작품은 2000년대의 작품이라 해도 전혀 낡았다는 생각이 들지 않을 만큼 현대적이다. 그러니까 R과 K의 관계는 어느 특정한 인물들의 관계가 아닌 교환가치의 지배를 받는 시장경제 체제하의 모든 인간관계를 포괄적으로 암시한다는 의미를 지닌다.

(5) 초점인물 · 서술 · 위치

역설, 아이러니, 기대와 배반, 반성과 전망, 반어적 암시 등의 효과 외에도 홍구범 소설의 문학성은 초점인물, 서술, 위치 등에서도 찾을 수 있다. 이는 소설쓰기의 기초인 서술능력이 탁월하다는 점에서 이미 그는 안정된 평가를 받았다고 보아도 무방하다.

오늘날의 소설들에서 퇴화한 것은 더 이상 고유명사를 쓸 수 없는 작중인물이다. 그에 비하면 홍구범 소설의 초점인물들은 고유명사에 걸맞는 뚜렷한 성격의 소유자들이다. 그러면서도 그 사회에서 가장 소외받는 인물들이라는 공통점을 지닌다. 사악하기 때문에 소외를 당하는 것이 아니라 순박하고 천진하고 진실하기 때문에 소외를 당하는 인물들이다. 차순네, 입장댁, 순희, 순녀, 순구, 순만, 성달, 영근, 만삼 등 소시적에 누구나 한 번은 가까이 했음직한 이름들이다. 지금은 까마득히 잊혀졌지만, 그런 이름들을 듣는 순간 독자들은 '향그러운 흙가슴'과 같은 토속적인 정감을 갖게 된다. 그들의 삶은 매우 고통스러웠지만, 그들이야말로 신이 감추어 두었던 인간들이라는 생각이다. 그러기에 당시에 그들을 억압하고 그들의 위에서 군림하던 사람들의 이름은 사라지고, 지금 이 순간도 그들

의 이름은 우리 친구들의 이름보다도 뚜렷한 고유명사로 우리의 기
억 속에 자리 잡고 있지 않은가.

> "이렇게 신임을 받는 송진두이었건만 생활정도는 아주 궁한 편이
> 었다. 말한 바와 같이 아무 재산도 직업도 없는 그로써 또한 동전 한
> 푼 생기지 않는 자위대 이름을 걸었으니 빤히 바닥이 드러다 보였다.
> 하기야 해방 전으로도 십여 년 전엔 시골서 벼 백이나 하여 의식도 자
> 기 딴에는 고급으로 했고 행세도 제법하고 지낸 그이긴 했다. 그 중간
> 에 헷바람이 불어서 미두 1년에 고만 이렇게 되었지만 …… 현재 그
> 집안의 수입이라면 오직 그의 아내의 바느질 품삯 정도이다. 가다 가
> 다 몇 장씩 생기는 것으로 겨우 풀칠이나 하고 지냈다. 사는 곳이래야
> 골목 한 구석도 아니었다. 전에는 산 위었던 높은 지대에서도 일등 가
> 는 꼭두바지이다. 그것도 남의 집 코딱지만한 문간방 하나에서 다섯
> 식구가 살고 있었다. 벌써 몇 달째 골골 앓고 누운 팔십객인 어머니도
> 있었다. 늦게 얻은 일곱 살짜리 딸과 다섯 살난 아들. 그리고 아내, 다
> 음으로 그였다."
>
> — 「구일장」 중에서

정밀한 표현과정을 통해서 독자의 상상력을 자극하는 것이 소설
서술의 목표다. 홍구범은 탁월한 서술적 재능을 보여주고 있다. 인
용문에서 보는 바와 같이 소설의 처음과 끝이, 즉 소설의 맨 처음과
소설의 맨 나중의 서술이 한 점 흐트러짐이 없다. 마치 바위덩어리
같은 무게로 혹은 법정의 엄격한 재판관과도 같이 냉철한 토운을 일
관성 있게 유지한다. 천연덕스러우리만큼 자연스럽다. 말하기
(telling)에 의존하여 속도감을 잃지 않으면서도 포괄적인 내용을 담
아 낸다. 조연현의 말대로 그의 작품이 '평범한 듯하면서도 비범'

할 수 있었던 것은 그가 이와 같은 안정적인 서술능력을 가졌기에 가능했다. 또한 「농민」, 「전설」의 경우와 같이 장편이 될 만한 시간 폭을 지닌 내용을 효과적인 단편으로 꾸밀 수 있었던 것도 그의 이 같은 서술능력 때문이었다. 그의 단편들이 모두 극적 시점(작가관찰자 시점)을 취하고 있음은 그의 이러한 서술정신과 무관하지 않다.

어떤 위치에서 피사체를 찍느냐에 따라 피사체의 잠재태가 다르게 표출되듯이, 소설의 경우도 사회라고 하는 총체성을 어떤 인물이 바라보게 하느냐에 따라 그 효과가 매우 다르게 나타난다. 예컨대 「창고근처 사람들」, 「농민」, 「전설」 등은 한 시대의 구조적 모순과 부조리를 정면에서 분석하고 지적하는 것이 아니라 측면에서 바라보는 위치를 선택함으로써 문학적 효과를 거두었다.

(A) "이날 저녁 때 꺼적에 쌓인 차순네의 시체는 공동묘지로 옮기어졌다. 그의 남편을 대신 징용에 보내고 살던 노낙이 박서방 지게 위에 놓여져 막 동구 앞 행길을 지날 무렵 강 조합장집엔 이곳 군청으로부터 영화의 소식이 전하여 왔다."

― 「창고근처 사람들」의 말미 부분

(B) "전쟁은 나날이 심해갔다 …… 이에 순만은 생후 한 번인들 생각조차 하지 못했던 일본 구주九州로 끌려가고야 말았다. 그러나 순만은 일본인들이 좌우하는 관청에서 처음부터 보낸 것은 아니었다. 말하자면 양씨가 보낸 것과 진배없었다."

― 「농민」 중에서

(C) "그는 황무영이었다. 그는 다시 지난 날의 자기와 관련된 역사를 그때 기연히 회상하며 신중한 생각에 잠겼다. 그는 현재 이렇게 살

고 있는 것을 깨닫자 자기가 만약 그때에 동학군이 되었다면 역시 박
총령 같이 죽어 없어져 고혼이 되어버렸을 것이 아닌가 하고 또한 깨
달아졌다. 생각만 해도 참으로 섬뜩한 일이었다."

— 「전설」 중에서

인용문 (A)는 차순네와 입장댁의 위치에서 일제의 교활함과 일제
의 주구노릇을 하는 아첨배의 부도덕성을 폭로함으로써 일제에 대
응하는 인간들의 다양한 삶의 방식을 실감나게 표현하고 있다. (B)
의 경우도 (A)와 유사한 구조를 갖고 있으나, 교활함이 일제보다는
양씨에게 초점이 맞추어져 있다. 소설적 인물들을 둘러싼 세계의
부조리보다는 양씨와 순만과의 갈등이 고조된 한계를 지니고 있다.
때리는 시어머니보다 말리는 시누이가 더 밉다는 속담처럼 작가는
분노와 증오의 대상을 큰 힘을 빌어 잇속을 챙기는 양씨에 두었다.
(A)(B)에 비하여 (C)의 황무영은 급박한 상황을 카멜레온처럼 변신
하여 살아남은 인간묘사가 돋보이는 작품이다. 여기에서는 한 인물
묘사를 위해 엄숙하고 무거운 주제를 지닌 역사적 사건까지도 소도
구로 기능할 수 있음을 보여주고 있다.

이외에도 홍구범의 소설들에서 눈에 띄는 서술상의 특징은 '우
연'과 관련된 부사들이 자주 쓰인다는 점이다. 이때, 갑자기, 돌연
히 등이 바로 그런 부사들이다. 조선시대 작가들이 이런 부사들을
즐겨 썼다. 구원자를 불러내기 위한 기계적 습관이었다. 현대소설
에서 그런 단어를 함부로 쓴다는 것은 상당한 위험이 따른다. 현대
작가들이 금기시하는 우연에 의존함으로써 소설의 리얼리티를 상
실한 우려가 있기 때문이다. 그럼에도 불구하고 그의 소설이 옛것

이라는 생각이 들지 않는 것은 그가 한 편의 소설을 창작하기 위해 얼마나 치밀한 계산을 했는지를 미루어 짐작할 수 있기 때문이다. "소설은 하나의 계산이다"라는 말을 그의 소설은 증명해 준다.

3) 문학사적 자리매김

지금까지 묻혀있던 작가 홍구범의 소설들을 살펴보았다. 그의 소설들은 질적으로나 양적으로나 당대의 빛나는 업적이었음을 확인하였다.

그의 작품 전체를 관통하고 있는 기법은 역설이었다. 역설적이기 때문에 반전의 낙차가 크고 독자에겐 진한 감동을 주었다. 둘째로는 독자를 기대케 하고 배반하는 효과가 뛰어나, 독자를 소설의 끝까지 긴장감으로 이끌고 간다는 점이다. 세 번째로는 그의 산문정신을 들 수 있는데 소외받는 계층을 중심인물로 설정하여, 소설이 독자를 되비춰 주는 반성의 거울로써의 효과를 낳고 있다. 그런가 하면 단편소설의 특징인 인생의 단면을 예리하게 관찰하여 현대사회의 모순을 독자 스스로 발견케 하는 공간을 마련하였다. 그러한 소설적 성공을 거둔 원동력은 치밀하고 호소력 있는 서술능력을 갖추고 있었기 때문에 가능했다.

홍구범은 20년대의 김동인 · 현진건, 30년대의 계용묵 · 김동리 등의 선배 작가들의 소설을 충실히 이어받은 40년대 광복기 문단의 탁월한 신인작가였다. 발표된 작품들 모두 수준의 격차를 보이지 않는다는 점에서는 오히려 앞선 작가들보다 작가로서의 탄탄함이 보인다. 뿐만 아니라 동시대의 어떤 작품들에 비해서도 결코 문학성이 뒤떨어지지 않는다. 그런 이유에서 홍구범은 40년대 광복기 우리 소설문학을 가장 탄탄하게 떠받쳤던 작가로 자리매김해야 마땅하다.

홍구범은 1950년 초에 장편 「길은 멀다」를 연재하기 시작하였다. 1949년 가장 많은 작품을 발표한 작가로 인정받았고, 그 자신도 장편으로 소설 쓰기를 본격적으로 시도하면서 단편작가로서의 한계를 극복하려 했던 것으로 보인다. ✘

■ 후 주

1) 논자에 따라 이 시기를 해방공간 또는 해방기로 표현하는 경우가 있으나, 필자는 '광복기'로 규정한다. 그 까닭은 해방이라는 의미가 노예적이고 굴종적인데 비하여, 광복이라는 의미는 주체적이고 능동적이기 때문이다.
2) 홍구범, 문인 송년단상, 《한국공론》, 1949, 12.
3) 김동리, 상반기의 작단, 《문예》, 1949, 8.
4) 조연현, 문화계 1년의 회고와 전망, 《신천지》, 1949, 12.
5) 조연현, 신진작가군의 편모, 《구국》 창간호, 1948, 1.
6) 조연현, 홍구범의 인간과 문학(상호비평), 《영문》, 1949.

연보 및 연구목록

홍구범 연보

- 1923년(1세) 충북 중원군 신니면 원평리 104번지 부 풍산 홍씨 모 이용구 사
  이에서 6월 15일 출생
- 1936년(13세) 용원국민학교 졸업
- ? 중동중학교 중퇴
- 1943년(21세) 안동 김씨 김난식과 결혼
- 1944년(22세) 장남 수영 출생(4월 9일. 충주시 용산리 383번지)
  이 시기에 충주 군청에 잠시 근무한 것으로 추정됨.
- 1946년(24세) 차남 우영 출생(2월 16일. 중원군 신니면 원평리 104번지) 김동
  리, 모윤숙, 조연현과 두터운 교분을 나누었으며, 청년문학가협
  회 회원으로 활동하고, 〈민주일보〉, 〈민중일보〉 기자를 역임하
  였음.
- 1947년(25세) 《백민》에 「봄이 오면」으로 등단 (5월)
- 1948년(26세) 외동딸 중영 출생(7월 6일. 중원군 주덕면 신양리 15번지)
- 1949년(27세) 모윤숙, 김동리, 조연현 등과 문예지 《문예》 창간 (8월)
  그 해 작가들 중 가장 왕성하게 작품을 발표하여 화제작 제조기
  로 명성을 얻음.
- 1950년(28세) 8월 13일 6 · 25 전쟁 기간 중 혜화동 로터리에서 보안서원에게
  체포되어 자수서와 문학가 동맹 가입서를 쓰고 석방. 5, 6일 후

다시 보안서원에게 끌려 간 후 소식이 끊김. 납북 또는 미아리
에서 학살당한 것으로 추정.

- 1950년   중학교 교과서에 수필 「작가일기」가 실림.
- 1972년   장남 홍수영 이상순 여사와 혼인
- 1981년   3월 《중원문학》 2집에 '잊혀진 향토출신 작가 홍구범을 찾아'
라는 특집이 마련되어 연보와 단편소설 「어떤 부자」 수필 「작가
일기」를 소개.
- 1995년   10월 26일 제 2회 충북 청주 민족 예술제 기간 중 청주 예술의
전당 소극장에서 '홍구범 문학제'가 개최되어 홍구범의 생애와
문학이 재조명됨.
- 2007년   현재 장남 수영씨는 충주에서 살고 있으며, 중원군 신니면 용원
리 197번지에서 양조장 운영을 하고 있음.

홍구범 작품 연보

● 단편소설

- 「봄이 오면」(등단작품), 《白民》 7호, 1947년 5월 / 1946년 10월 14일

- 「탄식」, 《白民》 10호, 1947년 11월

- 「해방」, 《민중일보》, 1947년 11. 16 (미발견)

- 「폭소」, 《구국》 창간호, 1948년 11월

- 「서울길」, 《해동공론》 9호, 1949년 3월

- 「왜 우는가」, 《신세대》 2,3호 1949년 6월 (미발견)

- 「쌀과 달」, 《민족문학》 1호, 1949년 9월

- 「귀거래」, 《민성》 33호, 1949년 2월

- 「창고근처 사람들」, 《白民》 17호, 1949년 3월

- 「농민」, 《문예》 창간호, 1949년 8월 / 1949년 6월 8일

- 「노리개」, 《신천지》 38호, 1949년 8월

- 「전설」, 《문예》 4호, 1949년 11월 /1948년 2월 3일

- 「어떤 부자」, 《白民》 19호, 1950년 2월

- 「9일장」, 《문예》 7호, 1950년 2월 / 1949년 9월 29일

- 「미륵이 있는 마을」 (미발견)

● 장편소설

• 「길은 멀다」, 《협동》26, 27호, 1950년 1, 3월

　　(2회 분재 이후의 연재는 전쟁으로 《협동》의 발간의 중단과 함께 중단된 것으로 보임.)

　• 「어머니와 딸」은 「길은 멀다」와 같은 작품이 《부인》 5권 2, 3호(1950년 4월)에 제목을 달리하여 실림.

　• 「불그림자」, 《혜성》 1-3호 1950년 2월부터 연재되고 있으나, 3회 이후는 전쟁으로 중단된 것으로 보임.

● 꽁트(모두 미발견)

• 「을지로에서」

• 「미소」

• 「소년과 눈물」

• 「망골」

● 수필

• 「작가일기」, 《문예》, 1949년 9월

• 「코 큰 文靑」, 《신천지》, 1949년 10월

• 「평론가 조연현」, 《嶺文》 8호, 1949년 11월

• 「인간 김진섭」, 《문예》 1949년, 12월

● 평론

• 「비평과 문학」, 《해동공론》 3권 1호, 1948년 3월

● 시나리오

•「황진이」(장남 홍수영 씨에 의하면 부친이 모친과 함께 시사회에 참석했다고 함. 미발견)

● 동화

•「만년필 소년」(미발견)

홍구범 관련 서지 목록

1. 곽종원, 상징 · 감상 · 폭로(《백민》 33인집을 읽고), 〈서울신문〉 50년 2월 23~26일

2. 권희돈, 《한국현대소설 속의 독자 체험》, 태학사, 2004년 8월

3. 김동리, 상반기의 작단, 《문예》 1949년 8월

4. 김성렬, 광복직후 좌우대립기의 문학연구, 고려대학교 박사학위논문, 1989년

5. 김영진, 최근의 창작계 (《백민》 33인집을 읽고), 〈경향신문〉 50년 12월 15~17일

6. 백 철, 1949년도의 우리 문학계, 《한국공론》, 1949년 12월

7. 이우용 편, 「해방공간의 문학연구」, 태학사, 1990년

8. 임서하, 창조의식의 빈곤(《백민》 33인집을 읽고), 〈한성일보〉 50년 2월 11, 12, 14일

9. 조연현, 문화계 1년의 회고와 전망, 《신천지》, 1949년 12월

10. _____, 1949년도 문단총평, 《문예》, 1950년 1월

11. _____, 신진작가군의 편모, 《구국》 제1권 제2호, 1948년 3월호

12. _____, 신진작가군의 편모, 《구국》 창간호, 1948년 1월

13. _____, 신인과 신세대 (일군의 신진작가에 대하야), 《신천지》, 5월

14. _____, 홍구범은 어디에 있는가, 《문예》, 1950년 12월

15. _____, 홍구범의 인간과 문학 (상호비평), 《영문》, 1949년

16. 조석제, 해방문단 5년의 회고, 《신천지》, 1950년 1월

17. 한 문학청년, 시인 소설가 인상기, 《한국공론》, 1949년 12월

18. 홍구범, 문인 송년단상, 《한국공론》, 1949년 12월

19. 중원문학회 편, 《중원문학》 2집, 1981년 봄

20. 한국 민예총 충북지회 문학위원회 편, 《청주문학》 2호, 1996년 여름

홍구범 단편소설집

창고근처 사람들

2007년 11월 15일 초판 인쇄
2007년 11월 25일 초판 발행

지은이 홍 구 범
엮은이 권 희 돈
펴낸이 한 봉 숙
펴낸곳 푸른사상사

등록 제2-2876호
주소 서울시 중구 을지로3가 296-10 장양B/D 701호
대표전화 02) 2268-8706(7) **팩시밀리** 02) 2268-8708
메일 prun21c@yahoo.co.kr / prun21c@hanmail.net
홈페이지 //www.prun21c.com
ⓒ 2007, 권희돈

ISBN 978-89-5640-596-4 03810

값 12,000원

이 소설집의 발간비 일부는 충청북도의 지원을 받았습니다
☞ 21세기 출판문화를 창조하는 푸른사상에서 좋은 책 만들기에 노력하고 있습니다.
편저자와의 합의에 의해 인지 생략함.